KB062387

로크미디어가
유혹하는
재미있는 세상

ROK
MEDIA
로크미디어

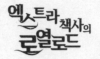

엑스트라 책사의 로열로드 2

2022년 8월 16일 초판 1쇄 인쇄
2022년 8월 19일 초판 1쇄 발행

지은이 mensol
발행인 김정수 강준규

기획 이기헌 왕소현 박경무 강민구 조익현
책임편집 이정규
마케팅지원 이원선

발행처 (주)로크미디어
출판등록 2003년 3월 24일
주소 서울시 마포구 성암로 330 DMC첨단산업센터 318호
Tel (02)3273-5135 **편집** (070)7860-2726 **Fax** (02)3273-5134
홈페이지 rokmedia.com **E-mail** rokmedia@empas.com

© mensol, 2022

값 8,000원

ISBN 979-11-354-8164-2 (2권)
ISBN 979-11-354-8160-4 04810 (세트)

엑스트라 책사의 로열로드

mensol 퓨전 판타지 장편소설

Contents

1장

크로싱군과 알바드&베카비아 연합군이 대치 중인 북서부 전선.

연합군을 지휘하고 있던 카이엔이 눈을 질끈 감았다.

"용병 웨이드……. 내 예상보다도 훨씬 뛰어난 인물인 모양이구나."

"선생님? 그게 무슨……."

카이엔은 그러면서 정면에 있는 쥬라스의 군을 향해 찬사를 보냈다.

"한 방 먹었구나. 능구렁이 같은 녀석. 나조차도 낌새를 채지 못할 정도로 교묘하게 움직이다니."

잭슨 성과 케실리안 요새의 함락에 대한 첩보가 이제서야 도착했다는 걸 보면 분명했다. 쥬라스는 전면 공격을 펼치며 쥐도 새도 모르게 알바드의 첩보망을 교란한 것이다.

카이엔을 상대로 그런 짓이 가능한 인물은 대륙을 통틀어도 한 손에 꼽았다.

"길리아스, 당장 전군에 후퇴 명령을 내려라. 추격을 당하는 한이 있더라도 빠르게 퇴각하겠다."

"가, 갑자기 왜 그러십니까. 이곳의 전황은 아직……."

그러나 그때.

"……!"

무언가의 기척을 느끼고 고개를 뒤로 돌리는 길리아스.

"대체 무슨……!?"

"아무래도 한발 늦은 것 같구나."

길리아스는 후다닥 막사를 나가 군의 후방을 바라보았다.

"이……럴 수가."

그곳에선 3만에 달하는 알스의 군대가 열을 맞추고 전진해 오고 있었다.

"우리 군대가 뒤를 잡혔다니!?"

"장군님! 쥬라스 파밀리온의 군대가 다시금 전군 전진을 시작하고 있습니다!"

"빌어먹을!"

후방을 잡혀 버린 알바드&베카비아의 연합군.

길리아스는 그 첩보망이 완벽하게 뚫려 버린 것에 전율했다.

'아무리 첩보망이 뚫렸다 한들 이렇게까지 완벽하게 뒤를 잡힐 수는 없어. 필히 북부의 전장을 크게 우회하여 돌아온 것이다……!'

그 우회로가 얼마나 먼 것인지는 그가 가장 잘 알고 있었다.

"그렇다면 캐링턴의 군은 그때까지 대체 뭘 하고 있었다는 거냐!!"

뒤를 잡혀 버린 연합군.

병사의 숫자도 알스의 3만이 합류하며 6만 대 9만 정도로 연합군 쪽이 큰 열세에 처하게 되었다.

"장군님! 유시스 장군님께서 지시를 원하고 계십니다!"

"큭!"

길리아스는 이러지도 저러지도 못한 채 어물쩍거렸다.

그런 그의 뒤에서 카이엔이 말한다.

"뭘 망설이고 있는 게냐. 이곳에서 싸우면 모두 죽을 게다. 손해를 감수하는 한이 있더라도 후퇴를 해야겠지."

"하지만 선생님! 그 말은 즉……!"

"그래, 전쟁은 패전으로 이어질 게다."

"빌어먹을! 무능한 베카비아 놈들 때문에……! 뭐가 베카비아의 천재공주냐! 용병 나부랭이 하나조차 감당하지 못하는 주제에!"

카이엔이 이끄는 연합군의 전면 후퇴.

이것은 전선 하나가 무너진 것으로 끝나는 것이 아니었다.

북서부 전선은 연합군의 중심축이기 때문에 이곳이 무너지면 다른 전선도 동시다발적으로 무너질 게 분명했다.

그건 소피아가 지키고 있는 캐링턴 전장도 마찬가지였다.

전략을 뛰어넘는 책략.

절대 사수라는 전략을 내세운 소피아를 상대로 알스는 전장 우회라는 책략을 사용하여 피 한 방울 흘리지 않고 캐링턴을 빼앗아 버린 것이다.

"흠, 천재공주를 농락한 용병 웨이드인가. 조금 흥미가 생기는구나."

"……선생님?"

탁! 카이엔은 지팡이를 내리치며 말했다.

"전위군의 퇴각은 유시스에게 일임하겠다. 후방의 퇴각은 길리아스, 너와 내가 지휘한다."

후방. 다시 말해 알스와 직접 붙어 보겠다는 뜻이었다.

"선생님께서 직접 나설 것도 없습니다! 제가 혼자 하겠습니다! 저 용병은 그저 운이 좋을 뿐인……!"

"남자의 질투만큼 추한 것은 없다, 길리아스. 너 자신을 증명하고 싶다면 결과로 말하도록 해라. 서둘러라, 더 늦었다간 쥬라스 녀석에게 잡아먹히고 말 게다."

"큭……. 알겠습니다."

후방의 군을 추스르는 길리아스.

카이엔은 알스가 위치한 곳을 보고는 씨익 웃었다.

"그럼 어디 한번 잠룡의 그릇을 확인해 보실까."

맞받아치는 대형을 취하는 알바드의 후군.

알스는 이 진형에서 등골이 서늘함을 느꼈다.

"이쪽을 시험해 보겠다는 느낌이 들어서 꺼림칙한걸."

상대가 퇴각을 결정한 시점에서 이미 승리는 확정되어 있었다. 할 일은 끝낸 셈.

다만 완전 승리를 거두기 위해선 여기서 변수를 제거해야만 했다.

만약 지금 퇴각하는 상대가 병력을 많이 온존할 경우 쓸데없이 2차 전선이 형성될 수도 있기 때문이다.

그러니 어느 정도 상대 병사의 숫자를 줄여야 했다.

"웨이드, 어쩔 거냐?"

일리야가 우려스럽다며 물었다.

상대 진영에 있는 건 살아 있는 전설인 사략의 카이엔.

일리야조차 그 위명에는 위축이 되어 있었다.

반면 알스는 아무렇지도 않게 답했다.

"어려워할 필요 없어요, 스승. 유리한 상황에 있는 건 우리예요. 상대를 시험해 볼 수 있는 것도 이쪽이고요."

"시험……? 그 사략의 카이엔을 시험하겠다는 뜻이냐!?"

"못 할 것 없죠."

알스는 병력을 배치한 뒤 한 가지, 전술이 아닌 전략을 사용하기로 했다.

상대에게 의도적으로 퇴로를 열어 주기로 한 것이다.

퇴각을 결정한 연합군에게 퇴각 경로는 후방밖에 없었다.

이때 퇴각에 있어 가장 장애가 되는 군대는 당연 후방에 위치한 알스의 3만 군대다.

그런 상황에서 알스는 군을 조금 옆으로 물리면서 퇴로를 주었다.

"하하핫! 멍청한 놈이 선생님의 위명에 겁을 집어먹은 모양입니다!"

길리아스가 조소를 흘렸으나 카이엔은 외려 감탄성을 내질렀다.

"정말이지 재미있는 놈이구나. 이 나를 시험하려 들 줄이야!"

"서, 선생님……? 시험이라뇨?"

의도적으로 퇴로를 열어 준 기행.

이건 알스가 한 가지 메시지를 전달한 것이었다. 전장의 판짜기는 유리한 입장에 있는 자신이 할 거라고.

이런 식으로 퇴로를 열어 줄 경우 연합군은 당연히 이 퇴로를 향해 이동할 수밖에 없게 된다.

이 경우 전투의 양상은 지금처럼 정면에서 꽝 붙는 형태가 아니라 추격전의 양상이 된다.

당연하다면 당연하지만 추격전에서 유리하게 움직일 수 있는 건 추격하는 쪽. 바로 알스의 군대였다.

"놈은 내가 어떻게 나오는가를 지켜보고 싶은 게야."

"확대해석하시는 겁니다. 지금 상황에서 적이 할 수 있는 가장 좋은 판단은 앞뒤로 강하게 밀어붙이는 것입니다. 놈은 큰 실책을 저지른 겁니다."

"꼭 그렇지도 않다, 길리아스."

카이엔은 군의 피로도를 지적했다.

"저쪽은 평범하지 않은 강행군으로 이곳까지 진군했을 게다. 필시 병사들의 피로도가 무척 높은 상태겠지. 그런 상황에서 전면전을 펼치는 건 위험부담이 있다. 그런 의미에서 추격전은 좋은 선택이 되는 게야. 추격이라는 양상은 병사들의 사기를 자연스럽게 높여 주니까 말이다."

"놈은 거기까지 계산을 하고……?"

"내게는 그렇게 보이는구나."

카이엔은 고개를 끄덕이며 말한다.

"쥬라스 녀석이 용병에게 대군의 지휘를 맡겼다고 들었을 때에는 나조차도 미심쩍었지만……. 제법 하는구나."

"이제 어떻게 할까요, 선생님?"

"이번에는 상대의 의도에 놀아나는 게 낫다. 상대가 열어 준 퇴로를 타고 빠르게 빠져나가겠다."

줄행랑을 치기로 결정했으면 뒤도 보지 않고 도망가는 게 상책이다.

카이엔은 알스가 있는 곳을 한번 흘겨보고는 빠르게 퇴각.

"웨이드, 적장이 도주하고 있다."

"놔둬요. 무턱대고 저걸 쫓아갔다간 함정에 걸려들 거예요. 우리는 그냥 꽁무니만 두들기면 돼요."

그렇게 알스는 도망가는 상대의 뒤꽁무니를 잡아 5천의 병력 피해를 입히고는 유유히 쥬라스와 합류했다.

쥬라스 또한 전위의 상대를 추격하며 1만가량의 전과를 올리며 연합군은 2만에 가까운 피해를 받고 패주.

북서부 전선을 크로싱 측이 완전히 평정하며 삼사자 전쟁은 사실상 끝을 맞이하게 된다.

연합군을 몰아낸 뒤 군영을 재편하고 쥬라스와 합류를 한 나는 새삼 달라진 시선을 마주해야 했다.

"웨이드 장군님께서 들어가십니다!"

악을 쓰며 고래고래 소리를 지르는 병사.

군부 막사의 공기도 달라져 있었다.

"……."

마치 육식동물을 경계하는 듯한 기색.

나를 아니꼽게 생각하던 2장군 크리퍼 놀락 또한 가라앉은 눈으로 나를 바라보고 있다.

오직 쥬라스만이 뜨거운 눈을 하고 있었다.

"그 사랑하는 연인을 보는 듯한 눈빛은 그만두지 않겠습니까? 솔직히 역한데요."

"훗, 미안합니다. 그보다 어서 앉으세요. 전후보고를 시작할 겁니다."

쥬라스의 부관인 키슬러가 전후보고를 시작했다.

핵심은 이번 전투의 승전으로 목표했던 지역을 평정할 수 있었다는 부분이었다.

"전선이 무너진 것으로 인해 상대는 캐링턴을 비롯한 여러 지역에 대한 영향력을 잃어버렸습니다. 우리는 그 지역들을 점령해 요새화를 꾀하며 정전협정에 대한 논의를 시작할 것입니다."

그 과정이 대략 3개월. 그 후에는 뼈를 얼릴 듯한 겨울이 오니 양측 모두 전쟁을 치를 여력이 사라지고, 또 3개월이 지나 봄이 오면 농번기에 접어들게 되니 대략 반년간은 전쟁이 일어나지 않을 것이다.

"그렇다면 제 역할도 여기서 끝이군요. 잔금인 2천만 실란을 주시겠습니까? 바로 떠날 수 있도록 말이에요."

그러자 쾅! 놀락이 테이블을 박차며 일어났다.

"그런 식으로 빠져나갈 수 있을 거라 생각하나?"

"무슨 뜻이죠?"

"네놈의 기량은 아주 잘 알았다. 그러나 그렇기에 내버려 둘 수도 없는 노릇이야."

"……제가 알바드나 베카비아에 붙어 버릴 가능성도 있다. 그 말입니까?"

"용병은 돈만 되면 뭐든 하는 족속이지. 틀린가?"

다른 장교들도 고개를 끄덕이며 동의를 표했다.

나는 쥬라스를 향해 말했다.

"이건 약속이 다르지 않습니까?"

"하하, 제 부관들의 혈기가 도를 넘어서고 말았군요."

그러면서 쥬라스는 확실하게 못을 박아 주었다.

"제 이름을 걸고 고합니다. 용병 웨이드에 대한 간섭은 일절 용납하지 않겠습니다."

"총사령! 그게 무슨 소리입니까! 이자의 기량을 생각해 보았을 때 알바드와 베카비아에서 얼마의 금액이 됐든 포섭하려 들 것이 분명합니다!"

"상관없습니다. 그때는 여러분의 기량을 보여 주면 되는 것 아니겠습니까? 그게 아니면 놀락, 상대하여 이길 자신이 없기라도 한 겁니까?"

"그건……!"

"웨이드와 우리의 계약은 끝이 났으며 이 이상 속박할 권리도 없습니다. 그걸로 끝인 얘기예요."

"그렇다면 새로운 계약을 갱신하면 되는 것입니다!"

그러면서 놀락은 2천만 실란에 달하는 새로운 계약을 제시했다.

이 자식, 전에는 나를 그렇게 무시하더니 이제는 2천만을 아무렇지도 않게 말하게 되었다.

인정받는 느낌이 들어 나쁜 기분은 아니었지만.

"거절하겠습니다. 애초에 이 일도 딱히 내키는 건 아니었으니까요."

"네놈……."

놀락은 크로싱에 남지 않는다면 죽음뿐이라는 식의 태도를 취하고 있었다.

그 심정도 이해가 됐기에 서약 정도는 해 주기로 했다.

"다만…… 이번 전쟁에 한해서는 앞으로 어떤 국가에도 관여하지 않겠다고 맹세하죠."

"맹세를 어겼을 때의 대가는?"

"글쎄요?"

"장난치는 건가!"

"장난이라기보다 딱히 대가로 내놓을 게 없을 뿐입니다."

이에 쥬라스가 도움 아닌 도움을 주었다.

"그 부분은 제게 맡겨 두세요. 만약 웨이드가 약속을 어길

시에는 제가 상응하는 대가를 치르게 하겠습니다."

"마치 제 정체를 알고 있다는 듯이 말하는군요?"

"그렇지는 않습니다만, 마음만 먹으면 알아낼 수 있는 것도 사실이에요."

"……."

역시 이놈은 무언가 꺼림칙하다. 본능적으로 거부감이 느껴진다고 할까.

"그렇게 됐으니 이번에는 다들 내 얼굴을 봐서라도 넘어가 주길 바랍니다."

쥬라스가 그런 식으로 나오자 다른 이들도 입을 다물었다.

그는 양 입가를 씨익 올리며 말한다.

"정리된 것 같군요. 훗, 이제 돌아가도 좋습니다, 웨이드."

담백한 태도를 보여 주는 쥬라스.

이놈과 크로싱의 진짜 의도를 알고 싶었던 나는 한 가지 추가적인 약속을 받아 놓기로 했다.

"일전에 보수금 이외에도 전리품을 요구하겠다고 말했었죠."

"그랬었나요? 뭘 원합니까?"

"추후 사람 하나를 만나게 해 줬으면 합니다."

게임에선 만악의 근원이라 표현되는 크로싱의 왕. 파라인 말로른을 머지않은 시간에 독대하게 해 줄 것을 요구한 것이다.

이에 쥬라스는 드물게도 놀란 표정을 지었으나 이내 재미 있겠다며 쿨하게 수락을 해 주었다.

어찌어찌 일단락이 된 이번 용병 일.

크로싱을 벗어난 나는 미행이 없는 것을 확인한 뒤 투구를 벗었다.

"휴우! 이제야 좀 살 것 같네."

투구를 끼고 종일 생활하는 것은 정말이지 참기 힘든 고역이었다.

"에오, 너도 이제 투구를 벗어도 돼."

"그렇습니까……."

에오니아는 내심 아쉬운지 벗어 놓은 투구를 아련한 눈빛으로 바라보고 있다.

"알스, 정말 괜찮겠니?"

일리야 스승은 여전히 쥬라스가 뒷공작을 해 오지 않을까 불안해했다.

나도 그 부분에 대해선 걱정을 하고 있었지만, 지금은 쥬라스를 믿기로 했다.

"그 자식이 어떤 생각을 하고 있는지는 모르겠지만 적어도 저에 대해 무언가를 해 올 생각은 없는 것처럼 보였어요."

"그건…… 나도 그렇게 느꼈다. 오히려 호의를 가진 듯한 모양새였지."

"기분 나쁜 호의이지만요."

검 자루는 여전히 쥬라스가 쥐고 있다.

그의 말마따나 마음만 먹으면 내 정체쯤은 밝혀낼 수 있겠지.

'그렇기에 파라인을 만나게 해 달라고 한 것이기도 하지만.'

그러한 기약을 잡아 놓으면 그 전까지는 별다른 행동을 취해 오지 않을 거라 판단했기 때문이었다.

"이제는 다시 우리의 일상으로 돌아가면 되는 거예요. 물론 주변에 대해 충분히 경계를 하면서 말이죠."

"음, 고민해 봤자 의미가 없기는 하지."

그 말대로. 아직 힘이 없는 나는 상대가 마음먹고 해코지를 하려 할 경우 저항하기 힘들었다.

'일곱 가신의 영입에도 속도를 붙여야겠어.'

그래야만 상대가 어떤 짓을 해 와도 최소한의 대처를 할 수 있으니까.

"그보다 다른 얘기를 해 볼까요?"

나는 화제를 전환할 겸 공치사에 대한 주제를 꺼냈다.

에오니아, 유미르, 일리야. 이 트리오 중 누가 가장 활약을 했냐에 대한 것을 농담 삼아 말해 본 것이다.

하나 이것이 예상 이상으로 격화되고 만다.

"당연히 제1공은 제가 아니겠습니까?"

에오니아가 전공 1위를 강렬히 원하며 자기주장을 시작했기 때문이다.

형식상의 치하를 누구보다 좋아하는 그녀는 마치 어린아이처럼 떼를 쓰기 시작한다.

"저는 첫 교전에서 기마대를 이끌고 도주하는 상대의 허리를 끊었고 야습 작전에서는 적장 카솔라 텔테일을 처치했습니다! 제가 1공이 확실합니다!"

그 반면 스승과 유미르는 전공 따위 어찌 됐든 좋다는 표정이어서 에오니아에게 1공을 줘도 상관은 없었지만, 이대로 1공을 줬다간 기고만장해할 것 같았기에 1공은 다른 사람에게 주기로 했다.

"음…… 제1공은 유미르."

"그럴 수가!?"

"놀라지 말고 들어. 이건 객관적인 평가야."

유미르는 초전에서 상대의 대장군 칼 맥스먼의 수급을 쳐냈고 이후의 작전에서도 상대 척후병을 은밀히 제거하며 작전의 성공에 크게 기여했다.

"그리고 결정적으로 항상 내 곁에서 보조를 해 주었으니까. 유미르가 없었다면 피로를 견디지 못했을 거야."

"도련님……. 과찬이십니다."

에오니아는 으그그극! 질투가 나는지 이를 갈고 있었다. 대체 얘는 형식상의 치하에 얼마나 구애를 받는 걸까.

그 처절한 모습을 보다 못한 스승이 말을 꺼낸다.

"에오니아, 그래도 제2공은 네 거야. 그것도 충분히 좋은 결과이니 이번에는 받아들여."

"……어쩔 수 없지. 유미르! 다음에는 내가 제1전공을 차지할 테니 각오하고 있는 게 좋을 거야!"

진심으로 분해하는 에오니아.

게임에서 봤던 달관자의 이미지가 계속해서 깨지고 있었다.

2장

삼사자 전쟁을 끝마치고 영지로 돌아온 지 며칠.

그 전쟁으로 인해 내 일상도 변해 있었다.

먼저 일리야 스승이 더 이상 우리 영지에 머무를 수 없게
되었다.

정체불명의 명장 웨이드. 그 존재에 유일하게 접근할 수 있
는 인물로 스승이 지목되어 그 주목도가 너무 높아진 탓이다.

지금 영지에 머물며 내 무예 지도를 하는 것은 과연 무리
가 있었다.

–나는 크로싱에 가서 정보를 수집하고 있겠다. 쥬라스 파
밀리온. 그놈이 어떤 짓을 저질러 올지 알 수 없으니까.

크로싱으로 향한 스승.

그리고 이러한 흐름 속에서 캘리퍼 왕국 내 정세도 급변하고 있었다.

살레온 계파와 헬리안 계파가 극적으로 화해하게 된 것이 그것이다.

대외 정세가 요동치고 있는 상황에서 내부 총질이나 하고 있을 때가 아니라 판단한 국왕이 두 계파에 화해를 종용. 이에 에리나 유괴 사건을 벌였던 귀족 가문이 완전 몰락하는 형태로 일이 마무리되며 두 계파는 일시적으로 손을 잡게 되었다.

그렇게 두 계파가 합의한 것을 기점으로 귀족계가 소란스러워졌다.

한곳에 줄을 섰던 중소 귀족들이 바쁘게 다른 쪽에 꼬리를 흔들었던 탓이다. 살아남기 위한 어쩔 수 없는 처세였다.

이걸 고위 귀족들은 괘씸해하면서도 받아들여 주었다. 이들을 매정하게 내쳤다간 상대편에 완전히 붙어 버릴 게 분명하니까. 오히려 그들을 포섭하기 위해 발 빠르게 움직이기 시작한다.

하여 고위 귀족 가문에서 연달아 파티가 개최되며 중소 귀족들에게 초대장이 날아 들어오고 있었다.

우리 가문이라고 예외는 아니었다.

"으음……."

아버지는 도착한 파티의 초대장을 보며 신음하고 있었다.

"헬리안 공작가의 파티라니. 공작가 파티의 초대장을 받아 보기는 정말 오랜만이군."

"공작가의 파티요!"

맥스 형은 흥분했는지 입맛을 다셨다.

"공작가의 파티라면 혼담을 원하는 귀족 영애들이 많이 찾아올 거예요. 아버지, 꼭 저를 보내 주세요!"

이제 서른 줄을 바라보는 맥스 형은 혼담에 굶주려 있었다.

아버지도 좋은 기회라고 생각하는지 고개를 끄덕였지만 문제가 있는 모양이다.

"알스, 이 초대장의 수신인은 너다. 어떻게 할 생각이니?"

"예?"

얌전히 식사를 하고 있던 나는 그제야 시선을 들었다.

"저한테 온 초대장이라고요?"

"그래. 확실히 명시되어 있구나. 일라인 남작가의 사남 알스 일라인에게 보낸 것이라고. 보아하니 유망한 귀족 사관생들은 전부 초대를 한 모양이더구나. 시기가 시기이니 장차 군부의 인재가 될 인물들을 봐 두고 싶다는 거겠지."

"흐음."

그 외에 다른 의도도 분명 있을 테다.

"저는 별로 가고 싶지 않습니다만……."

밀리아스 후작을 피하기 위해 몸이 아프다며 핑계를 대고 있는 상황이었기에 파티장에 가는 건 어떨까 싶었다.

그런 내 말에 맥스 형이 좌절했다.

초대받은 주인공이 가지 않는다면 들러리도 함께하지 못하는 탓이다.

"동생아, 그걸 좀 어떻게든 해 주지 않겠니? 부탁이다! 공작가의 파티 같은 건 내게 있어 뭐라고 할까. 한 줄기 구원의 빛 같은 거야!"

"하아……."

맥스 형의 혼사는 이제 우리 가문의 중대사가 되어 있었다.

작위 계승 후계자인 맥스 형이 결혼하지 않는 이상 동생들도 결혼을 할 수가 없었기 때문이다.

귀족에게 무엇보다 중요한 건 바로 대를 이을 핏줄. 만약 다른 동생이 먼저 결혼을 하여 자식을 둘 경우 맥스 형의 후계 지위가 위태로워진다.

둘째 밀러 형도 이해를 해 달라는 눈치를 보낸다.

"하는 수 없죠. 참석할게요."

"정말 고맙다, 동생아. 역시 너밖에 없구나!"

맥스 형은 부산을 떨기 시작했다.

밀러 형은 못 말리겠다며 어깨를 으쓱이고는 내게 말한다.

"그런 거라면 알스, 너도 함께 입장할 파트너를 빨리 구하는 게 좋을 거다."

성인이 된 귀족이 사교 파티에 입장할 때는 파트너가 필요했다.

과거 수도에서 열린 파티는 승전 파티였기에 파트너를 대동할 필요가 없었지만 이번은 달랐다.

"맥스 형이랑 함께 입장하면 되는 것 아닌가요?"

"그게 그렇지도 않아. 혼담을 찾고 있는 귀족은 혼자 입장하는 게 관례야. 파티장에서 나갈 때 셋이 되어서는 안 된다는 불문율이 있으니까. 어머니나 율리아가 함께 입장한다면 모를까. 그게 아니라면 맥스 형은 혼자 가야 해."

"그럼……."

"그래. 너는 파트너를 구해야 할 거야. 뭐, 너라면 어렵지 않겠지."

밀러 형의 말마따나.

내가 파트너로 고심할 일은 없었다.

파티가 개최되기 이틀 전.

더 이상 건강 문제를 핑계로 댈 수가 없었기에 아카데미에 나가게 된 나는 들떠 있는 공기를 느낄 수 있었다.

보아하니 아카데미의 귀족가 자제들은 대부분 그 파티에 초대를 받은 것 같았다.

귀족 아카데미생들은 적극적으로 파트너를 구하며 파티를

준비하고 있었고, 평민들은 혹시라도 자기를 파트너로 데려가 주지 않을까 하며 애절하게 바라보고 있다.

이윽고 내게도 여성 아카데미생 하나가 다가왔다.

"일라인, 너도 이번 파티에 참가한다며?"

"그럴 것 같아."

"그러면 마침 잘됐네. 나와 함께 입장하자. 넌 얼굴만은 좋으니까. 파트너로 삼아 줄게."

대뜸 그렇게 말하는 여자애. 내가 돌려줄 반응은 하나였다.

"그런데…… 넌 누구야?"

"뭐?"

"아니, 다른 의미는 아니고. 오랜만에 아카데미에 나와서 기억이 조금 혼란스럽네. 얼굴은 알아, 얼굴은. 이름이 기억 안 날 뿐이지."

"이……!"

급격히 붉어지는 낯빛. 그녀는 곧 쿵! 내 책상을 발끝으로 차 불쾌감을 표하고는 성큼성큼 떠나갔다.

'대체 어쩌라는 거야?'

그렇게 자기를 알아주길 원했으면 평소부터 적극적으로 얘기를 걸던가.

"케이트의 파트너 제안을 걷어차다니……. 담력이 장난 아닌데."

"후환이 두렵지 않은 건가?"

웅성이는 주변.

다행인지 불행인지, 내가 제안을 거절하자 다른 여자애들에게서도 제안이 오지 않게 되었다.

내게 파트너 제안을 했다가 케이트라는 애에게서 어떤 소리를 들을지 알 수 없었으니까.

그 탓에 나를 중심으로 하여 묘한 기류가 흐르고 있었다.

그러던 도중. 교실을 들썩이게 하는 대사건이 하나 더 발생한다.

"잠시 주목해 주세요."

아카데미 교사가 스무 명의 학생들을 데리고 교실에 들어온 것이다.

그 스무 명 중에는 내가 아는 얼굴이 둘이나 있었다.

"어?"

"……후훗."

아는 얼굴 중 하나. 에리나는 나를 바라보며 입꼬리를 올렸다.

그녀의 등장에 교실이 정적에 휩싸였다.

"이들은 그란셀 아카데미 소속의 학생들입니다. 이번 줄리아에서 개최되는 헬리안 공작가 파티에 참가하기 위해 왔습니다."

이것도 두 계파의 화합을 위한 일종의 이벤트였다.

살레온 계파 어린애들의 필두인 에리나 살레온과 루안 차이스가 이 교류 수업에 참가한 것만 봐도 알 수 있다.

"루안 차이스라고 한다. 함께 수업을 받는 건 이틀뿐이지만 잘 부탁한다."

"저를 알고 있는 분들도 계실 거라고 생각해요. 에리나 살레온입니다. 부디! 이 이름을! 잊지 말아 주시길."

그란셀 학생들과의 합동 수업.

이는 아카데미를 떠들썩하게 만들기에 충분했다.

시끌벅적했던 오전 수업이 끝난 뒤.

점심을 먹기 위해 정원으로 향하는 나를 붙잡는 목소리가 있었다.

"기다리세요, 웨이드!"

다짜고짜 그렇게 말하는 그녀에게 나는 싱긋 웃어 주었다.

"무슨 일이죠, 헤이나 양?"

"한 글자밖에 안 맞았어요! 이번에는 알고도 그랬다는 게 더 괘씸하네요!"

살레온의 금지옥엽인 그녀는 여기저기서 시선을 끌어당기는 인물이었기에 나로서는 부담이 됐다.

그래도 지금은 주변 눈치가 없었으니 스스럼없이 대화를 나눌 수가 있었다.

"그러는 당신은 세 글자 전부는 물론이고 글자 수까지 틀렸는데요? 저는 웨이드라는 이름이 아닙니다."

"아직도 발뺌할 생각이군요."

"발뺌이고 자시고……."

"단순히 추측만 하는 게 아니에요. 지난번 캐링턴 전투가 벌어질 당시에 당신이 어디에 있나 제 나름대로 조사를 해 봤거든요. 그 내용을 보여 줘도 발뺌할 수 있을까요?"

"후우……. 스토킹이라는 말의 뜻을 아시나요?"

"스토킹? 그게 무슨 뜻인데요?"

"아무것도 아닙니다. 그보다도…… 저번에 제가 보냈던 편지의 답장은 제대로 읽어 보지 않았던 걸까요?"

세로드립으로 질척거리지 좀 말라고 보냈던 답장.

꾹! 에리나는 눈치를 채고 있는지 아랫입술을 가볍게 깨물었다.

"예에, 물론 읽어 봤어요. 아주 묘하고 기구한 우연의 일치도 확인했고요."

"그걸 봤다면 이런 식으로 말을 거는 건 그만해 줬으면 하는데요."

"윗! 당신이 인정해 버리면 우연의 일치고 뭐고 아니게 되잖아요!"

"아, 그것도 그러네요."

나는 적당히 흘려버리며 그녀를 상대했다.

말싸움에서 밀린 그녀는 이내 답답한 숨을 토해 냈다.

"그보다 당신. 파티에 함께 갈 파트너는 구했어요? 아직이라면 제가 파트너로 삼아 줄 수도 있는데요?"

"걱정해 줘서 고맙지만 사양할게요."

거기서 살레온 공작가의 장녀와 함께 입장한다니. 어떤 일이 벌어질지 상상하기도 싫었다.

"흥!"

거절당할 걸 알고 있었는지 별로 낙담한 기색은 없었다.

"노파심에 말하는 거지만 이번 파티는 절대 작은 규모가 아니에요. 실수를 범했다간 입방아에 오르게 될걸요. 게다가 아카데미생들에 한해 가신들의 경연을 하기로 되어 있으니 힘을 주고 나오는 게 좋을 거예요."

가신 경연.

나는 그 골칫거리에 한숨을 내쉬었다.

가신 경연이란 일종의 힘자랑 대회 같은 것이었다.

막 성인이 된 귀족가 자제들끼리 가문에서 붙여 준 가신을 비교하여 어떤 가문이 더 뛰어난 영향력을 가지고 있는가를 간접적으로 자랑하는 자리다.

이는 고위급 파티에서나 행해지는 것이었는데 이번 파티는 말할 것도 없이 고위급 파티였다.

'누굴 데려가지?'

개인적으로는 유미르를 데려가고 싶었지만 수인은 왕국 내에서 멸시를 받는 경향이 있다.

괜한 트집을 잡힐 수도 있는 만큼 유미르는 데려갈 수가 없다.

스승은 이 자리에 없고, 설령 있다고 해도 데려갈 수 있는 상황이 아니니 논외.

그렇다면 남은 선택지는 하나밖에 없었다.

오후에 이어진 수업은 특별 교양 수업이었다.

워낙 큰 파티인 만큼 실수가 없도록 아카데미에서 특별히 교양 수업을 편성한 것이다.

그리고 그 임시 교편을 잡은 것이 에리나를 따라온 조안이었다.

"오늘 수업을 맡은 조안 디엘라라고 합니다. 살레온 가문의 시종장을 맡고 있습니다."

조안은 슬쩍 나를 바라보더니 희미하게 웃어 보였다.

"먼저 테이블 매너에 대해 이야기를 하겠습니다."

과연 공작가의 시종장이라고 할까. 그녀는 아주 세심한 부분까지 짚고 넘어갔다.

"다음은 댄스 예절입니다. 혹시 시범을 보여 주실 영랑분과 영애분이 계십니까? 없으시다면 제가 지목을 하겠습니다. 그쪽에 계신 일라인 님. 그리고……."

에리나가 자신을 지목하라는 듯 시선을 보내고 있었지만

조안은 쿨하게 무시했다.

애초에 지금 조안의 선택 기준은 약소 가문이었다.

고위 가문의 자제들끼리 얽히게 했다간 괜한 이야깃거리가 만들어지기 때문이다.

"밀스틴 양."

"예."

블론드 색의 머리를 정갈하게 땋은 여자애였다.

교단에 나온 그녀는 내게 슬며시 눈웃음을 지었다.

"오랜만이네, 알스."

"그러게. 오랜만이야, 베릴."

그란셀 아카데미 학생 중 에리나 외에 얼굴을 알고 있던 나머지 하나, 베릴 밀스틴이었다.

그녀와는 아주 어릴 때부터 아는 사이였다. 우리 어머니가 밀스틴 가문 출신이기 때문이다.

"고모님은 잘 계셔? 쌍둥이를 임신했다는 소식은 들었어. 노산이라 걱정된다고 아버지가 그러시더라."

"지금은 괜찮으셔."

"다행이네. 그러고 보니 조만간 조부모님과 함께 리벨에 방문하기로 했어."

"그러면 거의 1년 만인가. 어머니가 좋아하시겠네."

우리와 달리 살레온 계파에 줄을 선 밀스틴 가문과는 1년여간 교류가 끊겼지만 최근 그 교류가 다시 살아나고 있었다.

"어흠. 잡담은 삼가 주시기 바랍니다."

"아, 예!"

조안의 지적에 허리를 빳빳하게 세우는 베릴.

나는 조안의 지시대로 그녀에게 춤을 신청하고, 리드를 하며 가볍게 춤을 추었다.

"그곳에선 상대방의 허리를 조금 풀어 줘야 합니다. 예, 잘했습니다."

조안은 역시 집사 수업에서 가르친 보람이 있다며 만족스럽게 고개를 끄덕인다.

베릴도 리드에 안심했는지 점점 긴장을 풀어 가고 있었다.

'마침 잘됐어.'

파티에 함께 갈 파트너로서는 최적이었다.

가문의 수준도 비슷하고, 살레온 계파 쪽이니 그 케이트라는 애한테 해코지를 당할 리도 없다.

춤을 추는 도중 그 이야기를 속삭이자 베릴은 귀가 간지러운지 배시시 웃었다.

"기꺼이 응할게. 마침 나도 마땅한 파트너가 없어서 곤란한 참이었거든."

작은 목소리로 속삭였건만, 주위가 조용했던 탓에 어느 정도 들린 모양이다.

"이잇……!"

"흥."

내게 제의를 했던 케이트라는 여자애가 이를 악물고 있었
고, 에리나는 부채를 꾹 움켜쥐고 있었다.

파티 당일.

줄리아 중심부에 위치한 헬리안 저택에서 진행된 파티에
맥스 형은 로봇같이 뻣뻣하게 굳어 먼저 입장을 하였다.

나는 연회장 밖에서 베릴을 기다리며 가신으로 데려온 에
오니아에게 신신당부를 하고 있었다.

"알고 있겠지만, 에오. 네 정체가 드러나선 안 돼."

"명심하겠습니다. 지금의 저는 라니아. 알스 님의 곁에 있
을 때는 에오니아가 아닌 떠돌이 생활을 하던 라니아입니다."

에오는 싱글벙글. 유미르나 스승 대신 자신을 선택했다는
데에 더없이 기뻐하고 있었다.

'괜한 사고를 치지 않았으면 좋겠는데.'

혹시 몰라 투구를 착용시켜 얼굴을 가려 놓기로 했다. 일
단 신분을 밝힌 뒤라면 갑주를 착용해도 상관없는지 경비병
은 에오의 얼굴을 확인한 뒤 허가증을 내 주었다.

그 과정에서 에오의 얼굴을 보고 번개를 맞은 듯 굳어 버
린 건 당연한 수순이었다.

'에오는 나보다도 훨씬 눈에 띄니까.'

쿠라벨 성국의 근위단장이었던 그녀에게는 어지간한 귀족은 저리 가라 할 정도의 기품이 있었다. 그냥 뒀다간 고위 가문의 영애인 줄 알고 춤 신청이 쇄도할지도 몰랐다.

그렇게 에오를 교육하는 도중 베릴이 나타났다.

"알스! 미안해. 기다리게 했나 보네."

"나도 막 왔는데 뭘."

그녀의 뒤에는 침착한 인상의 남자가 서 있었다.

"그쪽은……?"

"아, 제이드 씨라고. 우리 영지에서 일을 해 주시는 용병분이셔. 이번 가신 경연을 도와주러 오셨어."

"흠."

제이드는 노년에 접어든 용병이었다. 그렇다고 딱히 백전노장 같은 날이 선 느낌은 들지 않았다.

아마 전쟁 같은 것보다는 사냥이나 실종자 수색 같은 일을 주로 수행하는 용병인 모양이다. 에오는 그의 수준을 대번에 파악했는지 코웃음을 쳤다.

나는 쿡! 그런 그녀의 옆구리를 팔꿈치로 찌르고는 제이드와 악수를 나눴다.

"그런데 그쪽에 계신 분은 누구야?"

에오를 보며 고개를 갸웃하는 베릴.

"처음 보는 분인 것 같네. 혹시 투구를 벗으면 나도 알고 있는 얼굴일까?"

"아마 모를 거야. 최근에 일을 시작했거든. 라니아라고 해."

에오는 각을 잡고는 공손하게 허리를 숙였다.

"알스 님을 모시고 있습니다. 라니아라고 합니다."

"우와……."

숨길 수 없는 기품에 베릴이 탄성을 흘렸다.

"귀, 귀족 출신인 거지? 어떻게 일라인 가문에서 귀족 출신 사용인을……. 아, 아니, 너희 가문을 낮잡아 말하는 게 아니고."

"사정이 좀 있거든. 그보다도 어서 입장하자. 라니아, 너는 이곳에서 기다리고 있다가 가장 마지막에 입장하면 돼."

"제이드 씨도요!"

우리는 방명록에 이름을 쓴 뒤에 담소를 나누며 입장을 대기하고 있었다.

제법 빨리 왔다고 생각했지만 약소 귀족이라 그런지 우리 순서는 계속해서 뒤로 밀려났다.

우리보다 명백히 늦게 온 녀석들이 먼저 입장을 하고 있었다.

"저리 꺼져. 방해되니까."

그렇게 말해 온 건 어제 내게 파트너 제안을 했었던 케이트였다.

그녀의 파트너로는 웨이드를 사칭하고 다니는 케스퍼가 붙어 있었다.

"흥."

케이트는 불쾌하다며 콧김을 내뿜고는 파티장에 입장했다.

베릴은 안도의 한숨을 쉰다.

"알스 너, 케이트 씨에게 뭐 잘못한 일이라도 있어?"

"글쎄."

"조심하는 게 좋을 거야. 맥밀란 후작가라고 하면 헬리안 계파 쪽에서도 다섯 손가락 안에 들어가니까. 케이트 씨는 에리나 씨와 같은 위치에 있는 거라고."

호랑이도 제 말 하면 온다고 했는가.

"누가 누구와 같은 위치라고요?"

"앗……! 에리나 양."

에리나는 사관생인 루안 차이스와 파트너를 이루고 있었다.

"오늘도 아름다워요, 에리나 양. 그리고 루, 루안도 멋져……."

베릴은 루안을 보더니 얼굴을 붉히며 어쩔 줄을 몰라 했다.

"오호라. 그런 거였군요. 후후."

에리나는 그 모습에 만족한 듯 웃으며 말한다.

"그보다도 베릴, 일라인 님과 아는 사이였군요."

"예, 가문이 가까워서요."

"몇 살 때부터 알고 지냈죠?"

"세 살 정도인데요. 왜 그러시죠?"

"세, 세 살……!"

전율하는 에리나.

"……한 가지 묻고 싶은 게 있는데, 혹시 이름을 잊어버린 다거나 하는 실수를 하지 않았나요?"

"제가요?"

"일라인 님이요."

"그런 일은 없었던 것 같은데요. 왜 갑자기 그런 걸……?"

"아무것도 아니에요. 흥!"

촤륵, 탁! 부채를 폈다 접었다 하며 내게 항의를 표하는 에리나.

그런 그녀에게 루안이 말했다.

"남은 이야기는 파티장에서 하시고 우선 입장하시죠, 에리나 아가씨."

"알겠어요."

둘이 떠나가자 베릴이 깊은 숨을 내쉬었다.

"긴장했어! 갑자기 에리나 씨가 올 줄이야. 거, 거기다 루안까지."

"루안 차이스인가……."

헬리안 계파에 신동 케스퍼 밀리아스가 있다면 살레온 계파에는 루안 차이스가 있다고들 말한다.

'케스퍼가 지략 쪽이라면 저 녀석은 무예 쪽인가.'

그가 내 옆을 스쳐 지나갈 때 손끝에 찌릿함이 느껴진 것을 보면 제법 실력이 있는 모양이다.

"왜 그러고 있어, 알스? 어서 입장하자."

"아, 그래. 들어가자."

마침 차례가 돌아온 모양이다. 나는 베릴과 함께 파티장으로 발걸음을 옮겼다.

파티에 참가한 참석자는 크게 세 개의 계층으로 나뉘어 있었다.

첫 번째는 어른들. 두 번째는 혼담을 찾아다니는 젊은이들. 그리고 세 번째는 막 성인이 된 어린애들이다.

파티장에는 5~12살의 진짜 어린애들도 있지만 이 애들은 먹고 노는 것이 목적이기에 논외.

나는 세 번째 계층에 속해 있었다.

다만 이 세 번째 계층 내에도 또 다른 계층이 존재했는데 바로 가문의 권위였다.

일종의 카스트라고 할까.

약소 남작가에 속한 나와 베릴은 주요 무리에 끼지 못하고 구석 테이블에 앉아 조용히 식사를 하고 있었다.

"으으……. 도저히 끼어들지를 못하겠어."

베릴은 위축되어 테이블에서 떠나지를 못하고 있었다.

나로서는 테이블을 지켜 주고 있어 고마울 따름이었다. 내게는 아까부터 의미심장한 시선이 꽂혀 오고 있었다.

'역시. 나를 감시하고 있는 시선이 있어.'

헬리안 공작 쪽일까. 그도 아니면 밀리아스 후작의 소행일 지도 모른다.

그 외에도 몇몇 영애들이 내 쪽을 흘끔흘끔 훔쳐보고 있었 다. 테이블에 베릴이 앉아 있기 망정이지 그렇지 않았다면 과감하게 다가왔을지도 모른다.

"별로 상관없지 않아? 어차피 자리만 채우는 게 우리 역할 이었으니까."

"그렇긴 한데……."

베릴은 시종일관 루안에게서 시선을 떼지 못하고 있다. 말 이라도 걸어 보고 싶은 모양이다.

마침내는 용기를 냈는지 가신인 제이드를 대동하고 무리 로 향했다.

그러길 잠시. 아니나 다를까 영애 하나가 다가왔다.

"잠시 이야기를 나눌 수 있을까요?"

"물론이죠."

파티에서 박대를 하는 건 큰 무례였기에 응대를 해야만 했다.

그걸 기점으로 눈치를 보고 있던 다른 영애들까지 내 쪽으 로 오면서 무리가 생기게 되었다.

"뒤에 계신 들러리분은 누구이신가요?"

한 영애가 에오니아를 곁눈질하며 물었다.

"제가 개인적으로 고용한 무예 교사예요. 이름은 라니아라고 합니다."

"무예 교사요?"

"제가 사관을 지망하고 있거든요."

"어머나, 그러셨군요!"

재밌는 얘기를 한 것도 아님에도 꺄르르 웃는 영애들.

그 숫자가 계속해서 불어나 난감하던 차, 영애들이 모인 것을 본 맥스 형이 헛기침을 하며 다가왔다.

"레이디, 제게도 이야기를 나눌 수 있는 영광을 주시지 않겠습니까?"

나는 맥스 형에게 초능력이라도 있는 줄 알았다.

그렇게나 모여 있던 영애들이 순식간에 뿔뿔이 흩어져 버렸으니까.

"왜 나만 이런 꼴이냐고……."

어깨를 축 늘어뜨리고 떠나가는 맥스 형.

덕분에 평화를 얻은 나는 에오에게 음식을 먹이며 시간을 보내고 있었다.

그러던 때였다.

"알스 일라인."

은밀히 접근해 온 덩치의 남자가 위압적인 목소리로 말해 온다.

"웃어른의 호출이다. 잠깐 따라와라."

"웃어른이라면 누굴 말하는 거죠?"

누구인지는 쉽게 짐작이 갔다.

"그건 알 필요 없다. 군말 말고 따라와라."

"싫습니다."

"뭐라고?"

"용무가 있다면 본인이 직접 이곳으로 오라고 하세요. 떨거지를 보내지 말고."

"떨거지……? 애새끼 주제에 건방지기 짝이 없군. 다시 말하지만 웃어른의 호출이라고 했다. 네놈 따위가 함부로 얼굴을 마주할 수도 없는 그런 분이시란 말이다."

"핫, 건방지다면 절 말하는 겁니까? 그도 아니면…… 당신을 말하는 겁니까?"

"무슨…… 헛!?"

몸을 굳히는 덩치. 그는 자신을 옥죄는 살기에 조금도 미동하지 못했다.

"감히 어느 안전이라고 알스 님을 위협하는 거냐. 조무래기가……!"

자신 따위는 대적할 수 없는 상대라는 걸 직감한 덩치는 뱀을 마주한 개구리처럼 떨었다.

"라니아, 그만."

"옛."

에오가 투기를 거두고 나서야 덩치는 가쁜 숨을 몰아쉬었다.

"허억! 허억!"

"뭐, 이번만큼은 어울려 드리도록 하죠. 저도 한 번 정도는 얘기를 나눠 보고 싶었으니까. 앞장서 주세요."

"너, 넌 뭐지?"

"그 웃어른이라는 사람에게서 듣지 못한 겁니까?"

"……."

보아하니 듣지 못한 모양이었다.

덩치는 침을 꼴깍 삼키고는 안내를 하기 시작했다. 계속해서 에오를 흘끔흘끔 훔쳐보는 걸 보면 완전히 위축된 모양이다.

그가 안내한 곳은 저택 내에 위치한 응접실이었다.

"왔군."

그곳에 밀리아스 후작이 기다리고 있었다.

조제트 밀리아스. 헬리안 계파의 주축 중 하나로, 캘리퍼 왕국 내에서도 열 손가락 안에 들어가는 유력자였다.

주변 사람들을 전부 물린 그가 내게 말했다.

"반갑군, 웨이드. 직접 얘기를 나누는 건 이번이 처음이던가."

"……."

"아, 이제 와서 발뺌할 생각은 하지 말고. 이야기는 아이언하트에게서 전부 들었으니까."

"그래서요? 제게 무슨 용건입니까?"

"피차 이득을 보자는 거지."

그는 자신의 아들 케스퍼 밀리아스에게 웨이드를 사칭하라 지시했다.

이건 대단히 위험한 행동이었다. 거짓이라는 사실이 밝혀질 경우 큰 망신을 당하게 되니까.

'그 부분을 해결할 수 있는 방법을 떠올린 거겠지.'

그것이 바로 내 존재였다.

"자네, 우리 가문에서 일하지 않겠나? 내 섭섭하지 않게 대우해 주겠다 약속하지. 자네는 물론이고, 자네 가문에도 말이야."

"그리고 웨이드가 세운 공은 전부 케스퍼가 가져가겠다는 거겠죠?"

"그게 무슨 섭섭한 말인가. 그저 서로에게 득이 되는 방향으로 가자는 거지."

일종의 얼굴 없는 가수를 하라는 것이다.

'역시 내 예상이 맞았어.'

이것이야말로 웨이드를 사칭한 케스퍼가 별 탈 없이 살아남을 수 있는 길이었다. 웨이드를 자신의 편으로 만드는 것.

그리고 밀리아스 후작에게는 그 자신이 있었다.

내가 속한 일라인 가문은 그들의 입장에서 개미만도 못한 존재였으니까.

"몇 년이면 돼. 그 시간이면 내 아들도 어엿한 장군이 되겠지. 그때가 되면 자네도 갈 길을 가면 되는 거야."

절대 그렇게 두지 않을 것이다. 그때가 되면 필히 입막음을 하려 하겠지.

"홋."

"뭔가, 그 웃음은."

"당신, 저를 너무 얕잡아 보고 있는 것 아닙니까?"

"뭐라?"

"당신이 제 위에 있다고 착각을 하고 있는 것 같아 말하는 겁니다."

"……."

눈매를 좁히는 조제트.

"그럼 아니라는 건가?"

"그야 표면적으로는 그렇죠."

아무리 실력이 있다고 한들 나는 꼬맹이이고, 우리 가문은 왕국 내에서도 가장 아래에 위치해 있다.

하지만 그건 어디까지나 표면적인 이야기.

이면에 존재한 웨이드는. 삼사자 전쟁을 끝낸 지금의 웨이드는 다르다.

"조제트 밀리아스. 당신 따위는 마음만 먹으면 당장이라도 처리해 버릴 수도 있습니다. 주제를 알도록 하세요."

"뭣이!?"

"……에오니아."

그러자 에오가 살기를 해방하며 사위를 압도했다.

"헙!?"

조제트는 그 살기에 하얗게 질려 주저앉았다. 그를 호위하는 무사는 없었다. 설마 이 자리에서 해코지를 해 올 거라고는 꿈에도 생각지 못했던 것이다.

"지, 지금 무얼 하려는 거냐! 내게 해를 입히면……!"

"쥬라스 님에게 뒤처리를 해 달라고 하면 그만입니다."

"쥬라스라고!?"

"왜 제가 크로싱에서 일을 했다고 생각합니까?"

크로싱 공화국에서 일을 한 웨이드. 그걸로 말미암아 크로싱과 웨이드 사이에 커넥션이 생겼다는 것 정도는 추측할 수 있다.

'실제로는 전혀 그런 관계가 아니지만.'

이게 허세라고 간파할 근거가 상대에겐 없다.

그렇다면 허세도 훌륭한 무기가 된다.

"히익!? 머, 멈춰라! 나는……!"

에오가 다가가자 엉덩방아를 찧으며 추하게 기어가는 조제트.

"에오, 그만해."

"옛."

에오는 기계적인 움직임으로 내 뒤에 섰다. 그 모습은 꽝장히 냉혹해 보였지만 나는 알고 있었다.

속으로는 멋들어지게 지시를 수행했다며 희희낙락하고 있는 걸.

"뭐. 아무리 쥬라스 님이라도 이 정도의 뒤처리는 버거울지도 모르겠군요. 그리고…… 그쪽에 계신 분들도 방해가 될 것 같고요."

내가 한쪽 벽면을 향해 말하자 그곳에서 '하핫.' 하는 웃음소리가 터져 나왔다.

곧 벽면에 숨겨져 있던 문이 열리며 남자 둘이 나타났다.

"최대한 숨을 죽였다고 생각했는데, 역시 무리였는가. 그래서 듀난, 자네는 따라오지 않아도 좋다고 한 걸세. 자네 때문에 들켜 버리지 않았나."

"……."

레그나트 헬리안 공작과 제1장군이자 대장군 듀난이었다.

에오는 듀난을 경계하며 언제든 무기를 뽑을 수 있는 자세를 취했다. 듀난도 에오를 응시하며 만반의 태세를 갖추고 있었다.

"레, 레그나트 님!"

그의 존재를 모르고 있었는지 조제트의 눈이 더없이 커졌다.

"대체 어떻게……!"

"이곳은 내 저택이네, 조제트. 이런 조잡한 장치 한두 개쯤은 당연히 있지. 자네에게 이 응접실을 안내해 준 게 누구인지 잊었나? 그보다도 어서 일어서게. 대귀족의 품격이 더러워지지 않나."

"윽!"

후다닥 몸을 일으키는 조제트.

레그나트는 비웃음으로 그를 일별하고는 내게 시선을 옮겼다.

"반갑군 알스 일라인. 아니, 웨이드라 부르는 편이 나은가?"

"……."

전형적인 소인배 유형인 조제트와는 달리 레그나트에게서 풍겨 오는 위압감은 차원이 달랐다.

"그런데 그것 알고 있는가? 크로싱의 힘을 빌리겠다는 자네의 발언은 여적죄에 해당한다네."

"농담을 진심으로 받아들이실 줄은 몰랐는데요."

"뭐, 그렇겠지."

레그나트는 피식 웃었다.

"이번 무례는 내가 대신 사과하도록 하겠네. 내가 벌인 일은 아니더라도 내 계파에서 발생한 일이니까 말이야."

"그 말은……?"

"유능한 자네와는 앞으로도 좋은 관계를 유지하고 싶다는 뜻이지."

그는 알고 있었던 것이다.

나를 압박해서 좋을 게 하나도 없다는 걸.

만약 헬리안 계파 쪽에서 나를 압박한다면 내게는 선택지가 있었다.

그냥 살레온 계파에 붙어 버리면 되는 일이기도 하고, 여차할 때는 정말로 크로싱에 힘을 빌려 볼 수도 있다.

"그것만큼은 피하고 싶거든. 자네와 같은 유능한 인재가 그 무능한 살레온 놈들에게 붙어 버리는 건 말이야."

"그래서였습니까, 살레온 계파 쪽의 사람들이 제 정체를 알지 못하고 있는 건."

"그래, 어떻게든 입막음을 시켰지. 그쪽에서 알았다간 무슨 수를 써서라도 자네에게 접근했을 테니까."

그렇게 되면 내 정체를 알고 있는 살레온 계파의 인물은 에리나밖에 없다는 게 된다.

"케스퍼 밀리아스에 관한 건은요?"

"얼마 지나지 않아 알아서 자멸하지 않겠나? 함부로 사칭을 한 대가를 치러야지."

이에 조제트가 버럭 소리를 질렀다.

"그게 무슨 소리입니까, 레그나트 님!"

"무슨 소리긴. 자네가 벌인 일의 뒷감당은 응당 자네가 해야 한다는 거지. 애초에 자네는 왜 케스퍼에게 웨이드를 사칭하게 한 건가?"

"그건……!"

"그래, 어떻게든 뒤처리를 할 수 있다고 생각한 것 아닌가. 그 뒤처리가 불가능해졌으니 경거망동한 대가는 치러야지. 안 그런가? 뭐, 지금이라면 조금 망신당하는 정도로 수

습할 수 있을 거네."

"큭!"

"이 건은 이걸로 끝을 내도록 하지. 웨이드, 자네도 괜찮겠지?"

이건 일종의 협정이었다.

내 정체가 웨이드라는 사실로 압박을 하지는 않을 테니 크로싱이나 살레온에는 붙지 마라.

'괜찮은 제안이긴 해.'

어차피 나중이 되면 주인공과 함께 새로운 국가를 만들게 된다.

그때까지는 헬리안 공작과의 협정은 좋은 보호막이 되어 줄 테다.

"좋습니다. 앞으로도 원만한 관계를 유지하도록 하죠."

"그래. 그럼 이만 파티를 즐기러 가 보게."

그는 분명 약속을 지켜 줄 거다. 다만 언제 다른 꿍꿍이를 생각할지는 알 수 없다.

그러니 나도 더 강력한 보호막을 만들어 놓을 필요가 있어 보였다.

헬리안 공작과의 대담을 끝내고 파티장으로 돌아온 나는

소란을 마주하게 되었다.

웅성이는 파티장.

그 중심에는 왜인지 베릴이 있었다.

"으으……!"

어쩔 줄을 몰라 하는 베릴. 그녀의 앞에서 케이트가 호통을 쳤다.

"어서 응하도록 하세요!"

그녀는 가신 경연을 요구하며 베릴을 닦달하고 있었다.

"케이트 씨, 몇 번이나 말하지만 제 가신은 그런 대결은 하지 않습니다!"

베릴은 케이트의 뒤에 서 있는 가신을 보고는 입술을 깨물었다.

캘리퍼 왕국 기사단복을 입고 있는 남자. 그걸 통해 그 실력을 어림짐작할 수 있었다. 적어도 베릴이 가신으로 데려온 제이드는 당해 낼 수 없는 강자였다.

"그럼 어떤 대결을 할 수 있는 거죠? 저는 뭐든 괜찮습니다. 체스이건, 설전이건 뭐든 받아들여 주죠!"

"사, 사냥이라면 제이드 씨도……."

"사냥이요? 오호호호홋!"

여기저기서 울려 퍼지는 조롱. 대부분 헬리안 계파의 인물들이었다.

양쪽 계파가 화해를 했다곤 하지만 그렇다고 어제의 적이 곧바로 오늘의 친구가 되는 건 아니다.

오늘 파티에서도 공공연하게 기 싸움이 벌어지고 있었다.

"도우러 가지 않는 건가요?"

어느새 다가온 에리나의 말이었다.

"이럴 때는 파트너가 도움을 주는 게 도리가 아닐까 하는데요."

"마음 같아선 그러고 싶지만 여러 가지 사정이라는 게 있으니까요."

나는 일단 헬리안 계파 소속일 뿐만 아니라 불필요하게 눈에 띄고 싶지도 않았다. 게다가 지금 저 행동은 나를 끌어내려 한다는 게 눈에 보였다.

"그런 당신이야말로 도와야 하는 것 아닙니까? 또래들 사이에서 살레온 계파를 이끌고 있는 입장이잖아요?"

"그건 그렇지만요……."

그리고 그녀와 마찬가지로 살레온 계파의 필두 중 하나인 루안 차이스가 먼저 나섰다.

"거기까지 해라, 케이트 맥밀란."

"아…… 루안……."

루안은 베릴을 지키듯이 섰다. 그 모습에 베릴은 황홀한 얼굴이 되었다.

케이트는 미간을 찌푸렸다.

"뭔가요, 차이스. 파트너도 아닌 당신이 방해를 할 생각인가요?"

역시. 케이트는 나를 끌어내기 위해 베릴을 쥐 잡듯이 잡고 있었던 모양이다.

"그렇다고 한다면?"

"뭐, 좋아요. 상대를 해 드리죠. 게오르그, 앞으로 나오세요."

그녀가 호령하자 '예이, 명령 받들겠습니다요, 아가씨.'라는 능글맞은 목소리로 뒤에 서 있던 기사복의 남자가 전면에 나섰다.

루안은 그를 보고는 슬쩍 고갯짓. 루안의 뒤에 있던 남자도 전면에 나섰다.

파티장의 분위기도 덩달아 고조되었다.

"섬격의 게오르그인가! 기사단의 미래라 불리는 그 재능. 기대되는군."

"그 상대는 차이스 가문의 검사인가. 상대로서 부족함이 없는걸."

이건 실상 어른들을 위한 이벤트였다. 자기들끼리는 유치하기 때문에 체면상 하지 않는 짓을 어린애들에게 시켜 그 유치한 짓을 즐기는 것이다.

대결이 벌어지려 하자 더 흥을 내는 건 어른들 쪽이었다.

급조하여 마련된 공간에서 검을 뽑아 들고 대치하는 둘.

신호가 떨어지자 살기가 넘실대는 대결이 시작됐다.

'정말로 죽이려고 하고 있잖아.'

날이 선 공격이었다. 이 세계의 특수한 의료 체계로 인해 어지간한 외상은 치료가 된다고 하지만 저들이 노리는 건 단번에 즉사시킬 수 있는 급소였다.

캉! 카강! 얽히는 검.

승부가 기울기 시작한 것은 30여 합이 지났을 때였다.

게오르그가 오러를 사용하며 무난하게 승기를 잡기 시작했다.

"오오! 저 수준의 오러를 아무렇지도 않게 사용하다니!"

"대단하군!"

오러를 사용하기 시작하자 대결은 싱겁게 흘러갔다.

'제법 강한걸.'

내가 상대한다면 제압하는 데 족히 100합은 걸릴 것 같았다.

'처음부터 체스터류를 사용하면 단번에 끝내 버릴지도 모르지만.'

창 하나만으로는 시간이 꽤 걸릴 테다.

"하앗!"

푹! 어깨를 찌르는 검 끝. 게오르그는 기세를 몰아 목을 치려는 듯했으나 그 전에 상대가 항복을 해 버렸다.

"제가 졌습니다!"

"흥. 목숨을 건졌군."

게오르그는 혀를 차며 검을 갈무리했다.

짝짝짝! 피가 흐른 대결이었음에도 박수갈채가 울려 퍼졌다. 어깨를 찔린 검사는 면목이 없다며 루안에게 말한다.

"죄송합니다, 도련님."

"괜찮아, 재키. 어서 지혈이나 해."

게오르그의 승리에 케이트가 웃음소리를 높였다.

"오호호호홋! 차이스 가문의 촉망받는 검사라 해서 기대했
는데, 별거 아니었군요!"

"쳇……."

루안은 본인이 직접 나서고 싶은 모양이었으나 그건 원칙
적으로 금지되어 있었다. 이건 어디까지나 가신 경연이니까.

케이트의 승리에 덩달아 기세등등해진 헬리안 계파.

옆에 있던 에리나가 탄식했다.

"어휴, 이렇게 될 줄 알았으면 저도 무도가를 데리고 올
걸 그랬어요."

"그럼 데리고 오지 그랬어요."

"파트너 사이의 밸런스라는 게 있거든요."

루안은 무도가를. 에리나는 학자를 데리고 오기로 약속한
모양이었다.

"그런 것까지 생각을 하고 있어야 한다니. 역시 고위 귀족
분들께선 피곤하게 사는군요."

"뭐, 저도 쓸데없는 짓이라고 생각은 하고 있어요. 그런
불문율 같은 건 무시하고 살레온의 검사를 데려왔으면 저 여
자가 저렇게 기고만장할 일도 없었을 텐데 말이죠."

"그럼 빌려줄까요?"

"예? 뭘 말이죠?"

"무도가요."

내 말뜻을 먼저 이해했는지 에오는 싫은 티를 팍팍 내기 시작했다.

나를 따르는 게 아니라 에리나의 명령을 따라야 한다는 것에 거부감을 느낀 것이다.

"에오, 그러지 말고 갔다 와."

평소 외골수적인 기질이 강한 에오에게 좋은 경험이 될 것 같았다. 게다가 이대로라면 파트너인 베릴이 험한 꼴을 볼 것 같기도 했고.

"……알겠습니다."

그녀는 못내 고개를 끄덕인다.

투구에 가려 보이지는 않지만 아마 입을 삐죽 내밀고 있을 테다.

"자, 잠깐만요."

에리나의 표정이 바뀌어 있었다.

"지금 에오라고 했어요? 설마 당신……."

내가 웨이드라 확신하고 있는 그녀는 순간 정체를 파악한 모양이었다.

곧 내게 귓속말을 해 온다.

"에오니아 미라벨을 데려왔어요!?"

"무슨 소리이신지? 그보다 떨어져 주겠어요? 누가 보면 염문이 난 줄 오해하겠어요."

"……아!"

후다닥. 볼을 붉힌 채 떨어지는 에리나.

그녀는 헛기침을 하더니 고개를 끄덕였다.

"그런 거라면 호의를 받아들이기로 할까요. 그러니까 에, 에오니아 씨?"

"라니아입니다."

"예. 그런 이름을 쓰고 계시는군요."

에리나는 잔뜩 긴장하여 에오를 대했다.

그러면서도 그 유명한 발키리를 잠시나마 가신으로 부린다고 생각하니 기분이 좋았는지 자기도 모르게 미소를 짓고 있었다.

기세등등하여 웃음소리를 높이는 케이트.

좌륵! 그런 그녀의 앞에 에리나가 부채를 펼치며 나타났다.

"즐거워 보이네요, 케이트 양?"

"에리나 살레온……!"

케이트도 여유를 가지지 못했다. 루안도 루안이지만 에리나는 살레온의 핵심 같은 존재였으니까. 게다가 살레온 가문의 검사라고 하면 왕국에서도 손가락에 꼽히는 집단이다.

"저도 끼워 주실 수 있나요? 제 가, 가신이 좀이 쑤시다고 하네요."

에리나는 자기가 말하면서도 짜릿한지 미세하게 몸을 떨었다.

"가신? 그 투구를 쓴 여자를 말하는 건가요?"

"예에. 무예로 겨루어 보도록 하죠. 어떤가요?"

"……."

짱구를 굴리는 케이트. 에리나가 자신 있게 나온 걸 보고 불안을 느낀 거다. 이에 에리나는 필살기를 사용했다.

"겁을 먹었다면 어쩔 수 없죠. 가신을 믿지 못하는 주인이라니. 슬프군요."

"누가 겁을 먹었다는 겁니까! 좋아요! 하도록 하죠!"

"홋."

다시금 벌어진 가신 대결에 사람들은 흥미를 드러내며 공간을 만들었다.

"어?"

그 안에 있던 베릴은 고개를 갸웃했다.

"저분은 분명 알스의 가신이었는데……."

대치하는 게오르그와 에오니아. 게오르그는 혀를 날름거렸다.

"오오, 뭐야. 방금 뭔가 찌릿찌릿했다고. 하핫, 조금 전 놈보단 즐길 수 있을 것 같은데."

"⋯⋯."

에오는 말없이 검을 들어 자세를 잡았다.

"그럼 시작하세요!"

케이트가 개시를 알리자 게오르그가 땅을 박차며 치고 들어갔다.

"하아앗!"

캉! 첫 수를 시작으로 게오르그는 기세를 올리며 더욱 몰아치기 시작했다.

에오는 모든 공격을 간단히 받아 내고 있었지만 무예에 대해 모르는 사람들은 게오르그가 일방적으로 몰아붙이고 있는 것처럼 보였다.

'나 참. 에오 녀석.'

내게 항의라도 하는 건지, 그도 아니면 에리나의 밑에서는 제대로 일하고 싶지 않은지 제 실력을 내고 있지 않았다.

그럼에도 대결은 호각으로 진행되었다.

30합이 진행된 상황에서 별다른 소득을 얻지 못한 게오르그가 에오의 검을 쳐 내며 거리를 벌렸다.

"뭐냐 넌, 살레온의 검사 중에 그런 검술을 쓰는 녀석은 들어 보지 못했다고."

들도 보도 못한 정체불명의 검술. 그럼에도 그 검술에는 심오한 체계가 갖춰져 있었다.

그도 그럴 수밖에. 에오가 지금 사용하고 있는 건 무구한 역사를 가진 발키리의 무예였으니까.

"새삼 그 얼굴이 궁금해지는걸. 투구를 벗을 생각은 없는 건가?"

"……."

"핫, 뭐 좋아. 내가 직접 벗겨 주지."

오러를 끌어 올리는 게오르그. 그의 검에 오러가 넘실거렸다.

이에 오오! 하며 관중이 탄성을 내질렀다.

"그럼 2회전을 시작해 볼까. 부디 끝까지 버텨 달라고, 아가씨."

"……조무래기가."

"뭐라고?"

"상대의 기량도 알아보지 못하는 조무래기 따위가 멋대로 지껄이지 말아라."

그리고. 화아악! 에오는 자신의 오러를 방출했다.

"어……?"

망연히 신음하는 게오르그.

에오의 순백색 오러는 검을 넘어 팔을 타고 올라가 온몸을 휘감았다. 그 격의 차이는 제3자가 봐도 명백했다.

에오가 고한다.

"4합을 주겠다. 그 안에 무릎을 꿇고 패배를 시인해라. 그러면 목숨은 취하지 않겠다."

"무슨…… 자, 잠깐!"

공세로 전환하는 에오. 게오르그는 다급히 검을 세워 공격을 막았다.

"커헉!?"

캉! 단 일격도 버티지 못했다. 게오르그의 검은 단번에 부러져 버렸고, 기세를 이기지 못한 게오르그는 바닥을 굴렀다.

그래도 오러가 버텨 줬는지 베이지는 않은 상태였다. 에오는 곧장 추격해 들어갔다.

"……죽어라."

"져, 졌습니다!"

다음 공격이 오기 전에 재빨리 엎드리는 게오르그. 이미 자존심이고 뭐고 없었다.

그걸 생각하기에는 기량의 차이가 너무 심했으니까.

"흥."

코웃음을 치며 검을 거두는 에오.

케이트는 사색이 되어 있었고 에리나는 미소 지었다.

"대단하군! 살레온의 문하에 저런 검사가 있을 줄이야."

"살레온의 여검사라니. 신예가 나온 건가!"

그리고 그러한 칭송은 곧장 주인인 에리나에게 향했다.

아마도…… 아마도 에오는 그게 마음에 들지 않은 모양이었다. 다른 사람의 가신 취급을 받은 게 싫었는지 터무니없는 기행을 저지르고 만다.

철컥! 투구의 조임쇠를 풀고는 얼굴을 공개한 것이다.

……

파티장에 정적이 흘렀다.

모습을 나타낸 신비로운 청발의 머리칼과 아름다운 이목구비.

남자들은 그 모습에 눈을 떼지 못했고 여성들은 경이로워했다. 에리나도 헛숨을 삼켰고, 엎드려 있던 게오르그마저 홀린 듯 시선을 고정했다.

기행은 여기서 끝이 아니었다.

척! 에오는 검으로 누군가를 가리켰다.

"어이쿠."

나는 이마를 감싸 쥘 수밖에 없었다.

딴에는 이 파티장에서 유일하게 자신의 상대가 될 수 있는 자를 가리킨 것일 테지만, 그 상대라는 게 헬리안 공작과 함께 있던 대장군 듀난 그림우드였기 때문이다.

살레온 계파인 에리나의 가신으로 대결을 펼친 에오가 헬리안 계파의 중추인 대장군 듀난을 도발했다?

이건 대사건이었다.

파티가 끝나 저택으로 돌아온 후.

에오니아는 시무룩한 채 무릎을 꿇고 있었다.

"내가 경거망동은 하지 말라고 그랬지."

"……정말 죄송합니다."

"얼굴을 드러낸 건 둘째 치고, 듀난을 검으로 가리키는 일만 없었다면 나도 이렇게까지 말하지는 않았을 거야. 무슨 뜻인지 알아?"

"알고 있습니다……."

"왜 그랬던 건데?"

"그자가 알스 님을 위협했던 것이 기억나 저도 모르게."

헬리안 공작과 얘기를 나누고 있을 때였나. 듀난이 나를 경계했던 것을 위협했다고 생각한 모양이다.

"으으……. 죄송합니다."

파티장에 있을 때와는 딴판이 되어 쭈구리가 된 에오니아.

사실 결과적으로는 나쁘지 않았다. 에오니아가 살레온 계파 쪽에서 듀난을 도발해 준 덕에 내가 여차하면 살레온 쪽에 붙을 수 있다는 걸 강하게 어필했으니까.

그래도 이 사고뭉치에겐 경고 조치가 필요해 보였다.

"안됐지만 이번에는 어쩔 수 없어. 징계를 내리는 수밖에."

"징계……!"

형식상의 치하를 좋아하는 에오니아는 형식상의 처벌 또한 극도로 무서워했다.

"에오, 너를 경호대장에서 해임하고 근위무사로 격하하겠어."

"그건…… 무슨 차이입니까?"

"이제부턴 유미르의 밑으로 들어간다는 거지."

"그런……!?"

결국엔 모두 형식상의 것이었지만 에오는 세상 끝난 것 같은 표정을 지었다.

그렇게 에오니아는 유미르의 밑으로 들어가 청소와 빨래 같은 집안일을 시작하게 되었다.

뭐, 진지한 징계라기보다는 곧 태어날 쌍둥이들을 보살피는 데에 조금이나마 도움을 받기 위해 시킨 것이었지만.

3장

파티를 끝마치고 집으로 돌아온 나는 멈춰 있던 시간이 다시 흐르는 감각을 느꼈다.

15살의 나이에 이런 형태로 국가 정세에 관여하는 건 내게도 예상 밖의 일이었다.

다행히 메인 스토리는 비틀어지지 않았다.

삼사자 전쟁은 크로싱의 승리로 끝나 베카비아에 심대한 타격을 입혔다.

본래 게임에서의 스토리보다 승리의 규모가 얼마나 큰지는 알 수가 없었기에 불안한 부분이 있긴 했지만.

'앞으로 닥쳐올 큰 사건은 하나.'

대륙의 패권 다툼을 상징하는 전쟁이자 게임의 프롤로그

격으로 나온 전쟁.

키메라 전쟁뿐이었다.

나는 당초 그 전쟁과 관련이 없을 거라 생각했지만 웨이드라는 신분이 대두한 이상 어떤 형태로든 영향이 있을 거라 생각했다.

'정확한 연도는 모르지만 적어도 키메라 전쟁의 시기는 봄이었어.'

그게 내년 봄이 될지, 내후년 봄이 될지는 모르겠지만 대비를 해 놔야만 했다.

똑똑! 침착한 노크 소리.

"도련님, 유미르입니다. 돌아왔습니다."

"제법 빨랐네. 들어와도 좋아."

저택에 돌아온 나는 곧장 유미르에게 한 가지 지시를 내렸었다.

전학을 갈 중등 아카데미를 알아보기 위함이었다.

지금 다니고 있는 줄리아 아카데미는 헬리안 공작령에 위치해 있던 만큼 조금 시간이 걸리더라도 다른 곳으로 옮길 생각이었다.

"그래서 어땠어, 레인폴은?"

"예, 도련님이 말씀하신 대로 복잡한 사정이 있는 도시였습니다."

레인폴은 크로싱과 캘리퍼의 접경 지역에 위치한 도시로

중소 규모였다.

그곳은 도시 내부에 국경선이 있다는 기묘한 성질이 있었는데, 그 탓에 도시의 형태도 특수했다.

캘리퍼와 크로싱이 동맹을 맺기 전까지는 도시 내부에 도합 1만에 달하는 병사가 주둔해 있었을 정도다.

그것이 동맹을 기점으로 발전을 시작했는데, 아카데미도 크로싱과 캘리퍼가 통합하여 운영을 하고 있었다.

"다만 아카데미를 옮기기 위한 시기가 따로 정해져 있다고 합니다."

"알고 있어. 올해까지는 줄리아에 다녀야 하겠지. 그거면 충분해. 고마워, 유미르."

아카데미에 관한 건은 이걸로 충분했다.

"그러고 보니 스승이 그곳 주위에 있지 않았나? 만나 봤어?"

"아뇨, 다망하신 것 같아 만나진 못했습니다."

"흐음. 역시 바쁜 건가. 시간이 된다면 무예 수업을 받고 싶었는데. 안 될 것 같네."

"무예 지도라면 에오니아에게 받고 계시는 게……?"

"그게, 에오는 나를 너무 봐주면서 하거든. 유미르 너도 마찬가지고."

일리야 스승은 가차 없이 몰아치는 스타일인 반면 에오는 뭐라고 할까, 상전을 대하는 것처럼 뭐든 칭찬밖에 하지 않아 배우는 데에 긴장감이 없었다.

"뭐, 그렇다고 못 가르치는 건 아니니 어쩔 수 없나. 에오는 조금 어때? 집안일은 잘하는 것 같아? 열심히 하고 있는 건 아는데."

그 파티의 일로 인해 유미르의 밑으로 들어간 에오는 정말로 백의종군을 하듯 성심성의를 다해 집안일을 하고 있었다.

"잘하고 있습니다. 제가 감히 가르칠 게 없을 정도로요."

"하하, 그 정도야?"

그녀는 손재주에 탁월한 무언가가 있는지 일을 배우는 게 무척 빨랐다. 그녀가 집안일을 맡은 이후로는 저택에는 먼지 한 톨 존재하지 않았고 정원은 여타 고위 귀족 부럽지 않은 예술성을 자랑했다.

'손재주라고 하니……'

하나 걸리는 게 있었다.

나는 그 부분을 검증하기 위해 유미르에게 훈련 장비를 하나 준비해 줄 것을 부탁했다.

나는 앞으로 닥칠 일을 앞두고 한 가지 무기를 더 장착할 생각이었다.

'궁술을 익힌다면 다양하게 활용할 수 있을 거야.'

예를 들어 화살에 다양한 색깔의 천을 묶어 쏘아 멀리 떨어져 있는 장교들에게 단번에 신호를 보낸다든가.

내 경우에는 시간이 걸리더라도 촘촘한 정보망을 통해 섬세하고 구체적인 지시를 하는 편이었다.

그러지 않으면 전술 지시를 제대로 이해하지 못하고 의도하지 않은 방향으로 움직이는 부대가 생기기 때문이다.

'그때는 쥬라스 휘하의 정예 장교들이었기에 지휘가 가능했지만……'

평범한 장교들에게도 그런 전술 수행 능력이 있을지는 의문이었다.

단적으로 에오니아는 단순 돌격 능력은 꽤 좋았지만 전술 수행 능력은 꽝이었다. 자의적인 판단력이 전혀 없다고 할까.

가만 놔두면 혼자 2절, 3절, 4절까지 부르다가 고립되고 말 테다.

그런 만큼 에오의 경우에는 화살의 신호로 말미암아 내가 직접 지휘를 해 주기로 했다.

나는 그 훈련을 위해 창고에 있던 활과 화살. 그리고 훈련용 과녁을 저택 바깥 공터에 설치해 두었다.

그렇게 영지의 업무를 점심까지 전부 처리하고 연무장으로 향했으나 연무장에는 선객이 있었다.

"흥! 활 따위. 겁쟁이들이나 사용하는 무기인데 말이야.

보나 마나 일리야가 가져다 놓은 거겠지."

활과 과녁판을 보며 툴툴거리는 에오.

내가 궁술을 배우려 가져왔다고는 생각하지 않는지 신랄하게 까고 있었다.

이것이 궁술에 대한 대륙 동부 사람들의 인식이기도 했다.

그나마 북부의 베카비아와 서부 쪽 국가에선 궁술이 어느 정도 취급을 받았지만 캘리퍼를 비롯한 동부 국가에선 아니었다.

기사도의 화신 같은 에오에게 궁술은 그 말대로 겁쟁이들이나 하는 것이었겠지.

"누가 겁쟁이라고?"

"……예?"

"이거 내가 배우려고 가져온 건데. 다시 말해 볼래?"

"헉!?"

에오는 진땀을 흘리더니 둘러대듯 말한다.

"화, 활이야말로 효율을 극대화한 무기죠!"

"글쎄, 활이 효율적인 무기라는 말은 처음 들어 보는걸."

오히려 비효율적인 무기다.

방패에 쉽게 막히고 비용도 많이 들뿐더러, 급소를 맞히지 못하면 살상력이 급감하는 게 활이었으니까.

"함부로 말한 벌이야. 너도 같이 배우도록 해."

"예, 예! 물론입니다!"

사실을 말하자면 나는 그저 쏘는 방법만 익힐 생각이었고, 진지하게 배우게 하려는 쪽은 에오였다.

"에오, 너도 활은 처음이지?"

"그렇습니다."

"이상하네. 발키리의 무예는 모든 무기를 취급한다고 하지 않았어?"

에오가 말하길 검과 방패, 창, 할버드는 물론이고, 철퇴를 비롯한 둔기까지도 다룰 수 있다고 한다.

그 무기 중에 활이 없다는 건 이상했다.

"스승님께서 활은 굳이 배울 필요가 없다고 하셨습니다. 아마도 활이 기사도에 어긋나는 무기이기 때문이 아닐까 생각합니다."

"흐음? 다시 말하지만 지금부터 배울 거라니까? 그럼 지금 내가 기사도에 어긋나는 행동을 하고 있다는 거야?"

"그, 그런 건……."

"뭐, 좋아. 일단 해 보자."

화살통을 등에 찬 나는 과녁을 마주했다.

교육 교관은 유미르가 맡아 주었다.

"이런 식으로 자세를 잡은 다음…… 시위를 당긴 뒤 과녁을 향해 조준하고 자신의 감각에 맞게 시위를 놓으시면 됩니다."

유미르는 담백하게 화살을 쏘았다.

피잉! 콱! 과녁 외곽에 맞는 화살.

내심 그녀라면 당연히 중앙을 맞힐 거라고 생각했기에 의외인 결과였다.

그렇게 묻자 유미르가 말한다.

"투척이라면 자신 있지만 활을 주력으로 다룬 적은 없어서요."

그러더니 휙! 휙! 휙! 보이지 않는 속도로 단도를 연속해서 투척했다.

단도는 과녁의 중앙에 동그라미 형태를 만들며 계속 꽂히더니 콱! 마지막에 투척한 단도가 동그라미의 중앙을 꿰뚫으며 과녁의 정중앙에 꽂혔다.

믿기지 않는 정밀함이긴 했으나 내가 더 이해하기 힘들었던 건 이 가냘픈 몸 어디에서 저 많은 단도가 나왔느냐 하는 것이었다.

"잠깐 실례할게, 유미르."

"도, 도련님……!?"

만지작, 만지작. 허리춤을 살펴보았지만 단도 같은 것은 나오지 않았다.

역시 불가사의하다.

어쨌든. 나는 본격적으로 활을 배우기 시작했다.

'성과는 그럭저럭인가.'

콱! 콱! 그래도 무예에 대한 경험이 있기 때문인지 1시간

만에 탄착군을 형성할 수 있었지만 바람의 상태에 따라 결과가 들쭉날쭉했고, 정중앙을 노려서 쏠 만한 실력도 없었다.

이게 움직이는 대상이라고 하면 쉽게 맞힐 수 있을 것 같지가 않았다.

'어차피 활은 작전의 효율적인 전달을 위해 배우려 했던 거니까 지금은 이 정도로 충분하려나.'

틈틈이 배운다면 1년 안에는 괜찮은 실력을 가질 수 있겠지.

듣자 하니 고등 아카데미에선 선택을 하면 궁술을 배울 수 있다고 하니 그거라도 수강을 해 보기로 했다.

그보다도.

콱! 콱! 콱! 계속해서 중앙을 꿰뚫고 있는 에오의 화살.

에오는 이게 뭐 어렵냐며 백발백중으로 과녁을 맞히고 있었다.

"대단한데……."

한눈에 보이는 경이적인 재능.

나는 과거 살레온 가문의 집사 수업을 받으러 갔을 때 읽었던 고서적을 떠올렸다.

'쿠라벨 성국은 하이 엘프와 관련이 있는 국가라고 했었어. 그리고 발키리라고 하면……."

인간과 엘프가 쌓은 우호의 증표로서 대대로 하프 엘프가 선택된다고 들었다.

엘프들은 펜실론 제국이 멸망한 시점에 서서히 자취를 감추며 이젠 더 이상 볼 수 없게 되었기에 정통 하프 엘프인 에오니아야말로 진정한 의미로 마지막 발키리라 할 수 있었다.

그러니 그녀가 활을 이 정도로 다룬다 해도 놀라울 것은 없을지도 모른다.

엘프라고 하면 이 세계에서도 활의 명수로 손꼽혔으니까.

'그래서였구나.'

에오의 무예 스승이 왜 활을 배울 필요가 없다고 했는지 이제는 알 것 같았다.

굳이 배우지 않아도 천성적으로 잘 다룰 수 있으니 그렇게 말한 것이다.

"정말 잘하는데. 네가 나를 가르쳐도 될 정도야."

"그렇습니까? 후후후⋯⋯!"

에오는 칭찬이 기뻤는지 텐션이 올라 계속해서 활을 쏘았다.

텐션이 과하게 오르면 정확도가 떨어질 법도 하건만 오히려 더 정확해지고 있다.

조금 후에는 오러까지 담아 과녁을 박살 내기 시작했다.

'아까는 겁쟁이나 사용하는 거라더니. 아주 신났네.'

이제는 더 칭찬해 달라는 듯 앉아 쏘기, 뛰면서 쏘기, 곡사, 초장거리 사격 등등. 기교까지 부리고 있다.

나는 진지하게 에오를 궁병 부대의 지휘관으로 사용할 것을 고민하고 있었다.

파티장의 일로부터 4개월이 더 지나 내가 16살이 되던 해.

쌍둥이들도 무사히 태어나 집안에 활기가 넘치고 있었다.

그와 함께 내 업무량도 함께 늘어 있었는데, 아버지가 본격적으로 은퇴 준비에 들어간 것이다.

헬리안 공작가의 파티에서 맥스 형이 기어코 혼담 상대를 찾아 약혼을 한 것이 주요했겠지.

맥스 형의 약혼 상대는 펠튼 백작가의 사녀.

우리보다 작위가 두 단계는 높은 가문과의 혼약이었던 탓에 부담이 이만저만이 아니었다.

귀족 간의 혼약이라고 하면 예물의 격을 맞추는 게 무엇보다 중요하기 때문이다.

예물을 동등하게 맞추지 못했을 경우 파혼이 되는 일이 부지기수였다.

그렇기에 격의 차이가 너무 많이 나면 사실상 혼약이 불가능하다고들 한다.

"정말 미안하다, 동생아! 이 빚은 나중에 꼭 갚으마!"

맥스 형이 고개를 숙이며 사과를 해 왔다.

형의 개인 저금과 부모님의 저금을 다 털어도 예물의 격을 맞출 수가 없었던 탓에 내가 돈을 꿔 줘야 했기 때문이다.

"괜찮아요. 그보다도 사용인은 구했어요?"

"저택은 구했는데…… 사용인은 아직이야."

보통은 은퇴한 부모님이 영지를 물려주며 분가를 하는 게 맞았지만 쌍둥이가 막 태어난 탓에 맥스 형이 따로 분가를 하기로 했다.

그렇기에 저택에서 일할 사용인도 새로이 구해야 했는데 거기가 난항이었다.

"그쪽에서 원하는 사용인의 숫자가 최소 여섯인데…… 어떻게 구해야 할지 막막해."

의외로 사용인을 부리는 비용은 만만치 않았다.

구하는 것 자체는 어렵지 않아도 유지비가 부담이 된다.

"요즘에는 노예 옥션에서 구하기도 한다는데 그쪽은 생각해 봤어요? 구매 비용은 있어도 유지비는 비싸지 않다고 하더라고요."

"쥬라스 파밀리온이 알펜서드에 입점시킨 그걸 말하는 거구나. 근데 그 옥션은 기부 명목으로 받는 입장료가 비싸서 말이야. 진지하게 노예 옥션을 이용할 생각이면 크로싱까지 가야만 하는데 내게 그럴 짬이 있을지 모르겠다."

"으음……."

그때 문득 스승에게서 받은 두 통의 편지가 떠올랐다.

하나는 쥬라스가 보낸 것으로 국왕을 알현하게 해 줄 테니 가까운 시일 내에 수도에 방문해 달라는 내용이었고, 또 하나는 누군가가 웨이드를 만나고 싶다며 억지를 부리고 있다는 내용이었다.

그 누군가라고 하면 말할 것도 없이 루트거 로젠버그일 테다.

나는 아카데미를 옮길 레인폴도 들러 볼 겸, 루트거에게 레인폴에서 기다릴 것을 전달했다.

'겸사겸사 노예 옥션을 들러 보는 것도 좋겠네.'

마침 여유도 있었기에 나는 유미르와 에오니아를 대동하고 크로싱으로 향하기로 했다.

크로싱의 국경을 넘은 우리는 4일이 걸려 크로싱의 수도인 크로스 혼에 도착할 수 있었다.

가까운 레인폴을 먼저 들러 볼까도 했지만 아무리 그래도 국왕 알현을 차선으로 둘 수는 없는 노릇인지라 수도를 먼저 들러야 했다.

크로싱의 수도 크로스 혼.

해안가에 위치한 이 도시는 을씨년스러운 분위기가 특징이었다.

척박한 땅이기 때문일까, 도시는 오로지 실용성만을 추구하고 있었다.

대국의 수도임에도 왕궁은 턱없이 작았고, 거리에선 예술의 풍미가 조금도 느껴지지 않았다.

역으로 물고기 비린내가 도시를 감싸는 느낌이라 객관적인 인상은 좋지 않았다.

"저질스러운 도시군요."

크로싱에 악감정이 있는 에오니아는 악담을 퍼부었으나 나는 반대의 생각이었다.

"나는 오히려 좋은데? 사치를 부리지 않는 느낌이잖아. 시민들의 얼굴도 꽤 밝아 보이고. 뭐, 기본적인 위생은 걱정되긴 하지만."

"그, 그렇군요! 다시 생각해 보니 아주 좋은 것 같습니다!"

에오는 태세를 변환해 내게 맞장구를 쳤다.

이 녀석, 역시 간신의 기질이 충만하다.

어쨌든 크로스 혼에 짐을 푼 나는 웨이드로 변장을 하고 왕궁으로 향했다.

"기다리고 있었습니다, 웨이드 님. 안으로 들어가시지요."

쥬라스 녀석이 미리 언질을 해 놓았는지 경비들의 안내에 따라 일사천리로 왕궁 안으로 들어갈 수 있었다.

왕국 내부는 바깥에서 봤던 이미지와 별반 다르지 않았다. 이게 왕궁인가 싶을 정도로 소탈했다.

마침내 응접실에 도착하고 나서는 능글맞은 웃음을 짓고 있는 쥬라스를 마주할 수 있었다.

"어서 오세요, 웨이드. 반년 만인가요?"

"정확히는 7개월 만이죠. 그보다 가능하면 빠르게 일을 처리해 줄 수 있겠습니까? 적진에 있는 것 같아 마음이 편치 않은데요."

"하하, 당신을 어떻게 해 볼 생각이었으면 이미 하고도 남았습니다."

그것도 그랬다.

"편히 있으세요. 곧 국왕이 이곳으로 올 겁니다."

"이곳으로요? 따로 알현실이 있는 것 아니었습니까?"

"그 알현실이 이곳입니다."

"이런 누추한 응접실이요?"

"훗, 다들 그렇게 반응하고는 하더군요. 당신처럼 입 밖으로 내는 사람은 없었지만요."

알현실의 소파에 앉은 나는 목이 말라 찻잔에 손을 뻗었으나 에오가 기겁하며 제지했다.

"안 됩니다! 알…… 웨이드 님!"

"괜찮아. 저쪽의 말마따나 어떻게 해 볼 생각이었으면 이제 와서 독을 타는 짓은 하지 않겠지."

"그래도……."

나는 에오의 손길을 뿌리치고 차를 홀짝이려 했지만……. 생각해 보니 투구를 끼고 있었지.

쥬라스는 씨익 웃으며 말한다.

"벗는 게 어떻습니까? 이참에 당신의 얼굴을 눈에 새겨 두고 싶은데요.”

“제발 벗지 말라는 뜻으로 들리는데요.”

그렇게 쥬라스 녀석과 쓸데없는 대담을 하고 있자니 곧 크로싱의 국왕. 파라인 말로른이 모습을 드러냈다.

“오오! 자네가 쥬온을 체스로 꺾었다는 웨이드로군! 반갑네!”

“…….”

“나와도 한번 대국을 해 줄 수 있겠나? 그 실력이 궁금해서 미칠 지경이었거든!”

나는 순간 쥬라스 녀석이 장난을 치는 줄로만 알았다.

평민이나 입을 법한 평상복 차림으로 체스판을 들고 희희낙락하는 노년의 남자.

이런 자가 게임에서 만악의 근원이라 칭해지는 크로싱의 국왕이라고는 믿기지 않았으니까.

파라인 말로른.

과거 펜실론 제국 말로른 공작가의 장남으로, 말로른 가문의 후계를 이을 가능성이 가장 높은 자였다.

그런 자가 어찌하여 동생들에게 축출을 당해 동부로 쫓겨나게 됐냐고 함은 간단했다.

귀족 제도를 반대했기 때문이다.

그로 인해 반발한 동생들이 말로른 공작가의 영지를 쪼개

각각 알바드, 베카비아 왕국을 세우며 파라인은 척박한 땅으로 도망쳐 공화국을 세웠다.

그렇게 세워진 크로싱 공화국에 왕은 있으나 귀족은 없었다.

'그런 주제에 노예 제도는 장려를 하고 있으니 이해하기 힘든 국가야.'

아무래도 이 추레한 남자가 국왕이 맞는 것 같았다.

나이는 70을 조금 넘어 있을까.

그는 어린아이처럼 체스판을 테이블 위에 올려 두었다.

나는 한마디를 하지 않을 수가 없었다.

"너무 무방비한 것 아닙니까? 호위 하나 없다니 말이에요."

"음. 근위대가 붙으면 잔소리가 귀찮아서 말이야."

"알고는 계신 겁니까? 제가 마음만 먹으면 폐하께선 목숨을 잃을 수도 있다는 걸요."

"그런가? 이곳에는 쥬온이 있는데 말이야."

"제 뒤에 서 있는 둘이라면 충분히 제압할 수 있습니다."

그 말에 유미르와 에오니아를 바라본 파라인이 쥬라스에게 묻는다.

"사실이냐, 쥬온?"

"흠, 그렇겠죠. 발키리는 둘째 쳐도…… 저쪽의 수인 여자 또한 심상치 않군요. 저라도 긴장을 해야 하는 상대입니다. 둘이 함께 덤벼든다면 대부님을 지킬 여유는 없을 것 같군요."

"오오, 네가 그렇게 말할 정도면 대단한 모양이구나."

그렇게 말하면서도 파라인은 전혀 신경을 쓰지 않았다.

나는 어깨를 으쓱여 보였다.

"뭐, 그런 짓을 저지를 생각은 추호도 없지만요. 폐하께서도 그걸 알고 태연한 거겠죠."

"아니, 나는 언제든 목숨을 내놓을 준비가 되어 있네."

"……무슨 뜻입니까?"

"자네가 내 목을 취하려 한다는 건 그만한 야망을 가지고 있다는 뜻이겠지. 혹은 그만한 야망을 가진 누군가에게 사주를 받았든가. 이 늙은이의 목을 취하는 것으로 그 야망이 진전을 이룬다면 기쁜 일이 아니겠나?"

이 작자는 대체 무슨 소리를 하고 있는 걸까.

다른 사람의 야망을 위해 자신의 목을 기꺼이 내놓겠다고?

"그보다 준비가 됐네. 한판 하지 않겠나?"

"……좋습니다."

이자에 대해 더 알고 싶었던 나는 우선 체스에 어울려 주기로 했다.

침묵 속에서 움직이는 체스 말.

파라인의 체스 실력으로 말하자면 별거 아니었다.

대국은 많이 해 본 모양이지만 실력자와 대국을 펼친 적은 별로 없는지 쉬운 함정에도 걸려들었다.

마침내 체크 메이트가 되자 그가 말했다.

"자네는 내게 궁금한 것이 있다고 하였지."

"그렇습니다."

"뭐든 물어도 좋네. 대답할 수 있는 거라면 전부 대답을 해 주지. 체스에서 승리한 대가라 생각해도 좋아."

"그럼 묻겠습니다만 당신은 어째서 전쟁을 벌이려 하는 겁니까?"

군비 증강에 미쳐 있는 크로싱.

이 탓에 국경을 접하고 있는 알바드와 베카비아. 캘리퍼를 비롯한 다른 왕국들도 군비를 증강해야만 했다.

이것은 곧 대륙 전체의 군비 증강으로 이어졌다.

그냥 군비 증강만 하는 거라면 문제가 없을지도 모른다.

문제가 되는 건 그러고서 정말로 전쟁을 일으키기 때문이다.

지금 대륙은 크로싱이 벌인 삼사자 전쟁을 기점으로 터지기 직전의 화약고 같은 상태가 되어 있었다.

"그것인가……. 조금 옛날이야기를 하게 되겠지만 괜찮겠나?"

"괜찮습니다."

조금 옛날이야기. 파라인 국왕은 펜실론 제국 시절을 이야기하였다.

"음, 자네는 펜실론 제국이 왜 멸망하게 됐는가를 알고 있는가?"

"자세히는 모릅니다. 미지의 대륙을 찾아내겠다며 무리하게 원정군을 조직하다 민심을 잃고 내전이 발발했기 때문이라고 들었습니다만."

"명목상으로는 그렇지. 하지만 아니었어. 그 당시의 펜실론은 근본적으로 버틸 수 없는 지경이 되어 있던 거야."

"버틸 수 없다? 무엇 때문에 말입니까?"

"인구 때문이네."

"……!?"

유독 많은 이 세계의 인구.

그것이 문제를 야기했다.

"통일 전쟁을 통해 하나의 제국을 만든 펜실론은 건국 114년이 되던 해에 난감한 문제에 직면하고 말았네."

전쟁이 없어지자 인구가 폭발적으로 증가하기 시작한 것이다.

그것은 국가가 통제할 수 없는 지경까지 가고 말았다.

평민의 숫자가 기하급수적으로 늘어나자 귀족의 권위에, 황제의 권위에 대항하려는 자들이 나타나기 시작한 것이다.

　기본적으로 평민들에게 착취하는 봉건 구조에 더불어, 인구 증가로 인해 식량까지 부족해지자 불만이 빠르게 쌓이고 말았다.

　"펜실론은 이걸 해결하기 위해 내전을 벌인다는 미쳐 버린 선택을 하고 말았네. 하여 신대륙을 찾아내겠다는 명분으로 무리하게 원정대를 조직하며 분란을 조장했지. 이에 동조하는 귀족들도 군사를 일으켜 내전을 시작했고."

　"고의로 전쟁을 만들었다 이 말입니까? 인구를 줄이기 위해서?"

　"그렇지. 그때부터 제국은 엇나가기 시작했어."

　내전으로도 인구 증가와 평민들의 불만을 막을 수가 없자 인구가 증가하는 근본적인 이유를 없애려 한 것이다.

　"그 당시의 황제는 인구가 늘어나는 이유로 신의 기적을 지목했네."

　신의 기적이라 불리는 신성 마법을 통해 온갖 외상을 후유증 없이 치유해 버리는 신관들.

　에오니아의 심각한 화상이 씻은 듯이 나은 것처럼 그 효과는 대단했다.

　이것은 외상 치유에 국한되는 것이 아니었다. 산모의 출산에 도움을 줄 수도 있었다.

얼마 전 어머니의 출산에서도 그랬다. 그들의 도움이 아니었으면 노산이었던 어머니는 대단히 위험했겠지.

　　"본래는 죽어야만 하는 부상자들과 병자들. 유산이 되어야만 하는 아이들. 그런 생명들이 죽지 않고 살아가기 때문에 인구의 증가가 빨라진다고 생각한 거야."

　　"그런……."

　　"하여 신관들을 악의 축으로 몰아넣어 전부 없애려 들었네."

　　일종의 마녀사냥이 시작된 것이다.

　　하나 이건 황제의 생각 이상으로 반발이 심했다.

　　신앙심을 가진 귀족들이 뭉쳐 반란을 일으킨 것이다.

　　"신의 기적은 과거 신이 존재했다는 것을 증명하는 일종의 성물일세. 귀족들은 아무리 그래도 그걸 버릴 수는 없다고 판단한 거지. 그렇게 황제는 처형되고 황제를 처형한 귀족들은 후사를 논의하게 되었지."

　　그것이 현재 대륙을 지배하는 왕국들의 모태가 되는 귀족들이었다.

　　"그때 그들 사이에서도 인구 증가에 대한 해결책을 논의하였어. 말로른의 대표였던 나는 주장했네. 효율적이지 못하며 평민들의 불만을 야기하는 귀족 제도를 철폐하고, 식량 기술을 발전시켜 인구 증가에 발을 맞춰 따라가야 한다고."

　　"받아들여지지 않았겠군요."

"그랬지. 하여 나는 동생들에게 말로른가의 땅을 맡기고 이곳 크로싱으로 왔네."

"축출당한 것이 아니었습니까?"

"그 녀석들이 나를 몰아낼 능력이 있었을 리가. 나는 식량기술의 발전을 위해 이 척박한 크로싱으로 왔어. 이 땅에서 농업을 번성시킨다면 농업기술이 크게 발전할 거라고 믿으면서 말이야."

하지만 실패하고 말았다. 결국 농업을 발전시키지 못하고 어업과 수렵, 무역에 의존해야 했다.

"그로 인해 나의 숙원은 허무하게 끝나고 말았네. 다른 귀족들은 이미 펜실론의 영토를 두고 전쟁을 벌이며 인구를 줄이고 과거로 회귀해 버렸으니까. 그때부턴 나 하나의 힘만으론 개혁을 완수할 수가 없는 상황이 되었지. 더 이상 달릴 여력이 없어진 거야."

묘하게 의욕이 없어 보이는 태도는 그 때문이었던 건가.

"하지만 그것이 제 물음에 대한 대답은 되지 않았습니다. 그렇다면 더더욱 당신이 전쟁을 벌이려고 하는 것이 이해되지 않아요."

"야망을 찾아내기 위해서지."

"야망……?"

"한번 망가진 이 세계는 다시금 시작 지점에 설 필요가 있네."

시작 지점. 다시 말해 통일이었다.

"만약 제국에서 다른 선택을 했다면 이 지경까지는 오지 않았을 거라고 생각하네. 실제로 펜실론 내부에서도 강경파와 온건파로 나뉘어 있었지. 결국 강경파가 실권을 잡으면서 그런 일이 일어나고 만 게야. 나는 생각하네. 온건파가 실권을 잡았다면 다른 결말이 나오지 않았을까 하고."

파라인은 대륙이 분열된 상태가 고착화되는 것을 무엇보다 경계하고 있었다.

그렇기에 억지로 전쟁을 일으키려 하고 있는 것이다.

그 혼란한 세상에서 통일의 야망을 가진 자가 나타나 대륙을 통일하고 더 나은 결말로 이끌어 주기를 바라고서.

악의 축이라고 생각했던 크로싱 공화국.

그 속사정을 들은 나는 생각에 빠질 수밖에 없었다.

'크로싱은 제대로 된 사명을 가지고 있다…….'

그 방법이 전쟁을 유도한다는 극단적인 수법이긴 하지만 궁극적으로는 세계가 옳은 방향으로 가기를 원한다.

"자네는 어떻게 생각하나. 생각을 듣고 싶군."

"……식량 기술을 발전시켜야 한다는 부분에는 동의합니다. 식량 기술의 발전은 인구의 증가를 분명 따라갈 수 있어요. 그리고 인구의 증가도 일정 수준이 되면 주춤할 테고요."

실제 현대가 그랬다.

과학기술을 발전시키고 문화 수준을 향상시키면 폭발적인 인구 증가에도 대처할 수 있다.

"홋, 나를 이해해 주는 사람이 있다는 게 이렇게 기쁜 일인 줄은 몰랐군. 전쟁에 대해서는 어떻게 생각하나?"

"그것도 납득은 됩니다."

수단으로 전쟁을 택했다는 것도 나는 이해할 수 있었다.

이미 기득권으로 자리 잡은 다른 왕국들을 무너뜨리려면 그 방법밖에 없는 것도 사실이니까.

나는 쥬라스에게 물었다.

"당신이 나를 중용했던 것도 이 이유 때문이었습니까?"

새로운 인재를 갈망하던 파라인 국왕에게 보여 주기 위해서.

그러나 쥬라스는 고개를 흔들었다.

"미리 말하지만 나는 대부님과는 다른 견해를 가지고 있어요. 세계라는 건 그저 흘러가는 대로 놔두면 되는 겁니다. 사명이건 숙명이건 인류의 거대한 흐름 속에선 사소한 것이죠. 당신에 대해선 그러한 흐름 속에서 과연 어떤 역할을 맡아 줄까 개인적인 흥미를 가지고 있는 것뿐입니다."

"흘러가는 대로 둔다라……."

쥬라스의 견해도 정답인 것처럼 느껴졌다.

"아무튼 국왕과의 대담이 도움이 됐으면 좋겠군요, 웨이드. 아니…… 알스 일라인."

"쳇."

역시 내 정체 정도는 파악하고 있었던 건가. 하긴 정체도 모르는 놈을 국왕과 이야기시키려 하지는 않겠지.

"충분히 도움이 됐습니다. 고맙습니다 파밀리온 재상. 그리고 폐하."

내가 정중하게 인사를 돌려주자 국왕 파라인은 만족스럽게 웃었다.

"나야말로 케케묵은 얘기를 들어 주어 고맙네. 부디 자네가 내가 찾고 있던 인물이었으면 좋겠군."

"기대에 부응할 수 있을지 모르겠네요."

"흠……."

잠시 신음한 파라인은 조심스럽게 내게 물었다.

"괜찮다면 얼굴을 보여 줄 수 있겠나? 역사에 이름을 남길지도 모르는 젊은이의 얼굴을 두 눈으로 새겨 놓고 싶군. 나도 살날이 얼마 남지 않으니 별생각이 다 드는군그래."

"……."

"정 힘들면 거절해도 좋네."

"아뇨, 괜찮습니다."

어차피 지금 이 자리에는 쥬라스와 국왕밖에 없다.

나는 철컥! 조임쇠를 풀고 투구를 벗었다.

그러자 줄곧 초연한 태도를 유지하고 있던 파라인의 눈이 경악으로 물들었다.

"무, 무, 무슨……!?"

내 얼굴을 보며 입을 다물지 못하는 파라인.

아니, 정확히는 얼굴이 아니었다.

투구를 벗을 때 옷 속에서 딸려 나온 목걸이를 보고 놀람을 금치 못했다.

유미르가 성인식에 선물해 준 그 목걸이를 보고서.

"자네가 어떻게 그것을……!?"

그러고는 번뜩. 고개를 돌려 지금까지는 안중에도 두지 않던 유미르를 뚫어지게 바라보았다.

"그쪽의 수인……. 설마 넌 유미르인가!? 리즈나가 거둔 수인 노예 유미르! 네가 그 상황에서 그녀의 아이를 탈출시켰던 건가!"

"……."

유미르는 긍정도, 부정도 하지 않은 채 입을 다물었다.

뭔가 사정이 있는 모양이라 물어보려 했지만 파라인은 이때부터 왠지 모르게 입을 꾹 다물었다.

그러고는 나이를 열 살이나 더 먹은 것처럼 한숨을 쉬며 중얼거렸다.

"이 또한 운명이라는 것인가. 재미있구나."

그는 곧 예상치도 못한 행동을 하였다. 한 명의 남자를 알현실로 호출한 것이다.

나는 황급히 투구를 착용하려 했지만 파라인은 괜찮다며 고개를 흔들었다.

그렇게 나타난 남자는 적색의 갑옷을 두르고 있었다. 캐링턴 전투에서 내 수족이 되어 활약했던 적기사 안톤이었다.

"폐하, 부르셨습니까."

"안톤, 퀸테르 가문의 맹세를 완수할 때가 왔다."

"……!"

"이자가 이제부터 네가 섬겨야 하는 자다."

그러자 안톤은 곧장 나를 향해 무릎을 꿇고 부복하였다.

"이 안톤 케이로스 퀸테르. 목숨이 다할 때까지 주군을 섬기겠나이다!"

이야기를 따라가지 못한 내가 어리둥절해하던 차.

파라인은 한 명의 여성을 추가로 불러왔다.

크로싱에서 검은 보석이라 불리며 명성이 높은 두 번째 공주.

멜로디아나 말로른을 소개시켜 주며 혼담을 진행하려 한 것이다.

파라인 국왕에게서 듣게 된 알스에 대한 숨겨진 진실.

나는 충격을 받을 수밖에 없었다.

'알스에게 그런 숨은 이야기가 있었다니.'

단순 엑스트라가 아니라는 건 어렴풋이 알았지만 들은 이야기로는 그 정도 레벨이 아니었다. 스토리의 중추가 될 수도 있는 파격적인 내용이었다.

'그렇게 되면 한 가지 이해가 되는 게 있어.'

바로 스토리 막바지에 유미르가 저질렀던 대사건. 알스가 배신자로 몰려 파멸하게 된 그 사건.

유미르의 주인공 암살 미수 사건이다.

'하지만 그렇게 되면…….'

이야기가 복잡해진다. 내가 알고 있던 스토리의 근간부터 흔들리게 된다.

알스가 정말 주인공의 편인가 하는 것부터가 불분명해지기 때문이다.

'정말로 배신자가 알스였다는 가능성이 생겨 버렸으니까.'

이 혼란스러운 생각을 정리하는 데에는 꽤 긴 시간이 걸렸다.

'아직 단정 짓기에는 일러. 내가 모르는 이야기가 분명 더 있어.'

이 부분에 대해선 정보를 더 모아야만 했다.

그리고 한 가지 더.

일곱 가신에 관한 것이었다.

이 일곱 가신은 알스가 배신자인가 아닌가로 인해 그 의미가 뒤바뀔 수 있었다.

나는 이들에 대해 한 가지 대전제를 깔고 있었다.

어느 상황에서도 흔들리지 않고 알스의 편이 되어 주는 자들이라는 점이다.

'하지만 알스가 정말로 배신자라면?'

그 일곱 명 중에 알스와 함께 주인공을 함정에 빠뜨리려던 또 한 명의 배신자가 있을 가능성이 높다.

혹은 반대로 알스가 배신자가 아니라고 가정하면 알스를 감시하기 위해 잠입한 배신자가 있을 거다. 알스의 숨은 신분을 생각하면 그게 자연스러우니까.

뭐가 됐든 일곱 가신에 대한 막연한 신뢰가 무너져 버리고 말았다.

'일단 스승은 믿을 수 있어. 믿어야만 해.'

하지만 나머지 여섯은?

당장 며칠 후에 만나기로 한 루트거부터 의심할 수밖에 없다.

루트거는 병약한 딸을 위해 맹목적으로 행동하는 인물이지만 또 다른 배경을 가지고 있을지도 모르는 일이다.

그리고 상황이 이렇게 되자 자연스레 주가가 올라간 건 그녀였다.

"에오."

"예? 무슨 일이십니까?"

표리 없는 순수한 표정으로 답하는 그녀.

'에오는 믿을 수 있어. 어느 때가 됐건.'

애초에 그녀를 얻을 수 있게 된 건 예상하지 못한 일이었기 때문이다. 설마 쥬라스가 그 체스 대결을 고의로 패배했을 리도 없고.

"신뢰하고 있어. 언제나 고마워."

"......!?"

에오는 어버버거리더니 곧 우헤헤 하는 웃음과 함께 표정이 풀어졌다.

"저야말로 모실 수 있어 영광입니다!"

만약 이게 전부 연기라면 그냥 깔끔하게 속아 주기로 마음먹었다.

파라인 국왕의 알현을 끝낸 나는 레인폴로 기수를 틀었다.

루트거 로젠버그와의 만남. 상황이 이렇게 된 이상 전적으로 신뢰할 수도 없게 됐지만 그런 만큼 그를 직접 만나고 싶었다.

그렇게 크로스 혼에서 하루를 묵고 다음 날 아침 레인폴로 떠나려 했지만 에오가 우물쭈물하며 내게 말해 왔다.

"저…… 알스 님, 한 가지 부탁드리고 싶은 게 있습니다."

"편하게 말해. 뭔데 그래?"

"일주일 정도 휴가를 주실 수 있으십니까? 크로싱에서 만나 보고 싶은 사람들이 있습니다."

크로싱에 의해 멸망한 쿠라벨 성국의 국민들을 말함이었다. 그들 대부분 노예가 되어 있었는데, 에오는 그들의 생활 상황을 보고 싶어 했다.

"그런 거라면야. 그래도 혼자 보내기는 조금 불안하네."

크로싱의 영토 내이니 새로이 내게 충성을 바친 안톤을 붙여 주려 했지만 에오는 노골적으로 싫어하는 기색이었다.

"유미르, 네가 같이 따라가 줘. 나는 안톤과 함께 갈게."

"하지만 도련님."

안톤은 아직 믿을 수 없다고. 그렇게 말하려는 유미르에게 고개를 저어 보였다.

"그렇기에 함께 시간을 보내려는 거야. 애초에 크로싱이 날 어떻게 하려고 했으면 이미 내 목숨은 없었어."

"알겠……습니다."

유미르를 붙여 놓으면 에오의 사고뭉치 기질도 조금은 커버가 될 테다.

난 안톤과 함께 크로싱의 남단에 위치한 레인폴로 향하기로 했다.

인구 14만의 중규모 도시 레인폴.

인구 14만이면 은근히 규모가 있는 편이었지만 이곳은 아직 영주가 존재하지 않았다.

크로싱과 캘리퍼의 국경분쟁 지역이었기 때문이다.

"왔구나. ……웨이드."

스승은 옆에 있는 안톤을 보고는 침착하게 말을 바꾸었다.

"괜찮아요, 스승. 이 남자도 제 정체를 알고 있으니까."

"적기사가? 나 참…… 대체 수도에서 무슨 일이 있었던 거야?"

파라인 국왕과의 일을 털어놓자 스승은 고개를 끄덕였다.

"파라인 국왕은 그런 생각을 가지고 있었던 건가. 방법은 극단적이어도 그 또한 대륙의 미래를 생각하고 있다는 거군."

"뭔가 납득했다는 듯이 말씀하시네요?"

"크로싱에서 생활을 해 보니 알겠더라고. 이 국가는 남들이 헐뜯는 것처럼 그저 못돼 먹은 국가가 아니라는 걸. 왜 이 국가가 강대국인가 하는 것도."

"예, 저도 크로싱의 도시들을 보고 놀랐어요. 치세가 제법 뛰어나더군요."

"그래. 이곳은 국민에게서 국가로, 국가에서 다시 국민에게로. 그런 순환 구조가 잘 잡혀 있거든."

"귀족이 없기에 가능한 거죠."

귀족들이 중간에 있을 경우 영지민에게서 걷은 세금을 그들이 일차적으로 가져가 버린다. 그 세금을 제대로 사용해 영지민에게 충분한 혜택을 준다면 이상적인 지방분권 형태가 되겠지만 많은 귀족들이 그렇게 하지 못한다.

자신의 잇속을 먼저 채우고, 할당된 세금을 국가에 내고 나면 실상 영지민에게 돌아가는 건 많지 않다.

"게다가 크로싱은 노예제도로 인해 노동력이 말도 안 될 정도로 저렴하니까요. 그 저렴한 노동력으로 생산한 부를 국가 주도로 모조리 국민들에게 투자하니 강대국이 될 수밖에요."

물론 이런 형태는 금방이라도 무너질 수 있다.

파라인 국왕이 제대로 해 주고 있어서 그렇지 사리사욕을 노리는 국왕이 즉위하기라도 하면 크로싱은 순식간에 망해 버릴 수도 있다.

게다가 공화국 체제를 채택했음에도 그 공화정은 유명무실한 기관이 되어 있었다. 그냥 왕국이나 다름없다.

이렇게 되면 아주 작은 계기만으로도 귀족 제도가 부활할 가능성이 높았다.

"그렇기에 크로싱의 후계 문제가 복잡한 걸지도 몰라. 알스, 너도 알고 있겠지? 고작 몇 년 전까지만 해도 그 쥬라스

파밀리온이 왕위 계승 1순위였던 걸."

"파라인 국왕이 친자식들 중에서 마땅한 재목을 찾지 못했던 건가요?"

"그랬을 가능성이 높지. 하지만 그것도 지금은 달라. 파라인 국왕은 마지막 왕자에게 왕위 계승권을 넘겨주었으니까. 그 정체가 철저하게 베일에 감싸여 있어 만들어 낸 이야기가 아닌가 하는 소문도 돌고 있지만 말이야."

"흠."

혹시나 하여 안톤을 바라보자 그가 미소 지으며 말한다.

"지어낸 이야기가 아닙니다. 왕위 계승권을 받은 왕자님은 분명 계십니다. 이제 열세 살이 되셨죠. 훗날 알스 님께서도 만나 보실 수 있을 겁니다."

"그렇군요."

새삼 안톤의 존재를 시야에 둔 스승은 아차 하며 말한다.

"이런, 손님을 두고도 이야기에 열중하고 말았군. 어서 들어오시죠."

"개의치 마십시오. 두 분의 고견에 머리가 개는 느낌이 들어 즐거웠습니다."

스승의 안내를 받아 용병 협회 내에 준비된 임시 거처에 들어간 나는 밤을 기해 루트거와 접선하기로 하고, 그 전까지는 레인폴의 중등 아카데미에 전학 수속을 밟으며 저택을 구하기로 했다.

크로싱과의 커넥션이 생각 이상으로 강해진 지금, 나는 새로운 거점지에 대한 필요성을 느꼈다.

단적인 예로 안톤을 우리 영지로 데려와 활동하게 했다간 여러 가지 잡음이 생길 수도 있었다. 스승도 최근에는 크로싱에서만 활동하고 있었고.

그런 의미에서 크로싱과 캘리퍼의 접경 지역인 레인폴은 최적의 거점지가 될 수 있었다.

저택을 구하는 데에는 의외로 시간이 걸렸다.

이 레인폴이 최근 급격히 발전한 탓에 저택값이 크게 올라 있었기 때문이다.

나는 현대에서의 기억을 살려 2층짜리 대저택을 땅과 함께 1천만 실란에 구매해 버렸다.

레인폴이 더 발전해서 신도시처럼 된다면, 족히 3배 이상의 가격으로 되팔 수 있을 테다.

그렇게 저택을 구하자 밤이 깊어졌다.

조금 피곤하기도 해서 루트거와의 접선은 다음 날로 미룰까 했으나 스승이 내 도착을 그쪽에 알렸는지 루트거는 다짜고짜 용병 협회의 거처로 쳐들어왔다.

"그를 만나게 해 주게!"

호리호리한 체격의 중년 남성이었다. 나이는 40대 중반 정도로 많지 않았으나 마음고생이 무척 심한지 얼굴에 그늘이

드리워 있었다.

스승은 난감하다며 그를 만류하고 있었다.

"조금만 더 기다려 주십시오. 이쪽에도 사정이라는 게 있습니다."

"우리 사정도 헤아려 주게. 벌써 한 달을 이곳에 있었네. 이 이상 참고 기다릴 순 없어! 부탁이야, 그를 만나게 해주게!"

그는 내가 홀연히 사라질까 우려됐던 모양이다. 하기야, 사람들 사이에서 웨이드는 그런 이미지가 있었다.

회색 투구만 끼면 사칭이 가능하다는 점 때문에 이 이름을 사칭하는 자들도 굉장히 많아 소문만 듣자면 홍길동 뺨치는 신출귀몰함을 자랑했다.

"······저라면 여기 있습니다."

내가 투구를 착용하고 나서자 루트거의 눈이 커다래졌다.

수행원인 조지와 잉스는 자기들이 들었던 그 목소리가 맞다며 루트거에게 신호를 보내고 있다.

"당신이, 당신이······ 이번 삼사자 전쟁에서 활약했다는 웨이드인가?"

"그러는 그쪽은 누구신지?"

"루트거 로젠버그라고 하네. 내 이름을 알고 있다고 들었는데 아니었나 보군."

"뭐, 이름 정도는 알고 있습니다. 비취의 로젠버그. 철옹성의 로젠버그라고 하면 제법 유명하니까요."

만난 시기가 다르기 때문인지 내가 알던 일러스트와는 생김새가 달랐다. 일러스트에선 머리가 새하얗게 센 노인이었다면 지금은 그래도 나이대에 맞는 모습처럼 보였다.

"그래서요? 왜 저를 만나고 싶어 했던 겁니까?"

"시치미 떼지 말게. 그대가 내 딸을 치료하지 않았나."

"그런 일도 있었던가요. 뭐, 사사로운 일을 하나하나 기억하고 있지는 않아서 말입니다."

"사사로운 일……. 그런가, 그대에겐 그럴지도 모르겠지. 하지만 내게 있어선 하늘이 뒤집히는 일이었네. 딸의 병세에 차도가 있었던 적은 이번이 처음이니까. 그대 덕에 증오스럽던 그 종기들이 다스려지기 시작했거든."

"아, 얼핏 기억이 나긴 하네요. 온몸에 큼지막한 종기가 나 있던 환자군요. 이곳에 데리고 왔습니까?"

"물론 데리고 왔네."

"그럼 한번 경과를 보도록 할까요."

"바로 데리고 오겠네!"

루트거는 흥분한 발걸음으로 떠나더니 곧 품이 넓은 망토로 모습을 가린 에스텔을 데리고 왔다.

망토를 젖히자 그 모습이 드러났는데, 전장에서 잔뼈가 굵은 스승마저도 순간 미간을 찌푸렸을 정도다.

'그렇다 해도 많이 나아졌네.'

익사체인 줄 착각했던 그때에 비하면 그래도 지금은 사람의 형태는 하고 있었다. 두피에 난 종기로 인해 머리카락이 없고, 몸 곳곳에 종기를 짼 흉터가 있어 섬뜩한 느낌을 줬지만 이목구비는 또렷하게 확인할 수 있었다.

"많이 좋아졌군요."

내 말에 스승은 '이게 많이 좋아진 거라고……?'라며 경악한다.

반면 루트거는 힘차게 고개를 끄덕였다.

"그렇네. 예전에 비하면 딴사람이 됐을 정도지. 이제는 스스로 산책도 할 수 있게 됐으니까."

반면에 에스텔은 두려움이 섞인 눈으로 나를 응시하고 있었다.

"예, 뭐, 그거면 된 겁니다. 앞으로도 노력해서 살아가길 바랍니다."

내가 몸을 돌려 떠나려 하자 루트거는 번개라도 맞은 것처럼 펄쩍 뛰었다.

"그게 무슨 소리인가!"

"무슨 소리냐니요. 환자를 봐 달라기에 봐준 것뿐입니다만. 제가 처치를 했으니 경과 정도는 봐준 겁니다."

"병의 치료는 되지 않았다 하지 않았나!"

"그래서요?"

"그래서라니……"

"제게 병의 치료라도 하라는 소리입니까?"

"당연하지 않나!"

"핫!"

이건 일종의 주도권 잡기 작업이었다.

일곱 가신에 대한 막연한 신뢰가 깨진 지금은 그 관계를 새로이 정립할 필요가 있었다.

이전까지는 내가 미리 모은 뒤 실제로는 주인공에게 충성을 바치게끔 하려는 것이었다면 지금은 다르다.

'일단 내 쪽에서 확실한 충성을 받아 놔야겠어.'

그런 만큼 철저하게 주도권을 잡아 놓기로 했다.

"제가 왜 그래야 하는 겁니까? 전 의사가 아니라고요. 환자를 위해 희생하라고 말하는 거라면 잘못 짚었습니다."

"대, 대가는 주겠네!"

"얼마나 줄 수 있습니까? 병의 치료까지는 어림잡아 1년은 걸릴 겁니다. 당신은 그 기간 동안의 금액을 지불할 수 있습니까?"

"불가능할 거라고는 생각하지 않네만."

"그거 재밌네요. 참고로 말하자면 크로싱이 한 달 동안 저를 고용하는 데 4천만 실란을 지불했습니다. 1년이라면 4억 8천만 실란입니다만. 그게 가능하다는 겁니까?"

"4억……!"

현재 영지를 반납한 상태인 루트거에게 이 거금을 낼 여력이 있을 리 없었다.

"게다가 결정적으로 당신은 알바드 왕국의 인물입니다. 저와 적대 관계에 있는 국가죠."

"딸이 나으면 다시 알바드로 돌아가 적대를 할지도 모른다는 건가?"

"가능성은 있겠죠."

"맹세하겠네. 나는 두 번 다시 알바드로 돌아가지 않을 걸세. 이미 작위도, 영지도 포기한 몸이야. 국왕께서 반려를 하여 유지가 되고 있긴 하지만, 나는 돌아갈 생각이 없네."

이에 조지와 잉스가 눈을 부릅떴다.

"당신 뒤의 둘은 그렇게 생각하지 않는 모양인데요?"

"내가 설득을 해 놓도록 하지. 그리고 금액에 대해서도 무슨 수를 써서라도 마련을 하겠네. 그러니 부디, 내 딸을 치료해 주게."

"……."

"부탁하네!"

쿵! 엎드려 머리를 박는 루트거.

"여전히 내가 위험하다 생각한다면 좋네. 자네에게 위협이 되지 않도록 내 양팔을 쳐 내게! 양다리를 잘라 내게! 혀를 뽑아내도 좋아! 딸이 나아지는 것을 볼 수 있는 눈만 있다면 나는 상관없으니까!"

이에 에스텔은 닭똥 같은 눈물을 흘리며 오열했다.

뭔가 내가 악역이 된 느낌이 든다.

"웨이드, 차라리 루트거 님에게 우리 쪽에 합류할 것을 권하는 게 낫지 않을까? 그렇담 네가 병에 대한 경과를 가까이서 지켜볼 수 있을 거다. 금액적인 부분도 네 휘하에서 일을 한다면 어느 정도 참작해 줄 수 있겠지."

스승은 루트거 부녀의 처지가 딱한지 그렇게 말해 왔다.

정말이지 나이스 어시스트다.

나는 못 이기는 척 루트거에게 말했다.

"하아……. 그렇다면 조건이 있습니다."

"뭐든 말만 하게!"

"일단 그쪽의 둘은 잠깐 나가 있겠습니까?"

내 말에 조지와 잉스는 꺼려 하는 기색을 보였지만 루트거가 나가라 명령하자 벌레 씹은 표정으로 방을 떠나갔다.

"조건은 간단합니다. 루트거 로젠버그. 내게 충성을 바치십시오. 당신의 조국인 알바드에 칼을 겨눌 각오를 하고 내 휘하에 들어오라는 겁니다. 그 정도의 각오를 보여 준다면, 금액적인 대가 없이 병의 치료를 시작하도록 하죠."

"……."

짧은 침묵. 루트거는 단호하게 고개를 끄덕였다.

"기꺼이 그리하겠네."

"훗, 좋습니다. 그러면 본격적으로 이야기를 해 볼까요."

루트거에게서 충성 서약을 받아 낸 나는 에스텔의 병에 대해 말해 주기로 했다.

"병명은 저도 알지 못하나 병의 정체는 알고 있습니다."

"대체 뭐란 말인가? 내 딸을 지독하게 괴롭힌 이 증오스러운 병의 정체라는 게!"

"인간과 엘프의 혼혈에게서 발병하는 유전병이에요."

게임에서 알스는 그렇게 말했다.

"엘프라니……?"

"아마 부인분의 조상 쪽에 엘프의 피가 섞여 있었던 거겠죠. 후대로 내려오면서 엘프의 피는 의미가 없어질 정도로 옅어졌지만, 기구하게도 따님의 대에서 불필요한 문제를 만든 겁니다."

"그럴 수가…… 치료할 방법은 있는 건가?"

"아직은 모릅니다."

게임에서 언급된 약의 종류는 두 개였다.

첫 번째는 내가 준비했던 연고. 두 번째는 병의 치료를 위한 탕약인데, 연고에 대해선 약초가 간단하게 언급됐으나 탕약 제조법은 구체적으로 나오지 않았다.

"다만 짚이는·곳은 있어요."

알스는 대륙 북동부에서 이 치료법을 알아 왔다고 했었다. 대륙 북동부. 바로 쿠라벨 성국이 있었던 지역이다.

"제 휘하에 쿠라벨 성국 출신의 진짜배기 하프 엘프가 있거든요."

얼마 전 나는 에오에게 물어봤었다.

─인간과 엘프의 혼혈에게 발생하는 알러지 증세입니까?

그녀는 알러지의 뜻을 잘 몰랐기에 차근차근 설명을 해야
했다.
에오는 몇 번 고개를 갸웃하더니 곧 손뼉을 쳤다.

─그러고 보니 성상과 성장께서 어렸을 적 제게 어떤 물건
에 대해 절대로 만져선 안 된다고 신신당부를 했었습니다.
─그 물건이라는 건?
─기억이 나질 않습니다. 주의를 들은 건 그때뿐이었던지
라.
─그렇구나. 일정 시기가 지나면 발병하지 않는 건가…….

그걸로 확실해졌다. 적어도 쿠라벨 성국은 이 병에 대해
알고 있었다는 것.
하여 이번에 에오가 쿠라벨 성국 사람들의 생활상을 보고
싶다 했을 때 한 가지를 더 부탁했었다.
이 병에 대해 알고 있는 사람을 데리고 올 것을 말이다.
"마침 그녀가 쿠라벨 성국의 사람들과 접선을 하고 있으니
이 부분에 대해서도 부탁을 해 놓도록 하죠."

"흐음, 엄밀히 말해 치료법을 알아내지 못할 수도 있다는 거군."

"훗, 이제 와서 충성 서약을 철회하고 싶어졌습니까?"

"그럴 리가. 병의 정체를 알려 준 것만 해도 그대는 내게 은인일세. 그저 딸이 지금 상태로 남은 생을 살아야 할 수도 있다는 걸 인정했을 뿐이야."

"뭐, 너무 걱정하지는 마십시오. 분명 치료법을 알아낼 수 있을 테니까."

5년 후의 시점인 게임에서도 알아냈으니, 지금은 더 쉬울 거라 생각했다.

"부디 그렇게 됐으면 좋겠군. 그보다 앞으로는 어떻게 자네와 접선을 해야 하는 건가? 혹시 딸과 떨어져야 하는 거라면 많이 섭섭하겠군."

"그럴 필요는 없습니다. 전 당분간 레인폴에 머물 생각이거든요. 당신들도 레인폴에 저택을 구하고 그곳에서 지내 주세요. 병의 치료는 필요할 때마다 제가 방문을 하겠습니다."

"오오, 그거 다행이군."

"다만 그 둘은 아닙니다."

"그 둘이라니?"

"조지와 잉스라고 했나요? 그 둘은 돌려보내십시오."

나는 루트거에게 한 가지 조건을 더 내걸기로 했다.

지금까지의 관계를 모두 끊을 것을. 이건 혹시나 모를 제3

의 커넥션을 우려한 조건이었다.

알바드는 물론이고, 수행원인 조지와 잉스까지 돌려보내고 더 이상 관계하지 말 것.

제법 어려운 조건이었으나 의외로 루트거는 흔쾌히 받아들였다.

"자네 휘하에 들어가기로 한 이상 알바드와 등을 지는 건 당연한 수순이겠지. 조지와 잉스도 로젠버그라는 속박에서 벗어나 자기들의 길을 걷는 게 좋을 테고. 어렵지 않은 일일세. 그렇담 딸을 보살펴 줄 사용인도 새로이 구해야겠군."

"……그 부분은 제가 준비하죠. 병의 경과를 지켜볼 사람도 필요하니."

"그런가. 고맙네."

느낌상 루트거가 배신자가 될 것 같지는 않았다.

'속으로 다른 꿍꿍이를 생각하는 타입은 아닌 것 같네.'

루트거에 대해선 당분간 더 지켜보기로 했다.

일을 마치고 리벨로 돌아온 나는 부모님에게 레인폴로 이주할 것을 전달했다.

일라인 가문의 영지인 리벨은 위치가 별로 좋지 않았다.

남서쪽에 위치한 탓에 알바드, 빌랑이 캘리퍼를 침공했을 시 직접적으로 위협을 받을 수 있기 때문이다.

그런 만큼 캘리퍼 북동에 위치한 레인폴은 최적이었다. 크로싱과의 커넥션이 단단해진 지금은 더더욱.

그러나 아버지는 고개를 흔들었다.

"맥스가 자리를 잡을 때까지는 내가 함께 있어 줘야 할 것 같다. 녀석, 준비가 됐다고 생각했더니 전혀 갈피를 잡지 못해서 말이야."

"그런 거라면 어쩔 수 없겠네요. 그러면 저도 당분간은 줄리아 아카데미에서……."

"아니, 너는 레인폴에 가 있거라."

"예?"

"네가 크로싱에 간 사이 국내 정세가 또 바뀌었단다. 말단 귀족인 나는 자세히 알지 못하나 분위기가 심상치 않은 것 같아. 괜히 헬리안 공작령인 줄리아에 있다간 휘말릴지도 모르니 먼저 레인폴에 가 있거라."

"심상치 않은 분위기라……."

그럴 이유가 있나 싶었다.

헬리안 계파와 살레온 계파가 화해를 한 지금 시점에서 정세 변화라고 한다면 다른 국가와의 마찰밖에 없었다.

'혹시 키메라 전쟁이 올해 봄에 발발하는 거였던 건가?'

그거라면 이해가 갔지만 크로싱에 갔을 때 수집한 정보에 의하면 키메라 전쟁의 주축이 되는 국가에선 그런 움직임이 전혀 없었다.

'내가 모르는 다른 이유가 있는 거군.'

캘리퍼 왕국에 불온한 기류가 흐르는 이유. 그걸 알게 된 것은 머지않아였다.

레인폴의 중등 아카데미로 소속을 옮긴 나는 첫날부터 큰 주목을 받게 되었다.

이곳 아카데미는 동맹 이후 크로싱과 캘리퍼의 학생들이 합동으로 수업을 받고 있었는데, 특이한 점이 있다면 귀족이 거의 없다는 부분이다.

귀족 제도가 애초에 없는 크로싱은 물론이고, 캘리퍼 측에서도 귀족은 넷밖에 없었다.

그러니 말단 귀족인 나도 주목을 받게 된 것.

물론 이유는 그것만이 아니었지만.

"반가워. 알스 일라인이라고 해. 사관을 지망하고 있어. 앞으로 잘 부탁한다."

여기저기서 오묘한 시선이 쏟아졌다.

여느 때와 다름없는 광경이었기에 가볍게 무시하고 교사가 지목한 자리로 가 앉았다.

'하여간, 귀찮다니까.'

솔직한 심정으로 아카데미 같은 건 때려치우고 싶었지만 스토리를 따라가기 위해선 어쩔 수 없었다.

주인공과 만나게 되는 고등 아카데미에는 진학을 해야 하니까.

'아직 알스가 배신자가 될 기미는 없어.'

게임의 알스가 정말 배신자라면 지금의 나에게도 무언가 신호가 있어야 한다.

크로싱과의 커넥션이 그 신호가 될 수도 있지만 적어도 지금의 나는 주인공을 배신할 생각이 없다.

그러니 당장은 주인공과 만나는 스토리를 따라갈 생각이었다.

하지만 정말로 알스가 주인공과 적대하는 관계였다고 하면 이야기는 달라진다. 그때부터는 나만의 길을 걸어가야 할 수도 있으니까.

'아직까지 별 낌새가 없는 걸 보면 다행히 키메라 전쟁이 일어나는 해는 올해의 봄이 아니었던 것 같네.'

나는 턱을 괴고 창밖을 바라보았다. 흩날리는 봄의 향취.

최근 잠이 부족했던 탓인지 나도 모르게 졸음이 몰려왔으나.

"꺄아!"

돌연 귀를 거슬리게 하는 비명이 들려왔다.

웅성이는 교실.

"지, 진정하세요!"

교사는 난감하다며 학생들을 진정시켰다.

이러고 있는 이유는 간단했다. 내 뒤를 이어 들어온 또 하나의 전학생 때문이다.

"일라인 군과 더불어 우리 레인폴 중등 아카데미에 입학하게 된 에스텔 디안테 양입니다. 자, 에스텔 양, 인사하도록 해요."

"에스텔…… 디안테입니다. 디안테는 어머니의 성이에요. 잘…… 부탁해요."

그런 그녀의 곁에는 내가 붙여 놓은 유미르가 있었다.

"에스텔 님의 간호를 맡고 있는 르미유라고 합니다. 부디 저에 대해선 없는 사람처럼 여겨 주시길."

유미르가 내 쪽을 슬쩍 곁눈질하기에 씨익 웃어 주었다.

'그건 그렇고…….'

루트거가 제법 강단 있는 선택을 했다.

그는 병이 치료되지 않을 경우도 감안해 에스텔을 곧장 밖으로 내몰았다. 그런 모습으로 살아가는 것도 익숙해지라고 말하는 것처럼.

가혹한 선택이긴 하지만 이해는 갔다. 언제까지고 누군가에게 도움을 받으며 살아갈 수는 없는 일이니까.

루트거 자신이 죽는 일이 발생할 수도 있고.

"들은 바와 같이 에스텔 양에게는 지병이 있습니다. 그 탓에 그런 것이니 모두 깊은 마음으로 이해를 해 주세요."

그러나 이해를 하는 선이 있기 마련이다. 교사가 자리를 지정하려 하자 다들 피하려 했다. 앞자리에 있는 애들은 기묘한 악취에 질색을 하고 있었다.

'저래 보여도 많이 나아진 건데 말이지.'

하기야, 산전수전 다 겪은 스승조차 놀랐을 정도이니 애들이 받아들이긴 어려웠을 테다.

교사는 어떻게 해야 할지 몰라 발을 동동 구르고 있었다. 그러더니 나를 보고는 눈을 빛냈다.

"그렇지! 같은 전학생끼리 자리를 같이하면 되겠군요."

마침 내 자리가 구석진 창가 자리였으니 에스텔을 유배 보내기 딱 좋다고 생각한 모양이다.

에스텔은 어두운 표정으로 내 옆에 앉았다. 그러더니 내 눈치를 봤다.

"반가워요. 알스 일라인이라고 해요. 앞으로 잘 지내보죠."

"예……?"

왜 자신에게 혐오를 표하지 않냐는 표정이다.

"아파서 그런 거잖아요? 그러면 어쩔 수 없는 거죠."

악취에 대해선 이게 훨씬 나아진 거라는 걸 알고 있기에 참을 수 있었다.

'게다가.'

게임에서 그녀는 자결을 했었다. 심적으로 꽤 몰려 있었다는 뜻이다. 아마 지금도 그렇겠지.

그렇기에 그 도움도 안 되는 조지와 잉스를 쳐 내고 유미르를 전속 간병인으로 붙인 것이기도 했다.

　'어쩌겠어. 가까이 있는 내가 깐부가 돼야지.'

　에스텔은 한 박자 늦게 대답했다.

　"자, 잘 부탁해요. 일라인…… 님."

　"그냥 알스라고 불러 줘요. 저도 에스텔이라고 부를 테니까."

　"예, 예……!"

　그렇게 당분간은 조용히 아카데미 생활에만 집중하기로 했으나 이날 밤 충격적인 소식이 전해진다.

　캘리퍼의 내부 정세가 불안정한 이유.

　그 정체가 빠르게도 내 귀에 들려오게 된 것이다.

　아카데미를 돌아와 그 소식을 접한 나는 귀를 의심해야만 했다.

　"……뭐라고요? 제가 잘못 들은 거죠?"

　크로싱에서 정보를 가져온 안톤이 말했다.

　"잘못 들으신 게 아닙니다. 캘리퍼 왕국이 알바드 왕국에게 전쟁을 선포하고 군대를 조직하고 있다고 합니다."

　"아버지가 말한 불온한 기류는 이거였던 건가……."

알바드에 칼끝을 겨눈 캘리퍼.

그 흐름은 이해가 갔다.

크로싱이 벌인 삼사자 전쟁 때문이다.

크로싱은 베카비아와 알바드를 동시에 상대하여 전쟁을 멋지게 승리로 장식했다.

이로 인해 베카비아는 나라의 근간이 흔들리는 타격을 받았으며 알바드도 작지 않은 타격을 받았다.

이사이 전력을 온존한 캘리퍼가 다른 생각을 먹게 된 건 자연스러웠다.

―크로싱이 했으니 우리도 할 수 있지 않을까?

……라고 하는 오만한 생각을.

단순히 거만한 생각은 아니었다. 이성적으로 판단해도 지금이야말로 알바드를 침공하기에 딱 좋은 시기였다.

언뜻 보기엔 상책. 하지만 여기엔 큰 문제가 있다.

"안톤, 지금은 크로싱도 지원군을 보낼 수 없는 시기 아닙니까?"

"예, 맞습니다. 삼사자 전쟁 이후 병력을 일시 해산한 상황이기도 하고, 농번기가 겹치는 시점이기에 다시금 많은 병력을 끌어모으려면 적어도 두 달은 걸릴 겁니다."

다시 말해 캘리퍼의 동맹국인 크로싱 또한 병력을 파견할 수 없다는 뜻.

캘리퍼와 알바드의 양자 대결이 된다는 거다.

"괜찮은 선택 아니냐."

스승의 말이었다.

"캘리퍼가 크로싱의 지원을 받지 못한다고는 하지만 그건 알바드도 마찬가지야. 베카비아가 지원군을 보낼 여력이 있을 리 없으니까."

"예, 알바드도 전쟁 피로도가 쌓여 있는 상황이니 객관적인 전황은 분명 캘리퍼가 좋아요. 하지만 혹여나 승전을 하지 못했을 경우 큰 문제가 발생합니다."

"문제?"

"상황이 도미노처럼 반전될 수 있다는 거예요."

"도미노가 뭐지?"

"그것부터 설명해야 하는 거군요. 쉽게 말해 패전했을 시 캘리퍼가 더 큰 타격을 받을 수 있다는 겁니다. 그에 비해 승전해도 얻을 수 있는 건 특별히 많지 않고요."

나는 전황도를 펼쳐 보이며 스승에게 설명했다.

"만약 캘리퍼가 패전을 한다면 알바드는 곧장 역공을 취할 거예요. 캘리퍼의 동맹국인 크로싱에 마땅한 여력이 없다는 걸 알고 있으니까요."

"……!"

"게다가 그 경우 베카비아도 어떻게든 병력을 모아 빼앗겼던 캐링턴 평야를 되찾으려는 모션을 취할 겁니다. 혹시나 크로싱이 도움을 줄 수 없도록 말이죠."

그렇게 된다면 캘리퍼는 절체절명의 위기에 처하게 된다.

"그 상황이 만들어지면, 알바드는 다른 국가까지 끌어들여 캘리퍼를 풍비박산 내려 할 겁니다."

승리를 한다면 가시적인 이득. 패전을 한다면 국가가 망할 수도 있는 상황에 처한다.

이게 악수가 아니면 뭐란 말인가.

"그렇다면 막아야 하는 것 아니냐?"

"제게 그 정도의 영향력은 없어요. 한다고 하면 동맹국인 크로싱 측에서 막아야겠죠. 어떻습니까, 안톤?"

안톤은 면목 없다는 듯 고개를 흔들었다.

"쥬라스 님께선 흥미롭다며 만족스러워하셨습니다."

"하여간 그 미친놈은……!"

아마 파라인 국왕도 가만 지켜볼 것이다. 이런 식으로 캘리퍼가 정복의 야망을 드러내는 것은 그의 입장에서 바람직한 것이니까.

"후우! 내가 움직일 수밖에 없는 건가……."

만약 알바드가 역공해 들어올 경우 우리의 영지인 리벨이 직접적인 위험 범위에 들어가는 만큼 내 손이 닿는 부분까지는 대처를 해 놓기로 했다.

4장

캘리퍼의 수도 알펜서드.

전쟁을 앞두고 헬리안 공작은 바쁘게 움직이고 있었다.

"알바드의 동태는 어떤가!"

"지금 정보를 수집하고 있습니다!"

"베카비아는 어쩌고 있지?"

"당분간은 상황을 지켜보려는 속셈 같습니다!"

그의 안색은 편치 않았다. 할 수만 있다면 당장이라도 모든 것을 때려치우고 싶어 하는 표정이었다.

그런 그의 곁에 수행원이 다가와 속삭였다.

"공작님, 공작님을 긴히 만나고 싶다는 자가 있습니다만."

"에잇, 지금은 바쁘다! 다음에 오라고 해라!"

"일라인……이라고 하면 만나게 해 줄 거라 말했습니다. 짐작 가는 바가 있으십니까?"

"……!"

툭! 헬리안은 가지고 있던 서류 더미를 집어 던졌다.

"들어오라 해라. 그리고 잠시 휴식을 취할 터이니 주변 사람들을 전부 물리도록."

"옛."

그의 집무실을 방문한 알스의 표정도 무척 떫어 보였다.

알스가 대뜸 말한다.

"당신네들이 그렇게까지 멍청한 줄은 몰랐습니다. 알바드와의 전쟁이라니요? 장난치십니까?"

헬리안은 고개를 떨어뜨렸다.

"입이 백 개라도 할 말이 없군. 나도 일이 이렇게 될 줄은 예상하지 못했네."

"흐음. 보아하니 공작님의 의사와는 상관없이 진행된 모양이군요."

"그래. 꽤나 상황이 복잡했거든."

이번 전쟁의 배경은 캘리퍼 내부의 알력 다툼에 있었다.

살레온과 헬리안으로 이분된 계파. 두 계파는 화해를 했지만 물밑에선 여전히 서로를 견제하고 있었다.

"폴딕 전투와 삼사자 전쟁 이후 군부에 대한 중요성이 높아졌다는 건 자네도 알고 있겠지?"

"당연히 그렇게 되겠죠."

"그 군부에 대한 영향력은 우리 쪽이 훨씬 높았네. 살레온 쪽은 그저 발을 걸치고 있는 수준이었어."

살레온 계파는 군부에 대한 영향력을 키우고 싶었다. 그렇게만 하면 헬리안 계파의 세력을 자연스럽게 뺏어 올 수 있으니까.

"그딴 짓이 갑자기 가능할 리가 없지. 그런데 한 가지, 변수가 생기고 만 거야."

"변수?"

"군부에 대한 영향력을 지니고 있는 우리 계파 중 하나. 밀리아스 후작가가 살레온 계파에 붙어 버린 거지."

"……!"

헬리안 계파를 등진 밀리아스 후작.

"설마 그건."

"그래. 그때 파티장에서 자네와 있었던 일이 계기가 된 거겠지. 그 어리석은 작자. 뭐, 거기까지라면 나도 이해를 했겠지만…… 진짜 문제는 군권의 일부를 쥐게 된 그들이 국왕을 부추겨 전쟁을 도모했다는 것이네. 그 멍청한 놈들! 패전했을 때 어떤 대가를 치러야 하는지 모르지 않았을 텐데!"

"이길 수 있다고 생각한 거겠죠. 객관적인 전황은 분명히 좋으니까."

"젠장!"

분노를 감추지 않는 헬리안 공작.

알스는 어깨를 으쓱여 보였다.

"조건만 괜찮다면 제가 힘을 빌려드릴 수도 있습니다. 이런 일은 흔치 않다고요."

"그건 고맙지만 이번 전쟁에서 자네의 자리는 없네."

특수한 사정상. 이번 전쟁에서 캘리퍼의 군대는 세 개의 군대로 나뉘게 되었다.

헬리안 계파의 4만 군대. 살레온 계파의 3만 군대. 그리고 왕가 직속의 1만 군대. 총 8만의 대군이다.

"우리 군은 듀난이 맡기로 했지. 하여 자네가 온다고 해도 지휘에 혼란을 줄 뿐이야. 게다가 살레온 계파에서도…… 웨이드가 총대장으로 나온다고 하고."

"제가요? 금시초문입니다만."

"자네가 아니야. 케스퍼 밀리아스. 자네를 사칭한 그놈 말이네."

"하핫! 그건 정말 의외네요. 그 녀석에게 총대장을 맡긴다고요?"

"아마 이름 정도는 바꾸겠지. 승전을 한 뒤에 자기는 웨이드가 아니었다. 다른 사람들이 멋대로 그렇게 부른 거다. 그런 식으로 얼버무릴 셈인 거야. 웨이드의 이름을 빌려 단물을 쪽 빼먹고 실적을 쌓아 덮어 버리려는 거지."

"머리 좀 썼네요. 그런데 그 실적을 쌓을 수나 있을까요?

이런 말을 하기는 뭐하지만, 케스퍼 그 녀석의 기량은 평범한데요."

"평범이라……. 그를 꽤나 고평가하는군?"

"신동이라 불릴 정도이니까요. 또래 중에선 뛰어난 편이죠."

"또래 중에서 뛰어나다니. 자네가 그렇게 말하니 정말이지 우습군. 뭐, 그 부분에 대해선 그쪽도 어떻게든 될 거라고 보는 것 같네. 케스퍼 녀석을 허수아비로 두고 살레온 계파의 책사들이 지혜를 짜내 전쟁을 치르려는 거지."

"왕가 직속군은요?"

"아빌란 왕자님이 이끌 예정이야. 이쪽은 후방에서 보급을 담당할 테니 큰 비중은 없네."

캘리퍼 왕국 내의 정치 문제로 인해 발생한 전쟁.

알스는 자신이 끼어들 틈이 없음에 고개를 끄덕였다.

"부디 승리했으면 좋겠군요. 사관생인 저에게까지 불똥이 튀지는 않게끔."

"나도 그렇게 되기를 바라고 있네. 하지만 여차할 경우에는……."

"그건 그때 가서 얘기하도록 하죠, 공작님."

"그래, 부디 그 이야기를 하지 않기를 바랄 뿐이네."

집무실을 떠나는 알스.

헬리안 공작은 깊은 한숨을 쉬고는 다시금 바쁘게 일을 시작했다.

❖

 끼어들 자리가 없다는 걸 확인한 이상 나로서는 전쟁을 지켜보는 수밖에 없었다.

 본래 큰 전쟁이 일어나면 사관생들도 불려 가는 경우가 있었지만 이번 전쟁은 귀족들의 사병들 위주로 펼쳐지는 전쟁이었기에 사관생들까지 불려 가지는 않았다.

 나는 최악의 상황이 벌어지지 않길 바라며 아카데미에 돌아왔다.

 그렇게 이틀 만에 돌아온 레인폴 아카데미에서도 난리가 벌어지고 있었다.

 '이틀 만에 벌써 이런 짓이 벌어질 줄이야.'

 어느 정도 예상은 했지만, 아무리 그래도 빨랐다.

 "이 괴물!"

 "하하핫! 이거나 맞고 죽어라, 흉물아!"

 휙! 휙! 에스텔을 향해 날아드는 쓰레기 뭉치. 에스텔은 그저 시선을 책상에 박은 채 그것들을 감내하고 있었다.

 '어휴, 결국 어린애들이라는 거지.'

 내심 씁쓸했지만 어쩔 수 없다는 생각이었다. 어린애들의 행동 심리란 게 다 비슷한 거니까.

어린애들에게 성숙해져라 골백번 말한들 들어 먹을 리는 없다.

그런 내가 머리끝까지 분노하게 된 건 다른 이유에서였다.

"너도 저리 꺼져!"

"수인 주제에 어딜! 너희들은 노예가 어울린다고!"

에스텔을 보조하는 유미르에게도 쓰레기가 날아들고 있었던 것이다.

나는 순간 이성이 끊어지는 줄 알았다.

유미르는 내게 있어 무엇보다 소중한 인물이었다. 알스에 대한 숨겨진 진실을 안 뒤부터는 더욱 그랬다.

유미르는 그러거나 말거나 무반응으로 일관했으나 내가 참을 수 없었다.

"야, 너. 지금 뭐 하고 있는 거냐."

"어!?"

콱! 쓰레기를 던지는 남자 녀석의 팔을 붙잡은 나는 그대로 그를 발로 걷어차 날려 보냈다.

쿠당탕! 바닥을 구르는 녀석.

"넌 뭐야, 이 새끼야!"

제법 머리가 큰 놈인지 곧장 얼굴을 붉히며 달려들었지만 당연하게도 내 상대가 될 리는 없었다.

막무가내로 휘두른 주먹을 피하고 명치에 무릎을 박아 주었다. 그 후 무너지려는 녀석의 상체를 잡아 던져 버렸다.

"내가 사관생이라 말하지 않았었나? 알고도 덤빈 거면 배짱 좋은데? 아니, 멍청한 거라고 해야 하나?"

"커허! 커흑!"

"이딴 비열한 짓은 이제 그만해. 다음에 더 심한 꼴을 보고 싶지 않으면."

"너……. 내, 내가 누구인지 알고 그러는 거냐?"

"누군데? 네가 왕자라도 되냐?"

"뭐……?"

"그런 게 아니라면 말도 꺼내지 마."

정적에 휩싸인 교실. 함께 쓰레기를 투척하던 학생들은 뻘쭘한 표정으로 딴청을 피웠다.

자리에 앉은 나는 한숨을 내쉬었다.

'나답지 않은 행동을 했네.'

에오니아나 할 법한 행동이었다. 유미르도 그걸 아는지 다음엔 그러지 말라며 질책의 눈빛을 보내온다.

에스텔은 내가 그놈을 패 버린 뒤부터 계속 토끼 눈을 뜨고 있었다.

"알스 님……! 저 같은 거를 위해서 그러지 않아도 괜찮아요!"

"예?"

그렇게 볼 수도 있는 건가. 지금은 나랑 유미르는 모르는 사이인 거니까.

"아……. 그러네요. 저도 모르게 머리에 피가 올라서. 다음엔 주의해야겠네요."

그래도 이번 무력시위가 효과가 있었는지 더 이상 에스텔이나 유미르에게 쓰레기를 던지는 놈들은 없게 되었다.

그와 더불어 에스텔도 내게 활발하게 말을 걸어오기 시작했다. 내가 정말로 외관에 신경 쓰지 않는다는 걸 조금씩 믿게 된 모양이다.

내게 얻어맞은 크로싱 출신의 남자 놈이 이를 갈며 이쪽을 바라보고 있었지만……. 이 녀석이 어떤 뒷배를 가지고 있다한들 내게는 전혀 위협이 되지 않았다.

그 일이 있은 후부터 에스텔과 나는 깐부라는 말이 절로 나올 정도로 함께 다니게 되었다.

나로서도 나쁘지 않은 상황이었다.

에스텔의 멘탈 케어도 할 수 있었고, 그녀가 붙어 있어 준 덕에 평소 골칫거리였던 다른 여자애들의 권유를 받지 않게 되었으니까.

에스텔에게서 풍겨 오는 악취도 이제는 아예 신경 쓰지 않을 수 있는 수준까지 되었다.

"괜찮……으신 건가요?"

함께 점심을 먹던 도중 에스텔이 조심스럽게 물었다.

"뭐가요?"

"저와 함께 식사를 하셔도 정말 괜찮으신 건가 해서요."

"무슨 문제가 있나요?"

내가 영문을 모르겠다며 주변을 두리번거리자 에스텔이 힘겹게 말한다.

"그게…… 제…… 체취 때문에……. 비위가 상하지 않는가…… 해서요."

"아, 그거라면 괜찮아요. 애초에 신경 쓰지 않는다니까요. 그리고 체취가 아니라 병으로 인해 어쩔 수 없는 거잖아요. 에스텔의 체취는 분명 향기로울 거예요."

"웃……! 예, 예……."

무엇보다 최근에는 식사 시간이 즐거워 텐션이 올라가 있었다.

유미르가 에스텔에게 간 이후 내 식사를 책임져 주는 게 에오니아가 되었기 때문이다.

에오는 내가 좋아하는 음식만 해 주는 스타일인지라 억지로 건강에 좋은 음식만 넣는 유미르와는 달리 식사가 화려했다.

육류와 온갖 자극적인 소스로 범벅이 된 내 도시락통을 본 유미르가 미간을 찌푸렸을 정도다.

급기야는 참지 못하겠는지 내게 말한다.

"일라인 님, 편식을 하는 건 좋지 않다고 봅니다만."

"무슨 말씀이시죠? 마치 르미유 씨가 제 식사 사정을 알고 있는 듯이 말하시네요?"

내가 시치미를 떼자 유미르가 드물게도 엄한 표정을 지었다.

"으음~ 내일은 에오에게 어떤 맛있는 걸 해 달라고 할까나."

"웃……!"

어찌하지는 못하고 발만 동동 구르는 유미르.

그때 에스텔이 결심했다는 듯 입을 뗀다.

"어째서……. 알스 님은 제게 이렇게 잘 대해 주시는 건가요?"

"따로 이유가 필요한가요?"

"예, 그렇지 않고서는 이해를 할 수가 없어서요. 알스 님은 저와 다르게 많은 분들의 선망을 받고 계시는 분이니까요. 저라도 알 수 있어요. 다른 영애분들께서 당신을 어떻게 바라보고 있는지를. 굳이 저 같은 걸 신경 써 주지 않으셔도 괜찮다는 걸."

"하하……. 그건 다 의미 없는 거예요. 그냥 잘 만들어진 인형을 바라보는 것과 같은 심리죠."

어쨌든 에스텔은 이유를 원하는 것 같았다. 동정심만으로는 이해하지 못하겠다고.

그녀의 생각대로 이유가 있긴 했지만 그걸 밝힐 수는 없기에 대충 둘러대기로 했다.

"미래를 위한 투자예요."

"예?"

"당신은 병이 나으면 대단한 미인이 될 테니까요. 그때 저는 자연스럽게 미인과의 친분을 얻는 거죠."

"후훗, 뭔가요 그게."

내가 대충 둘러댄다는 건 알아도 듣기 나쁘지는 않은지 쿡쿡 웃는다.

"그러면 알스 님을 위해서라도 어서 나아야겠네요."

치료에 긍정적인 태도를 보이는 에스텔.

멘탈 케어가 제대로 들어맞고 있다는 거겠지.

"뭔가 병에 대한 단서라도 있었나요? 표정이 좋네요."

"예, 최근에 제 병의 원인을 알아서요. 치료약에 대해 아시는 분도 찾은 것 같아요."

에오가 찾은 쿠라벨 성국의 관계자였다.

'쿠라벨 성국의 성장이라고 했었나?'

에오의 어머니와도 같은 사람으로, 실질적으로 쿠라벨 성국을 이끌던 여자였다고 한다.

그녀와의 만남이 근시일 내에 예정되어 있었다.

"잘됐네요. 나중에 병이 나아 예뻐졌다고 절 모르는 사람 취급하면 안 돼요?"

"그럴 리가요."

그렇게 점심 식사를 마칠 즈음이었다.

"형! 저기 저놈이에요!"

내 쪽을 가리키며 다가오는 하나의 무리.

지난번에 내게 얻어맞았던 그 녀석이었다. 아마 이름이 휴 버트라고 했었나?

녀석은 아는 형이라도 데려왔는지 그 옆에는 날카로운 안 광의 남자가 함께하고 있었다.

복장을 보아하니 아카데미생이 아니라 크로싱의 현역 장 교인 것처럼 보였다.

"네가 일라인이냐? 그래, 내 동생을 때렸다고."

"그래서요?"

"내 동생이 멍청한 짓을 한 모양이니 네가 화를 낸 것도 이해는 가지만, 주먹이 먼저 나왔다는 건 너도 똑같이 멍청 한 짓을 했다는 거다. 그건 알고 있는 거냐?"

설마 이런 시시한 보복을 해 올 줄이야.

상대할 가치를 느끼지 못한 나는 유미르에게 쫓아내 달라 신호를 보냈지만.

"그건 무슨 뜻이신지요. 저는 잘 모르겠습니다."

유미르는 그렇게 말하며 새침하게 시선을 돌렸다.

그 유미르가 토라지다니! 아마 조금 전 반찬에 관한 일로 귀여운 항의를 하는 것 같았다.

"하하하!"

나는 참지 못하고 웃음을 터뜨렸다. 이걸 저쪽에선 비웃었다고 생각했는지 눈매를 좁혔다.

　그래도 최소한의 사리 구분은 하는 모양이다. 크로싱의 군장교가 아무 이유 없이 캘리퍼 출신의 아카데미생을 해코지했다간 잡음이 생길 테니까.

　"쯧, 역시 말로는 안 되는 건가. 너, 사관생이라고 했지. 좋아. 곧 있을 사관 합동훈련에서 내가 친히 만져 주마. 악의는 없어. 그저, 그렇게나 주먹을 쓰는 걸 좋아한다면 마음껏 사용해 보라는 거지."

　"이런, 그러면 그날은 아카데미를 쉬어야겠네요."

　"뭐?"

　"그게 언제였더라……."

　"네 녀석……."

　상대가 정중하게 나오긴 했지만 결국엔 불합리한 일이었다. 훈계를 할 거면 내 쪽이 아니라 동생 쪽을 더 강하게 했어야지.

　그러자 휴버트가 기다렸다는 듯 말한다.

　"그럼 그렇게 하든지. 네가 없으면 그쪽 둘에게 볼일이 생기겠네. 푸하핫!"

　"……야. 선 넘지 마라."

　"읏! 더, 덤벼 보든가!"

　"나 참. 좋아. 그 합동훈련인지 뭔지에 나갈게. 그러면 된거지?"

"하, 핫! 좋아, 각오하고 있으라고, 일라인!"

기세등등한 휴버트와 달리 형 쪽은 골치 아프다는 기색을 보였다. 지금 이 모습을 보고 잘잘못이 어디에 있었는가를 확실히 깨달은 것이다.

"내가 너무 동생 말만 들은 것 같군. 이 녀석에 대해선 내가 확실히 훈계를 해 놓지. 그래도 훈련에는 꼭 나와라. 네게도 분명 좋은 경험이 될 테니까."

그들이 떠나가자 에스텔은 절박한 얼굴로 내 팔을 붙잡았다.

"훈련에는 나가지 않으셔도 돼요. 저 때문에 괜히 알스 님께서 다치기라도 한다면……!"

"예? 아, 그건 괜찮아요. 그럴 일은 없을 테니까."

휴버트의 형 쪽도 나름대로 사정을 파악한 것 같고. 설령 진심을 다한다 한들 나를 다치게 할 정도의 실력을 가졌을 리도 없다.

그렇게 괜찮다고 몇 번을 말하며 안심시켜 줬지만 에스텔은 도무지 표정을 풀지 못했다.

아카데미의 사관 합동훈련은 다음 주 초에 예정되어 있었다. 나는 그 전에 에오가 찾아냈다는 쿠라벨 성국의 성장을 만나 보기로 했다.

그녀는 지금 크로싱의 국가기관에서 노예로 생활하고 있던 탓에 직접 가야만 했다.

나는 에오니아, 안톤, 루트거 부녀와 함께 크로싱 북동부에 위치한 뉴먼으로 향했다.

그 뉴먼으로 향하는 마차 안에선 자그마한 소란이 있었다.

"음, 끄응! 끄으으응……!"

오줌이라도 마려운 듯한 표정으로 신음하고 있는 루트거.

"마차를 잠시 멈출까요? 꽤 급해 보이는데."

"아, 아닐세. 그냥 고민거리가 조금 있어서 말이야."

"무슨 일입니까?"

평소라면 그냥 무시하고 말았겠지만 마차 안이 심심해 물어보기로 했다.

그러자 루트거는 기다렸다는 듯 쏘아 냈다.

"들어 보게. 아카데미에서 에스텔에게 접근하는 말뼈다구 같은 놈이 있는 모양이야. 무슨 일라인이라고 하는 놈인가 본데."

"그, 그렇군요. 그래서요?"

"당연히 불순한 의도가 있는 것 아니겠나! 내 그놈이 눈앞에 있다면 혼쭐을 내 줬을 텐데!"

마차에 순간 정적이 흘렀다. 함께 있던 안톤은 '풋!' 하며 피식한다. 만약 이 마차에 에오까지 있었으면 순식간에 들켜 버렸겠지.

에오라면 유미르에게 불려 가 내 식사의 영양이 불균형하다며 다른 마차에서 야단을 맞고 있었다.

직급상 유미르가 상사이고, 명분도 유미르에게 있으니 에오도 뭐라 반박하지 못하고 시무룩하여 듣고 있을 테다.

"일단 진정하세요. 단순히 친구일 수도 있는 거잖아요? 불순한 의도가 있다고 단정 짓기에는 이르지 않습니까?"

"아니, 확실하네. 그놈이 내 딸에게 그랬다더군. 병이 나으면 미인이 될 게 분명하니 미리 친하게 지내는 거라고!"

"하하……."

"딸의 말을 듣자 하니 곱상하게 생긴 기생오라비 같은 놈인 것 같은데, 어디 감히 내 딸을 구슬리려고!"

씩씩거리며 당장이라도 폭발할 것 같은 루트거. 딸 바보의 면모가 고스란히 드러나고 있었다.

"걱정하지 않아도 괜찮지 않을까요? 만약 그런 불순한 의도를 가지고 접근한 거라면, 에스텔 양이 영리하게 거리를 두겠지요."

"나도 그렇게 생각했네만……. 어제 딸이 내게 말하더군. 부탁이니 일라인 님을 지켜 달라고 말이야."

"지켜요……?"

"그놈이 결투 비스무리한 걸 하나 본데, 그놈이 다치지 않게끔 내게 도와 달라는 거지. 일라인이라는 놈이 딸에게 제

발 좀 도와 달라고 울며불며 매달린 게 분명하네!"

"그래서 당신은 뭐라고 했죠?"

"어림도 없지! 남자 놈이라면 자기 일 정도는 스스로 헤쳐 나가야지! 그게 자존심을 건 결투라면 더더욱!"

"만약 일라인이라는 녀석이 그 결투를 스스로의 힘으로 승리한다면 그에 대해 긍정적으로 볼 생각은 있습니까?"

"으, 으음! 기생오라비라고 말한 건 취소해 줄 수 있지. 그 외에는 안 되겠지만!"

"나 참. 독하게 마음먹고 딸을 아카데미에 보낼 때는 언제고 이제는 친구 하나 사귀었다고 그러는 겁니까?"

"무, 물론…… 그 모습을 하고 있는 내 딸의 친구가 되어 준 점에 대해선 몇 번을 고맙다 말해도 모자라지만…… 연인이 되는 건 다른 이야기일세!"

그런 루트거의 호들갑을 듣고 있자니 곧 뉴먼의 초입이 보이기 시작했다.

여관에 짐을 푼 시점엔 날이 어두워지고 있었다.

"움직이는 건 내일 아침으로 하죠. 다들 긴 시간을 이동해 피곤할 테니 푹 쉬도록 해요."

나도 계속 후드와 가면을 쓰고 있던 탓에 제법 지쳤기에 곧장 방으로 들어가려 했으나 나를 붙잡는 목소리가 있었다.

"저기……!"

쥐어짜 낸 듯한 목소리. 에스텔이었다.

"무슨 일이지?"

"웃……!"

그녀는 바르르 떨었다.

'알스를 대할 때와는 천지 차이네.'

그녀는 나를, 정확히는 웨이드를 두려워했다.

자신을 매개로 아버지를 이용하려 한다는 걸 알고 경계하고 있다.

게다가 웨이드로 있을 때 변조하고 있는 목소리가 소름 끼치는 섬뜩함이 있기도 해서 그녀는 내 목소리를 들으면 움츠러들었다.

"그……게. 한 가지…… 부탁드리고 싶은 게…….."

"그러니까 무슨 일이냐고 물었다만."

에스텔은 입술을 앙 깨물더니 용기를 내 말한다.

"다음 주에 아카데미에서 사관 합동훈련이 있……습니다. 거기서 사람을 하나 도와……주셨으면 해요."

"허!"

"부탁드립니다……!"

루트거가 도와주지 않는다고 하니 내게 부탁하는 건가.

달리 부탁할 사람이 없을 테니 그 심정은 이해가 됐지만 번지수를 단단히 잘못 찾은 것이었다.

"어쩌시겠습니까, 주군?"

안톤이 따뜻하게 웃으며 말한다. 유미르는 작게 한숨.

이야기의 흐름을 모르는 에오만이 '응?' 하며 고개를 갸웃할 뿐이다.

"당신이 알아서 처리해요."

"훗, 예. 그렇게 하겠습니다."

내가 등을 돌리자 풀썩! 긴장이 풀렸는지 에스텔이 주저앉았다. 안톤이 그녀를 부축해 주며 말한다.

"걱정 마십시오, 에스텔 양. 당신이 말한 그분은 제가 목숨을 바쳐서라도 지킬 테니까요."

"목숨을요……?"

안톤의 강도 높은 발언에 에스텔은 영문을 몰라 하고 있었다.

쿠라벨 성국은 그 내부가 베일에 둘러싸인 국가였다.

국가의 역사는 무려 600년으로 펜실론 제국보다 훨씬 길었지만, 폐쇄적인 국가 운영 탓에 자세한 역사를 아는 사람은 없었다.

내가 아는 거라곤 엘프의 수호를 받았다는 것 정도. 쿠라벨 정도의 약소국이 600년이나 되는 역사를 가지게 된 것도 그런 이유였다.

하여 에오에게 물어보았는데, 그녀도 기사에 불과했던지

라 국가의 역사에 관해선 모르는 듯했다.

한 가지 알게 된 건 그 지배 구조였다. 쿠라벨 성국의 신분 구조는 여느 왕국과 다르지 않지만 특이하게도 왕이 유명무실하다고 한다.

성왕은 그저 보여 주기식으로 왕좌에 앉아 있을 뿐, 실질적인 통치는 재상인 성장이 행한다.

그 쿠라벨 성국의 성장이었던 비스케타 크렌은 나를 마주하곤 눈매를 좁혔다.

"당신이 웨이드입니까? 에오니아의 충성을 받았다는 화제의 용병."

나이는 60을 넘었을까. 그녀는 주름진 미간을 더욱 찌푸렸다.

"가면을 쓰고 손님을 맞이하다니, 대체 무슨 정신머리를 하고 있는 겁니까?"

"하하, 다짜고짜 쓴소리인가요."

"그 목소리도……. 변조를 하고 있는 거로군요."

"알아채는군요."

"대체 뭐가 무서워서 그런 소인배 같은 짓을 하고 다니는 겁니까?"

그녀는 에오를 보며 말한다.

"에오, 네가 선택했다는 주인은 고작 이런 사람인 거냐? 꼬맹이 때부터 멋들어진 주군을 모시겠다 노래를 부른 것치고는 실망스럽구나."

"성장! 적당히 해 주세요!"

"흥……."

후릅! 비스케타는 찻잔을 홀짝였다.

"무례인 것은 알고 있지만 이해해 주었으면 합니다. 전적으로 믿을 수 있는 사람에게만 얼굴을 보여 주는지라."

"나는 믿을 수 없다 이 말인가요?"

"조심성이 많은 편이라서요."

"뭐, 좋습니다. 제게 부탁하고 싶다는 게 뭐죠?"

"그 전에 다른 얘기를 좀 할까요."

다짜고짜 에스텔을 치료해 달라고 하면 별로 좋은 소리는 못 들을 것 같았기에 주변 이야기부터 듣기로 했다.

주로 쿠라벨 성국에 관한 이야기였다.

그것이 에오니아의 이야기가 되자 비스케타는 자기도 모르게 미소를 지었다.

"푼수 같은 아이였죠. 그건 지금도 마찬가지입니다만."

에오를 대하는 그녀의 눈빛은 정말로 어머니의 그것 같았다.

"발키리는 성국 내에서도 특별 취급을 받았어요. 근위기사단장이라고는 하지만 그건 실상 명예직이나 다름없었으니까요. 에오는 어렸을 때부터 왕궁에서 공주처럼 자랐습니다. 성왕에 대해서도 주군으로 섬긴다기보다는 키워 준 아버지

같은 느낌이었고요."

"그렇군요. 그래서 아까 그 말은……."

"예, 어렸을 적의 에오는 언제나 밖으로 나가 새로운 주군을 모시고 대륙에 자신의 이름을 떨치겠다 소리치고 다녔습니다. 성왕께선 오히려 그걸 부추기셨고요. 그분도 알고 계셨던 거겠죠. 이 아이가 진정으로 행복해질 수 있는 길은 궁전에 갇혀 지내는 것이 아니라 밖으로 나가 자유롭게 사는 것임을."

"그래서요? 당신이 지켜본 지금의 에오는 어떤 것 같습니까?"

"……."

그녀는 잠시 침묵하더니 입을 뗀다.

"좋아 보이는군요. 적어도 당신이 이 아이를 소홀히 하지 않았다는 건 알 것 같습니다."

에오는 자신의 어릴 적 이야기가 나오자 어쩔 줄을 몰라 하고 있었다.

그렇게 분위기가 무르익은 시점에 나는 조금 껄끄러운 이야기를 꺼냈다.

"……크로싱의 노예 생활은 조금 괜찮습니까?"

"괜찮네요."

의외로 비스케타는 아무렇지도 않아 했다.

"크로싱의 노예 제도가 잘 정비돼 있다는 건 알았지만 이 정도인 줄은 몰랐어요. 저 같은 사람도 이렇게 시간을 내서 은밀하게 당신을 만날 수 있을 정도이니 말 다 했죠. 뭐, 노예이니 제한을 받는 건 분명히 있지만요."

"당신이 원한다면 노예 신분에서 해방시켜 줄 수 있습니다. 적어도 에오는 그렇게 되길 원하고 있어요."

"그건 사양하겠습니다."

"어째서죠? 노예 생활이 괜찮다 뿐이지 마음에 들어 하고 있는 건 아니지 않습니까?"

"그야 당연하죠. 하지만 저는 혼자의 몸이 아닙니다. 저를 믿고 의지하는 쿠라벨의 국민들이 70만이나 있어요. 당신은 그 70만을 모두 해방시켜 줄 수 있는 겁니까?"

"70만……!"

"저는 그들에게 약속했습니다. 이 힘든 시기를 견뎌 노예의 신분에서 벗어나면 고향으로 돌아갈 수 있게 해 주겠다고요."

"그건…… 이뤄질 수 있는 약속입니까?"

"이뤄질 수 있습니다. 파라인 국왕이 제게 약속했으니까요. 저를 비롯한 쿠라벨 성국의 국민들이 노예의 신분에서 해방되면 고향에서 살게 해 주겠다고요. 그 지역에 대한 통치도 저에게 맡겨 주기로 했고요."

"속았다는 생각은 안 드십니까? 크로싱의 입장에선 그런 약속 따위 손바닥 뒤집듯이 없던 일로 할 수 있는 겁니다만."

"그럴 수도 있겠죠. 하지만 그런 말이라도 의지할 수밖에 없었어요. 노예로 전락한다는 건 그런 겁니다."

만약 나에게 영지가 있었다면 당장 파라인 국왕과 담판을 지어 전부 빼내 올 수도 있었겠지만 내게 그런 것은 없었다.

'영지가 있다면 더욱 빠르게 힘을 키울 수 있을 텐데.'

비스케타는 찻잔을 내려놓으며 말한다.

"그러니 저에 대해선 신경 써 주지 않아도 됩니다. 에오, 너도 그런 표정 지을 필요 없단다. 가끔씩 만나러 와 그 얼굴을 보여 주기만 해도 충분해."

"성장……."

"그보다도 슬슬 본론으로 들어가지 않겠습니까? 제 기분을 맞추려는 거라면 이제 충분합니다."

내가 의도적으로 이야기를 돌리고 있다는 걸 알고 있던 모양이다. 역시 만만치 않다.

"하하, 다 꿰뚫어 보고 있었군요. 그럼 바로 얘기하도록 하죠. 당신이 환자를 하나 봐줬으면 합니다."

"환자요? 저는 의사가 아니에요."

"알고 있습니다. 하지만 당신만 알 수 있는 그런 병입니다."

"나만이 알 수 있는……? 설마."

"루트거! 들어와요."

그러자 밖에서 대기하고 있던 루트거가 에스텔을 데리고

방으로 들어왔다.

"……."

비스케타는 에스텔을 보며 눈매를 좁혔다. 그러고는 내게
말한다.

"뭔가요, 이건?"

불가사의한 것을 목격한 듯한 시선. 병에 대해 모르는 건
가 했으나 그건 아니었던 모양이다.

"내가 이 병에 대해 알고 있는 걸 당신은 어떻게 알았던
거죠?"

"예?"

"이건 쿠라벨 성국 내에서도 몇 명 모르는 특수한 질병입
니다. 그걸 당신이 알고 있을 수가……. 심지어 연고까지 처
방을 했군요. 대체 뭐죠?"

"그게……. 책을 보다 우연찮게 알았습니다."

"그럴 리가요. 왕궁의 서고는 수도가 함락되기 전에 성왕
께서 불태워 버리셨습니다. 외부로 반출된 책은 없었을 텐데
요! 설마 엘프들이 쓴 책을……? 그럴 리도……."

"그렇게 말해 봤자 우연히 알게 된 건 우연히 알게 된 겁
니다."

"……새삼 당신의 정체가 궁금해지는군요."

이 이상 물어봤자 의미가 없다 생각했는지 비스케타가 병
에 대해 말한다.

"이건 자연의 징벌이라고 불리는 질병입니다."

"자연의 징벌이요?"

"자연을 개척하는 인간은 엘프들에게 있어 경멸의 대상이 되곤 하거든요. 그 인간과의 혼혈인 하프 엘프들이 자연의 벌을 받았다 하여 그렇게 불린다고 해요. 뭐, 그런 것치고는 같은 조건에서 발병하지 않는 경우도 있고, 일정 나이가 지나면 더 이상 발병하지 않아 크게 위협적인 병은 아니지만요. 하지만 일단 발병하고 나면 굉장히 무서워지죠. 그 증상이 지독하거든요."

루트거가 동의한다며 격하게 고개를 끄덕였다.

"그쪽은 보아하니 하프 엘프는 아닌 것 같군요. 기껏해야 쿼터……. 아뇨, 그보다도 더 엘프의 피가 희미한 것 같네요. 그럼에도 그 병이 발병하다니, 운이 없었다고밖에는 생각할 수 없겠어요."

"발병 원인은 무엇입니까?"

"어떤 열매를 만지는 거예요. 엘프들이 주식으로 삼는 캄이란 열매죠. 대륙 북동부에 서식하는 캄 나무에서 열리는 열매입니다."

"루트거, 짚이는 게 있습니까?"

그러나 루트거는 고개를 흔들었다.

"너무 오래전 일인지라……. 설마 열매 때문에 이런 일이 벌어졌을 줄은……. 그보다도, 치료는 할 수 있는 겁니까!"

"병의 진행 상황에 따라 기간은 달라지겠지만 치료할 수 있어요. 연고를 통한 치료는 끝났으니 당장 탕약을 통한 치료를 시작하면 되겠네요. 기간은…… 그러네요. 넉넉하게 잡아 10개월 정도 걸릴까요."

"하늘이시여……! 감사합니다! 정말 감사합니다……!"

루트거는 에스텔을 부둥켜안고 오열했다. 그리고 에스텔은 안도감과 나를 향한 두려움이 섞인 묘한 표정을 짓고 있었다.

"그럼 탕약의 제조법을 알려 주시죠."

"예, 그럼 에오에게 알려 주도록 할게요."

"예? 굳이 왜…….'

"훗날 에오에게 필요해질 수도 있으니까요. 그렇지, 에오?"

왜인지 나와 에오를 번갈아 보며 의미심장하게 웃는 비스케타.

'일정 시기가 지나면 발병하지 않는다고 하지 않았나? 에오에겐 필요가 없을 텐데.'

영문을 몰라 하고 있던 나와는 달리 에오는 몸을 배배 꼬며 얼굴을 붉혔다.

"성장! 그만해 주세요!"

"후훗, 돌아가신 성왕께서도 분명 기뻐하실 거란다."

"으으……!"

어쨌든 이걸로 에스텔의 치료에 관한 것은 해결되었다.

일곱 가신 중 하나.

철옹성 루트거 로젠버그에 대한 영입이 일단락된 것이다.

레인폴로 돌아오는 길.

나는 루트거 부녀가 오붓한 시간을 보낼 수 있도록 따로 마차를 내어 준 뒤 측근 가신들과 함께하고 있었다.

"후우! 가면을 벗을 수 있어서 좋네. 일상에서도 가면을 쓰고 있는 건 고역이라니까."

내내 목소리를 변조하고 있으려니 목도 아팠다.

"고생하셨습니다, 알스 님. 목을 축이실 수 있는 차를 내어 드리겠습니다."

에오는 주섬주섬 내가 좋아하는 꿀물차를 내리려 했지만.

"에오니아, 지금 뭘 하고 있는 거죠?"

"……헉!"

유미르가 나직이 말하자 에오는 허겁지겁 건강에 좋은 차로 바꾸었다.

"나 참. 얼마나 야단을 친 거야."

"도련님께서 편식을 하지 않으시면 되는 이야기입니다."

"윽…….."

유미르는 이참에 못을 박아 놓으려 하는지 앞으로의 식단에 대해 말하려 했지만, 그때였다.

푸드득! 마부석에 있던 안톤이 전서구를 팔뚝에 받아 들더니 그 다리에 매어져 있는 편지를 빼내었다.

그 내용을 살펴본 안톤은 마차를 잠시 멈추고 편지를 내게 건네주었다.

"알스 님, 캘리퍼군이 진군을 시작했다고 합니다."

"이렇게나 빨리……. 진심으로 전쟁을 하겠다는 거군요."

"예, 최소한 국경 부근의 땅들은 전부 점령하겠다는 생각입니다. 국경선 측량을 위한 측량 학자들까지 대동했다고 합니다."

"김칫국부터 마시긴……. 알바드의 대응은요?"

그 부분이 중요했다.

분명 객관적인 전황은 캘리퍼가 좋다. 알바드도 이 전쟁은 부담이 크다.

그러니 적당히 인근 땅을 넘겨주는 방식으로 전쟁을 회피할 가능성도 있었다.

"첩보에 의하면 대장군 카이엔의 주도하에 5만의 정규군이 조직됐다고 합니다."

"일반 병사의 징집은 하지 않았군요."

"예, 그런 듯합니다."

아무래도 지금 시기가 농번기이다 보니 알바드도 국민들을 징집하지는 않았다. 그랬다간 한 해 농사가 망해 버릴 수도 있으니까.

"그렇다고 하면 전투가 벌어지지 않을 가능성도 분명 있지만……."

뭔가 불안했다.

무엇보다 이 전쟁이 내 기억에 없는 것이기에 더욱 그랬다.

'내가 알고 있는 건 키메라 전쟁뿐이야. 이 전쟁은 게임에서 전혀 언급되지 않았어.'

그런 만큼 전투가 벌어지지 않고 싱겁게 끝날 가능성도 높았지만 과연 그렇게 될까 싶었다.

가짜 웨이드를 총대장으로 세운 살레온 계파의 군대를 알바드 왕국이 그냥 놓칠 것 같지 않았으니까.

"앞으로도 동향을 주시해 주세요."

"옛!"

개전을 알린 캘리퍼와 알바드의 전쟁.

캘리퍼군은 노도와 같은 기세로 국경을 넘어 알바드의 영토를 침범하게 된다.

큰 전쟁이 벌어졌지만 레인폴은 그런 전쟁통과 달리 느긋했다.

전쟁이 벌어진 서부와 정반대에 위치한 곳이기도 했고, 징집이 없었던 전쟁인지라 일반 국민들은 전쟁을 피부로 느끼지 못했던 것이다.

돌아온 아카데미에서도 여전히 철없는 분위기가 흐르고 있었다.

"그 괴물이 돌아왔네."

"어휴, 그 지독한 냄새를 또 맡아야 한다니."

"아카데미 좀 그만둬 주지 않으려나."

속닥이는 학생들. 에스텔은 꾸욱! 내 소매를 붙잡았다.

이전까지는 이런 악담에 좌절하며 고개를 숙였지만 치료 방법이 발견된 지금은 지지 않으려 하는지 정면을 바라보고 있었다.

뒤늦게 나타난 아카데미 교사는 여전한 교실 분위기에 한숨을 쉬고는 말한다.

"오늘 오후에는 예고한 대로 크로싱 주최의 사관 합동훈련이 있을 예정입니다. 일반생들도 참가해야 하는 행사이니 빠짐없이 참석하길 바랍니다."

성인이 된 이후에는 일반 학생들도 기본적인 사관 교육을 이수해야 하는 관계로 이번 합동훈련에는 일반 학생들도 참가하게 되었다.

그렇다고 해도 결국 주역은 사관생들이지만.

"그리고 일라인, 테오도르, 헬만, 리프톤, 길리시암. 사관생인 당신들은 여차할 경우 무예 경연을 펼쳐야 할 수도 있으니 준비하고 있도록 하세요."

무예 경연이라는 말에 에스텔의 표정이 어두워졌다.

그러더니 내게 말한다.

"알스 님, 괜찮……을 거예요. 제가 아는 분에게 도움을 청해 놨거든요."

"아는 분이라면 누구요? 유명한 사람인가요?"

"아마 유명하다고 생각해요. 이름을 말씀드릴 수는 없지 만……."

"하하, 그렇다면 기대하고 있을게요. 그래도 전부 다 무예 경연을 한다는 건 아니라고 하니 별일 없을지도 몰라요."

그러나 내 말을 들은 건지 내게 얻어맞았던 휴버트 녀석이 기다렸다는 듯 말한다.

"헷! 그런 일은 없을걸! 무예 경연은 상급자가 하급자를 지목하는 형태니까 말이야. 레인폴의 십걸이라고 들어는 봤냐! 우리 형은 그중에서도 다섯 번째라고!"

"오늘 점심은 뭘까나?"

"야! 무시하지 마!"

무시하기로 했다.

아카데미 연무장에서 실시된 캘리퍼와 크로싱의 사관 합 동훈련.

이 훈련은 사관생들이 주축이 되어 전술, 개인 기량을 도시의 유력자와 일반 학생 들에게 선보이는 자리였다.

이 훈련에는 레인폴에 상주하고 있는 크로싱의 정규군 300명이 동원되어 제법 큰 규모로 진행되었다.

일종의 열병식 같은 거라고 할까.

그렇기에 훗날 장교가 될 사관생들의 무예 기량을 보는 것이야말로 이 훈련의 노른자였다.

부대의 행진 및 훈련 시연이 끝나자 곧바로 대련장이 준비되었다.

규칙은 간단했다. 현역 상급자가 하급자를 지명해 대련을 벌이며 한 수 가르쳐 주는 것이다.

'적당히 이기고 끝내야지.'

굳이 화려하게 이겨서 뽐낼 생각은 없었다. 이건 그럴 필요조차 없는 하찮은 일이었으니까.

'그 레인폴 십걸인지 뭔지의 다섯 번째라고 했으니 나름대로 상급자겠지?'

그렇게 생각했으나 연무장의 중심에 서 있는 건 그가 아닌 다른 자였다.

"……."

군청색의 투구를 쓰고 있는 호리호리한 체격의 남자.

그 뒤엔 내게 대련에 나오라 했던 휴버트의 형을 비롯해 크로싱의 장교들이 각을 잡은 채 목각 인형처럼 서 있었다.

아마 휴버트 녀석이 말한 레인폴의 십걸인 거겠지.

'하나, 둘, 셋…… 아홉. 연무장에 서 있는 녀석까지 열.'

안톤이 알아서 처리한다고 했던 게 이것이었던 모양이다. 내 상대를 휴버트의 형이 아닌 다른 안전한 자로 바꿔 준 것이다.

그렇게만 해도 알아서 손대중을 해 줄 테니 위험해질 일은 없으니까.

슬쩍 관중석에 있는 안톤을 훔쳐보니 그는 눈매를 좁히며 연무장의 남자를 진득하게 응시하고 있었다.

"야, 일라인, 너를 가리키고 있다고. 빨리 나가."

말없이 내 쪽을 향해 손짓하는 남자.

"하여간."

그래도 몸풀기 정도는 되지 않을까. 상급 장교쯤 된다면 나도 마음껏 몸을 움직일 수 있었다. 오러를 사용하지 않으면 어느 정도 상대가 되겠지.

"양자 명예를 걸고 정정당당하게! 준비!"

나는 자세를 낮추며 창을 상대에게 겨누었다. 상대는 뽑아 든 검을 바닥에 축 내리고 있었다.

이런 준비 자세를 취하는 무예가 있다고는 들도 보도 못했다.

'얕보이고 있는 건가. 핫, 하여간 이놈이고 저놈이고 어디서 나오는 자신감인지.'

투구에 가려 잘 보이지 않았지만 상대가 날 비웃는 것 같았다.

'언제까지 여유를 가지고 있을 수 있는지 보자고.'

대련이 시작되려 하자 줄곧 지루해하고 있던 관객들이 흥미를 드러냈다.

아카데미반 학생들도 자리하고 있었다. 내 반은 물론이고 하급반의 학생들도 모두 자리하고 있었다.

에스텔은 기도하듯 양손을 모으고 있었고, 루트거도 어디 한번 알스라는 놈의 낯짝을 보자며 유미르와 함께 에스텔의 곁을 지키고 있었다.

그에 반해 휴버트 녀석은 왜 자기 형이 나오지 않았냐며 답답함을 표한다.

"개시!"

탓! 난 단 한 걸음으로 대시. 곧장 상대를 창의 사정거리에 집어넣었다.

쐐애액! 상대의 검을 노리는 창 촉. 상대는 스윽, 가볍게 손을 빼내며 피해 냈다.

'굳이 피를 보고 싶지는 않지만……'

급소를 피해 한 번은 찌르기로 했다.

"하앗!"

휙휙휙휙! 쾌속의 7연격. 오러를 통한 신체 강화가 없는 지금은 이게 내 최고 속도였다. 오러 없이도 13연격을 찔러 넣는 스승에 비하면 아직 멀었지만 이 수준이라면 이마저도 놀라운 거겠지.

나는 상대가 몇 번의 공격을 허용하거나 뒤로 몸을 뺄 거라 생각했지만 스윽! 상대는 제자리에서 모두 피해 냈다.

"오……?"

내 최고 속도를 피한다고?

'단순 찌르기로는 안 된다는 건가. 제법 하는데?'

그렇다면 기술을 사용하는 수밖에.

나는 한 걸음을 더 접근해 획! 상대의 머리에 창을 쏘아 냈다. 그걸 상대가 피해 내자 악력을 이용해 그대로 후려쳤다.

'체스터류 비기! 암월(暗月)!'

창 촉에도 날은 서 있다. 검에 비하면 그 날의 범위는 매우 좁지만 잘 휘두른다면 충분히 상대를 베어 낼 수 있다.

암월은 머리 쪽으로 창을 찔러 상대가 그걸 피하면 악력만으로 창끝을 휘둘러 상대의 경동맥을 은밀히 베어 내는 기술이었다.

다만 지금은 목을 베어 낼 수 없기에 어깨를 베어 내기로 했다.

'끝났어.'

그러나 콱! 상대는 내가 창을 휘두르기 전에 왼손으로 창대를 잡아 버렸다.

"뭣!?"

잡혀 버린 무기. 나는 곧장 창을 회수하려 했지만 상대의 힘이 얼마나 우악스러운지 창은 미동조차 하지 않았다.

'오러는 사용하지 않고 있는데?'

체격은 나와 비슷했음에도 힘에서 이 정도로 차이가 나다 니.

"하앗!"

나는 반대로 상대에게 접근해 들어갔다.

상대가 창을 잡고 있는 것을 이용해 창을 잡아당겨 그 힘으로 빠르게 접근한 뒤, 왼 주먹으로 상대의 명치를 가격하려 했다.

그러자. 부웅! 상대는 붙잡고 있던 내 창을 휘둘렀다. 창을 잡고 있는 나의 신체 밸런스를 무너뜨리기 위해서다.

'창을 놓을 수는 없어……!'

나는 최대한 버티려 했지만 상대의 힘은 내 예상을 뛰어넘었다.

"쳇!"

나는 창을 포기하기로 했다. 고개를 숙이고 들어가 상대가 휘두른 창대를 가까스로 피한 뒤 팔꿈치로 낭심을 노렸다. 창을 버린 이상 명치 이상으로 치명적인 급소를 노려야 했기 때문이다.

상대는 가볍게 비웃고는 스윽. 뒤로 물러나 어렵지 않게 회피했다.

"후훗."

"하아! 하아!"

거리가 벌어지자 상황이 일목요연해졌다.

무기를 빼앗긴 이상 끝이다.

진행자도 그렇게 생각했는지 판정을 하려 했으나 상대는 기껏 빼앗은 창을 다시 내게 되돌려줬다.

'실력 차이가 난다……! 게다가 방금 그 웃음소리. 설마……!'

내가 창을 쥐자 녀석이 본색을 드러냈다.

피어오르는 검은 오러. 마치 악마가 아우라를 드러내듯. 그 오러는 상대의 온몸을 휘감아 넘실거렸다.

이 모습에 관객석이 웅성였다.

곧 녀석이 앞으로 몸을 기울였다.

'온다!'

캉!! 나는 엄청난 속도로 쇄도해 온 녀석의 검을 창대로 막아 내야 했다.

'말도 안 되게 빨라!'

언제 다가왔는지조차 모를 정도의 스피드였다.

본능적인 위험을 느낀 내 창에는 이미 푸른 오러가 넘실거렸으나 상대의 검은 오러에 잡아먹혀 빛을 발하지 못했다.

이로 인해 내가 오러를 사용했다는 걸 눈치챈 사람이 없었을 정도다.

"뭐, 뭐야, 저 오러는!"

"저런 수준의 오러를 구사하다니!?"

무예에 조예가 있는 사람들 모두 눈을 부릅뜨며 경악하고 있었다. 휴버트의 형도 뜨악하는 표정을 짓는다.

다만 나는 그런 걸 일일이 확인할 새가 없었다.

'이놈, 역시!'

캉! 나는 녀석의 검을 뿌리친 뒤 상대를 쫓아내기 위해 급소에 3연격을 찔렀지만 녀석은 깃털 같은 움직임으로 모조리 회피하며 그와 동시에 거리를 좁혀 버렸다.

'당했……!'

퍽! 내 배를 가격하는 정권.

"커헉!?"

오러가 실린 정권이었는지 나는 순간 호흡이 멎으며 바닥을 굴러야 했다.

"알스 님——!!"

비명을 내지르는 에스텔.

나는 재빨리 일어나 추가 공격에 대비했지만 늦고 말았다.

내 머리 위로 떨어지는 칠흑 같은 오러의 장검. 그 오러의 격은 내가 이해할 수 있는 수준의 것이 아니었다.

'죽는다!'

이미 피하고 말고의 문제가 아니었다. 이걸 피한다고 해도 무의미했다. 다음 공격에 죽을 테니까. 녀석과 나의 기량 차이는 그만큼 명백했다.

그러나 그때.

"……!"

팅! 팅! 팅!

놈은 관중석 부근에서 날아온 단도를 쳐 내기 위해 나에 대한 공격을 단념해야 했다.

관중석에는 단도를 투척한 유미르가 험악한 표정으로 놈을 노려보고 있었다.

이로 인해 그가 멈칫한 순간.

"허어엇!"

캉!! 어느새 난입한 검붉은 오러의 일격이 놈을 멀찍이 밀쳐 냈다.

"안톤……!"

나를 지키듯이 선 안톤이 엄중하게 고했다.

"그만! 승부는 났다! 대련은 여기까지다!"

그러자 진행을 맡고 있던 장교가 눈살을 찌푸렸다.

"넌 누구냐. 갑자기 난입해서 대련을 중단시키는 건……."

"상급자의 명령을 듣지 못하겠다는 거냐!"

안톤이 얼굴을 가리던 투구를 벗자 핀잔을 준 장교가 각을 잡고 섰다.

"아, 안톤 님!? 대, 대련 종료! 종료다!"

그러나 상대가 말한다.

"뭡니까. 진짜 상급자는 아무 말도 하지 않았는데 종료라니요."

안톤은 그럴 줄 알았다며 깊은 한숨을 쉬었다.

"쥬라스 님, 장난은 거기까지만 해 주십시오."

"훗."

철컥! 투구를 벗는 상대. 역시 쥬라스 녀석이었다.

그는 나를 내려다보며 음흉하게 웃었다.

"나쁘지 않았습니다, 알스. 창끝이 제법 매섭더군요. 가능하면 당신이 구사한다는 체스터류를 보고 싶었습니다만. 뭐, 오늘은 여기까지만 할까요."

"하!"

나는 마음속 깊은 곳에서 탄식했다.

'저 미친놈!'

하여간 종잡을 수 없는 놈임은 분명했다.

쥬라스 녀석이 사관 훈련에 난입하게 된 경위는 간단했다.

"송구합니다, 알스 님. 제가 조치를 취한다는 것이 쥬라스 님의 귀에도 들어간 모양입니다."

안톤이 취한 조치는 간단했다. 내 상대를 바꾸고, 그 상대에게 날이 서지 않은 무기를 사용하게 하는 것이었다.

만에 하나의 경우에도 다치지 않게끔 말이다.

이걸 사전에 알게 된 쥬라스는 그 대신 자신이 들어가 버린 것이다.

"당신 잘못이 아니니 괜찮습니다. 미친놈은 따로 있으니까."

그 미친놈은 아까부터 뭐가 그리 재밌는지 웃고 있었다.

"저는 당신에게 교훈을 주려 한 것이라고요."

"무슨 대단한 교훈을 주려고 애들 장난에 난입한 겁니까?"

"교만을 경계하라는 거죠. 알스, 당신은 아무런 긴장도, 경계심도 없이 그 대결에 응했죠. 상대가 분명 자신보다 약할 거라 생각하고 말입니다."

"그건……."

"당신이 그 정도의 교만을 품어도 될 만한 강자라면 그러려니 하겠지만 보십시오. 제 일격조차 제대로 받아 내지 못하지 않았습니까?"

"그야 그런 애들 장난에 당신같이 강한 사람이 있을지 누가 알았겠냐고요."

"제가 보기엔 당신의 무예 수준도 똑같은 애들 장난입니다만?"

"쳇."

이를 묵묵히 듣고 있던 일리야 스승이 고개를 저으며 내게 말해 온다.

"틀린 말은 아니다, 알스. 내가 누누이 말했지. 어떠한 대결이건 목숨이 걸려 있다 생각하고 경계해야 한다고. 오늘 대결의 결과는 어쩔 수 없다고 해도 네 마음속에 교만이 있었다면 그건 필히 고쳐야 해."

"하아……. 예, 인정할게요. 제가 신중하지 못했습니다."

사실 그딴 유치한 대결에 응하지 않고 그냥 안톤을 시켜 사전에 대결 자체를 묵살시켜 버릴 수도, 혹은 훈련 자체를 취소해 버릴 수도 있었다.

그렇게 하지 않고 섣불리 대결에 응한 것이 교만이라고 한다면 그럴지도 모른다. 설령 그렇다 해도 쥬라스 놈이 미친 놈이 아니란 건 아니지만.

"그래서요? 무슨 용건이 있어서 온 겁니까? 그저 저를 물 먹이기 위해 이곳까지 온 건 아니겠죠."

"그렇다고 하면요?"

"당장 꺼져."

"하하하! 예, 용건은 있습니다. 그게 아니라면 직접 여기까지 오지도 않았죠."

그러면서 쥬라스는 품에 있던 임명장 하나를 안톤에게 건넸다.

"쥬라스 님, 이건……?"

"안톤, 당신을 이 시간부로 레인폴의 최고 관리로 임명하겠습니다."

"……!"

"최고 관리의 직위가 무엇을 의미하는지는 잘 알고 있겠죠?"

"도시의 전권을 위임하는 것……."

"바로 그렇습니다."

녀석은 나를 바라보며 말을 이어 갔다.

"전부 대부님의 안배입니다. 당신이 레인폴에서 활동하기 용이하도록 조치를 취해 주신 거죠."

"파라인 국왕이……."

안톤은 내 명령을 듣고 있으니 사실상 레인폴은 내가 지배하게 되는 것이나 다름없었다.

물론 캘리퍼 왕국의 영역이 따로 있으니 전부를 지배하는 건 아니지만.

"그 부분에 대해서도 당신에겐 생각이 있는 거겠죠? 괜히 거점지를 레인폴로 정한 건 아닐 테니까."

"노코멘트할게요. 용건은 이걸로 끝입니까?"

"하나가 더 있습니다. 오히려 이쪽이 본론이죠."

쥬라스가 내게 건넨 것은 캘리퍼와 알바드 왕국의 전쟁에 대한 전황 보고서였다.

크로싱의 최고사령관인 쥬라스에게는 그 소식이 빠르게 전달되고 있었다.

"마지막 내용을 잘 보도록 하세요. 바로 오늘 아침에 있었던 일입니다."

그곳엔 이렇게 쓰여 있었다.

　　남부의 캘리퍼군이 알바드의 군대를 격파. 기세를 몰아 추격
중.

나는 순간 말문을 잃고 말았다.

"이건……!"

"역시 당신은 알아채는군요. 맞습니다."

쥬라스가 냉혹하게 웃었다. 이 상황이 진심으로 재미있다
는 듯.

"이대로라면 캘리퍼는 멸망할지도 모릅니다."

캘리퍼 왕국이 망할지도 모른다. 그런 쥬라스의 말에 스승
이 눈살을 찌푸렸다.

"어째서지? 승전을 한 건 캘리퍼 쪽인데."

안톤과 에오도 스승의 말에 동의하는 눈치다.

이에 쥬라스는 코웃음을 쳤다.

"그러니까 당신들이 아직 멀었다는 거겠죠. 전쟁이란 언
제나 그 이면을 바라봐야 하는 겁니다."

"설명이라도 해 주고 그런 소리를 해 줬으면 좋겠는데."

"그 설명을 제가 해도 상관은 없겠지만, 그러면 재미가 없
죠. 알스, 부탁하겠습니다."

내게로 모이는 시선.

나는 포인트만 설명을 하기로 했다.

"스승, 알바드는 굳이 먼저 덤벼들 필요가 없었어요."

알바드의 총병력은 5만. 반면 캘리퍼는 후방 부대를 제외하고 7만이다.

"그렇기에 알바드는 일정 구역을 그냥 넘겨주고 방어가 용이한 지역에 자리를 잡는 게 병법적으로 옳았습니다."

"그런데도 그렇게 하지 않았다?"

"예, 알바드는 굳이 5천의 소규모 매복 부대를 편성해 캘리퍼의 3만 군대. 정확히 말하면 남부에 위치한 살레온 계파의 군대를 급습했죠."

결과는 캘리퍼의 승리였다. 매복 위치가 뻔했던 나머지 사전에 들켜 버린 것이다.

"알바드의 입장에선 5천의 병력도 소중한 상황이에요. 그걸 뻔한 매복 작전을 통해 버림패로 썼다는 건 다름이 아니죠."

"유인의 책략이라는 거냐?"

"틀림없어요."

이 매복 부대를 격파한 살레온 계파의 3만 군대는 기세등등하여 알바드의 영토 내로 쾌속 전진을 시작했다.

본래 마련할 거점지보다 더 전방에 자리를 잡기 위해서였다. 상대 병력에 피해를 줬으니 충분히 가능하다 생각하고서.

"하지만 캘리퍼의 장교들도 바보가 아니다. 유인작전은 충분히 검토를 했을 거야. 다른 매복군이 더 있는가 하는 것 정도는 확인을 했을 거다."

"했겠죠. 했으니까 과감하게 쫓아 들어간 거고요. 실제로 알바드가 추가로 편성해 둔 매복군은 없을 겁니다. 애초에 5만밖에 없었으니까요. 그중 5천이나 버림패로 쓴 뒤에 따로 주력 부대를 편성할 수 있는 여력은 알바드에 없어요. 캘리퍼의 책사들도 이걸 알고 있었어요. 그래서 안심하고 따라 들어갔죠."

"그렇다면 문제가 없는 것 아니냐?"

"스승이 조금 전에 했던 말을 되돌려드릴게요. 알바드의 장교들도 바보는 아닙니다."

"……!"

"5천이나 버림패로 쓰며 유인책을 썼다는 건 유인한 상대를 잡아먹을 주력 부대가 분명히 있다는 뜻이에요. 상대의 척후에 들키지 않을 수 있는 그런 부대가."

"하지만 네가 조금 전 말하지 않았니, 캘리퍼의 장교들도 확인을 했을 거라고."

"예, 알바드의 영토 내부는 철저히 수색했겠죠. 그리고 아무런 문제가 없었던 거고요. 그러니까, 문제인 겁니다."

"……!?"

"알바드 영토에는 존재하지 않는 매복군. 그건 다른 뜻이 아니에요. 유인한 먹이를 잡아먹는 새로운 주력군. 그건 다른 국가의 영토에서 온 군대라는 겁니다. 지리적으로 볼 때 남부에서 끌어들인 거겠죠."

남부에 위치한 국가는 초강대국 뷀랑 연합과 중규모 국가 마돈 왕국이 있다.

때가 됐다며 쥬라스가 말을 받았다.

"여러 가지를 고려해 봤을 땐 뷀랑에는 그럴 만한 이득이 없습니다. 마돈이 분명해요."

"마돈······."

이것이야말로 캘리퍼가 멸망할지도 모르는 이유였다.

알바드가 극비리에 끌어들인 마돈.

그들이 작정하고 캘리퍼의 뒤통수를 노리고 있었으니까.

남부에서 진군하고 있던 캘리퍼군은 기세등등해 있었다.

북부 헬리안 계파의 군대는 카이엔이 이끄는 3만 병력에 의해 발이 묶여 있었지만 남부의 군대는 매복 부대를 격파하며 승전보를 울리고 있었다.

'할 수 있어. 나도 할 수 있다고!'

이 부대의 명목상 총대장을 맡고 있던 케스퍼 밀리아스는 고양감에 차 있었다.

자신도 웨이드처럼 할 수 있다. 알바드를 깨부술 수 있다.

완벽했다. 적의 매복군을 발견해 격파한 것도 자신이었고, 유인의 책략을 우려하여 살레온 계파의 책사들에게 척후를 철저히 할 것을 지시한 것도 자신이었다.

그렇게 주변을 정찰한 뒤에는 꽁무니를 내빼고 있는 상대 병력을 쫓아 들어갔다.

'남부에서 쐐기를 박게 되면 북부의 전황도 기울 거야. 내가 이 전쟁을 승리로 이끄는 거라고!'

군영 내부에선 벌써부터 웨이드가 아닌 자신을 칭송하는 목소리가 들려오고 있었다.

웨이드를 사칭하기 위해 회색 투구로 얼굴을 가리고 있었지만, 병사와 장교 들 사이에선 그 인물이 케스퍼라고 공공연히 알려져 있었기 때문이다.

케스퍼가 웨이드인가 아닌가의 진위 여부는 이 상황에 와선 크게 상관이 없었다.

"홋, 제법이군. 과연 신동이라 불릴 만한 기량은 있는 건가."

부대와 동행을 하고 있던 살레온 공작가의 실질적인 당주, 길버트 살레온은 무리 없이 군부를 이끌고 있는 케스퍼를 고평가했다. 그의 옆에선 조제트 밀리아스가 비위를 맞추고 있었다.

"웨이드라는 이름을 버린 뒤에도 제 아들의 명성은 이어질 겁니다. 장차 캘리퍼 군부의 대들보가 되겠지요."

"흠, 아무리 그래도 웨이드 정도의 명성을 얻진 못하겠지만 괜찮군. 아주 좋아."

군부에 대한 영향력이 고팠던 길버트에게 케스퍼는 최적의 장기말이었다. 당장은 허수아비나 다름없다 해도 싹은 분명히 있다. 장차 장군으로 키우면 큰 도움이 될 수 있었다.

"녀석의 현재 소속이 줄리아 아카데미라고 했나?"

"예. 아카데미의 이적 수속이 복잡해서 말입니다……."

"그건 내가 해결해 주지. 당장 그란셀로 옮기도록 하게. 그리하면 아버님에게 지도를 해 달라 부탁을 해 놓을 테니 말이야."

"알티오르 어르신에게 말입니까! 더할 나위 없지요! 알티오르 살레온 공작이라고 하면 캘리퍼 최고의 명장이었던 분 아닙니까!"

"하하! 억지로 치켜세우는 건 그쯤 하게."

그래도 기분은 좋은지 껄껄 웃는 길버트. 조제트는 이때다 하며 운을 뗐다.

"그렇다면 그 부분도 함께 진행하는 건 어떻습니까?"

"그 부분이라니?"

"제 아들과 에리나 양의 혼담 말입니다."

"으음……."

"양 가문의 결속을 위해 이보다 더 좋은 선택은 없습니다."

"나도 그러고 싶은 마음은 굴뚝같지만 아버님께서 어떻게 생각하실지……. 뭐, 좋네. 이번 전쟁을 성공적으로 이끈다면 긍정적으로 생각해 보도록 하겠네."

"잘 생각하신 겁니다."

주먹을 불끈 쥐는 조제트.

이걸로 자신은 살레온 계파 내에서도 필두에 설 수 있다.

"그런데 조제트……."

길버트가 눈매를 좁히며 묻는다.

"웨이드의 정체에 대해선 정말로 알고 있는 게 없는 건가?"

"예? 무, 물론입니다. 말하지 않았습니까. 웨이드의 이름을 이용한 건 우연이었습니다. 헬리안 계파의 귀족 놈들이 멋대로 떠든 것에 불과합니다."

놀랍게도 조제트는 알스에 대해 떠들고 다니지 않았다. 후환이 무서웠기 때문이다.

우선 헬리안 공작의 심기를 더 이상 거스르고 싶지 않았다.

웨이드의 정체를 알게 된 살레온 계파에서 알스에게 접근해 질척대기라도 한다면, 헬리안 공작은 머리끝까지 화를 낼 터였다.

배신자인 자신은 그 분노의 직접적인 표적이 되겠지.

'게다가 알스 일라인 그놈……. 쥬라스 파밀리온과 손을 잡았다고 그랬지.'

그게 허세인지 사실인지는 알 수 없었지만 적어도 그때 자신이 느끼기엔 단순 허세 같지는 않았다.

만약 정말로 알스가 크로싱과 끈끈한 커넥션을 가지고 있다면 그 권력은 무시할 수 없었다.

크로싱 공화국이라고 하면 남부의 뷜랑. 서부의 스벤너와 함께 동부의 크로싱이라 불리며 초강대국으로 꼽히는 곳이었으니까.

"흠. 알겠네."

둘의 이러한 대화 내용을 케스퍼도 전해 듣고 있었다.

'내가 에리나 양과……!'

그에게 있어선 바라 마지않던 혼담 상대였다.

그는 에리나에게 남몰래 연심을 품고 있었다. 소속된 계파가 다르고, 입장도 있었기에 말을 걸지는 못했지만 언제나 먼발치에서 그녀를 지켜보았다.

그녀가 일라인이라는 이름의 헬리안 계파의 떨거지와 대화를 나눌 땐 자신도 이야기를 나눌 수 있지 않을까 희망하기도 했다.

그것이 밀리아스 후작가가 살레온 계파에 들어가면서 상황이 절묘하게 들어맞았다.

"좋아, 반드시 이 전쟁을 승리로 이끌겠어……!"

전의를 다지는 케스퍼.

그런 그를 냉혹하게 내려다보는 시선이 있었다.

캘리퍼 군영 후방에 위치한 완만한 산지.

그곳에 그 남자가 있었다.

"뭐야, 웨이드가 지휘한다고 하더니 별거 없잖아. 이렇게 나 허술하게 뒤를 내주다니 말이야. 역시 그건 캘리퍼 놈들의 거짓부렁이었나 보군."

야수 같은 자였다. 단순 묘사가 아니라 그는 정말로 야수라 해도 무방했다.

인간의 피가 전혀 섞이지 않은 순혈의 수인. 온몸이 털로 뒤덮인 늑대 수인이었다.

"멍청한 놈들. 최초 척후에서 아무것도 발견되지 않았다고 후방 척후를 게을리하다니."

캘리퍼군은 설마 다른 국가의 개입은 염두에 두지 못하고 최초의 척후 이후 대부분의 척후 전력을 전방에 배치했다.

그것이 이들이 은밀히 뒤를 잡을 수 있게 만들었다.

그는 '흐읍!' 하고 공기를 들이마시더니 취한 것처럼 비틀거렸다.

"햐아, 피가 흐르게 될 밤의 내음은 언제나 흥분된다니까."

"대장님, 알바드 측에서 연락이 왔습니다. 모든 준비가 끝났다고 합니다."

"크레이그는?"

"크레이그 장군님도 후방에 도착하셨습니다. 우리 부대가 만들어 낸 척후의 틈을 뚫고 들어왔습니다. 적은 아직도 눈치챈 기색이 없습니다."

"좋아, 해 보자고. 인마들아, 사냥 개시다!"

우르르! 산을 내려가며 캘리퍼의 군영을 급습하는 마돈의 3천 유격대.

땡땡땡땡! 캘리퍼 군영에는 비상이 떨어졌다. 설마 자신들이 걸어온 길의 뒤를 잡힐 줄은 몰랐기도 했고, 무엇보다 지금은 해가 떨어져 어두운 상황이었다.

"다, 당황하지 마라! 침착해라!"

캘리퍼 장교들의 공허한 외침이었다.

야전이 불러온 혼란은 쉽사리 수그러들지 않았다.

반면 철저히 야전을 준비하고 공격해 들어온 마돈의 병사들은 서로의 표식을 확인하며 캘리퍼의 병사들을 효과적으로 처치하고 있다.

"당장 후방에 병력을 집중시켜 혼란을 수습해야 합니다!"

살레온 계파의 책사가 그리 진언하자 경황이 없던 케스퍼는 부랴부랴 그의 말대로 병력을 후방에 집중시켜 마돈의 병력을 처리하려 했다.

그러나 그 순간.

"흐어엇!"

콰드득! 전방에서 치고 들어오는 알바드의 3천 병력. 그걸 진두지휘하고 있는 자는 길리아스 멜번이었다.

"철저하게 깨부숴라!"

길리아스는 자신의 오른팔인 강격의 호른의 무위를 앞세워 캘리퍼의 진영을 찢어발겼다.

동요하고 있는 게 눈에 보일 정도인 캘리퍼의 군영.

이윽고 길버트 살레온이 참지 못하고 직접 나서 소리쳤다.

"힘을 집중해라! 상대의 병력은 어차피 소규모다! 힘을 응집해 받아치면……!"

그런 그는 후방에서 접근하는 병력에 입을 달달 떨어야 했다.

마돈의 제1장군이자 대장군, 줄리안 크레이그가 2만의 병력을 이끌고 혼란해하고 있는 캘리퍼군을 덮쳤던 것이다.

"어, 어디서 저 정도의 군대가!"

길버트는 그제야 마돈의 개입을 눈치챌 수 있었다.

'함정에 빠진 거구나……!'

마돈이 이 정도 규모의 군대를 첩보에 걸리지 않고 모았다는 건 이상했다. 적어도 일정 준비 기간은 필요하다.

다시 말해 알바드와 마돈의 협정이 하루아침에 이뤄진 건 아니라는 뜻.

'상황이 이렇게 될 것을 이미 알고 있었구나! 사략의 카이엔……!'

알바드의 대장군 카이엔. 그는 삼사자 전쟁이 끝난 이후 전력을 온존한 캘리퍼가 침공해 들어올 것을 예측하고 그때 먼저 수를 써 놓았다.

공격해 들어온 캘리퍼를 역으로 잡아먹기 위해.

"으라앗!"

콰드득! 급기야 수뇌부가 있는 곳까지 당도한 호른과 길리아스.

전방과 후방 모두 난장판이 벌어진 상태였기에 수뇌부가 빠져나갈 만한 길은 없었다. 더구나 야전인 만큼 탈출 도중 사고가 일어날 가능성도 높다.

"항복! 항복하겠소! 포로로서의 대우를 요구하는 바이오!"

길버트는 곧장 양손을 머리 뒤에 놓으며 무릎을 꿇었다. 조제트도 마찬가지였다.

그나마 케스퍼는 부들부들 떨리는 손으로 무기를 들었으나 팅! 길리아스가 휘두른 할버드에 의해 검을 놓치고 만다.

길리아스는 케스퍼의 가슴께를 발로 밟아 땅에 처박고는 쓰고 있던 투구를 벗겼다.

"히익——!"

겁에 질려 오줌을 지리는 케스퍼.

그 얼굴을 확인한 길리아스는 이를 갈았다.

"쳇, 역시 가짜였군."

그렇다면 볼일 없다며 퍽! 케스퍼의 턱을 발로 가격한다.

케스퍼는 이 모두가 꿈일 것이라 속으로 절규하며 정신 줄을 놓았다.

✦

쥬라스에게 그 소식을 들은 나는 가만있을 수 없었다.

'알바드가 역공해 들어온다면 곧장 리벨이 사정권에 들어가게 될 거야.'

살레온 군대의 피해가 얼마가 될지가 중요했다. 그래도 남부로 간 3만 병력 중 1만 정도만 살아 돌아온다면 즉각적으로 대처를 할 수가 있다.

후방 보급로를 지키고 있던 왕가 직속 군 1만과 함께 시간을 끌 수 있으니까.

'일단 헬리안 공작과 이야기를 나눠 봐야겠어.'

그렇게 쥬라스와 대련을 하다 입은 찰과상을 치료하고 의무실을 나서자 왈칵! 밖에서 기다리고 있던 에스텔이 내게 안겨 왔다.

"알스 님! 괜찮으세요!?"

"아……."

그런 그녀의 뒤에는 루트거가 서 있었다. 관중석에서 나와 쥬라스의 대결을 지켜본 그는 내 정체를 알아챘는지 5년은 더 늙은 얼굴이 되어 있었다.

아마 유미르가 나를 지키기 위해 단도를 투척한 것을 보고 눈치챈 거겠지.

내게 이야기하고 싶은 게 있는 모양이지만 여기서 하는 건 난센스라고 판단하고 고개를 절레절레 흔들며 자리를 떠난다.

"전 알스 님이 크게 다치시는 줄 알고 어찌해야 할 지……!"

"난 괜찮아요. 단순히 긁힌 상처인데요 뭐."

이번 대결이 자기 때문에 벌어진 일이라 생각하고 있던 그녀에게 내가 쥬라스 놈에게 얻어터지는 모습은 심장이 떨어지는 듯한 광경이었던 것 같다.

'아직도 얼얼하긴 하네.'

오러가 실린 정권을 그대로 받았기 때문일까. 쥬라스 놈이 손대중은 한 모양이지만 그래도 타격이 있었다.

'지금은 조금 쉬는 게 낫겠어.'

당장은 전투의 결과를 지켜보는 게 맞았다. 캘리퍼 측이 일차적인 대응을 어떻게 하는가가 가장 중요하기도 했고.

나는 도무지 떨어지지 않으려는 에스텔을 진정시켜 주며 이날 하루는 정보가 들어오길 기다리기로 했다.

그 정보가 들어온 것은 자정쯤이었다.

나는 측근을 모아 두고 그 보고서를 돌렸다. 그중에는 루트거도 있었다.

루트거는 내 얼굴을 보며 아직도 믿기지 않는다는 듯한 기색이다.

"이렇게나 젊다니. 혹시 자네는 웨이드의 대역을 하고 있는 건가?"

"그럴 리가요. 제가 대역에 불과하다면 에오가 저렇게 쩔쩔매고 있을 리 없죠."

간식을 준비하고 있던 에오는 맛과 건강 사이에서 끙끙대고 있었다.

나는 최대한 맛있게 해 달라 말하고 상사인 유미르는 최대한 건강한 간식을 준비하라 지시하니 어떻게든 그 중간을 찾으려 노력하고 있던 것이다.

"가면을 쓰고 있는 것이 이해가 가는군. 그러지 않고선 그 누구도 자네가 웨이드라는 걸 믿지 않을 테지. 내게도 그런 이유로 얼굴을 감추고 있었던 건가?"

"글쎄요."

루트거에 대해선 검증을 하던 단계였기에 얼굴을 드러내지 않은 것이었다.

나는 루트거가 고향으로 되돌려보낸 조지와 잉스에게 감시원을 붙여 두고 있었다.

만약 루트거가 제3세력과 커넥션이 있다면 그 둘을 이용해 접촉을 할 거라 생각했기 때문이다.

그 조지와 잉스라고 하면 알바드로 돌아가 술이나 퍼먹으며 깡패 짓거리를 하고 있었다. 루트거에게 버림받은 충격이

컸던 것 같다.

'루트거에 대해선 믿어도 좋을 것 같아.'

적어도 지금 시점에선 다른 세력과 결탁되어 있지 않다.

그렇기에 얼굴을 드러내도 좋다고 판단했다.

"에스텔에 대해서도 직접 돌봐 준 것이었군. 정말 고맙네. 자네 덕에 딸이 웃는 일이 많아졌다네."

"좋은 경향이네요."

"그, 그래도 이것과 그건 다른 이야기네!"

"무슨 이야기요?"

"그…… 에스텔과 연인이 되는 건……."

"하하, 그럴 생각 없으니 안심하세요. 저 같은 것을 경계할 바에 다른 남자들을 경계하는 게 나을걸요. 당신 딸이 그렇게나 미인이라면 병이 낫는 순간 남자들이 너 나 할 것 없이 접근할 테니까."

"헉! 역시 아카데미는 그런 분위기인가!"

"다들 혈기 왕성하니까요."

귀족들이 많은 캘리퍼의 아카데미와는 달리 귀족이 거의 없는 탓인지 이곳 아카데미는 꽤나 개방적인 분위기였다.

"그보다도 슬슬 일에 대한 이야기를 해 볼까요."

새벽에 있었던 전투의 결과.

보고서를 읽고 있던 일리야 스승은 마른침을 꼴깍 삼켰다.

"믿을 수 없군. 아무리 야전이었다고 해도…… 전멸이라니!"

3만의 캘리퍼 군대는 알바드의 유격 부대 3천. 마돈의 2만 3천 병력에 야습을 당하며 전멸당했다.

생포된 병사의 숫자만 1만이 넘었고, 수뇌부도 모조리 포로로 잡혔다.

'길버트 살레온까지 붙잡힌 건가.'

살레온 계파의 수장이 잡혀 버렸다. 이건 대사건이었다.

나는 빠르게 대처를 해 놓기로 했다.

"유미르, 넌 당장 리벨로 가서 아버지에게 이 일을 전해. 여차할 때는 영지민들을 이끌고 피신을 가야 할 수도 있으니 준비를 하고 계시라고."

"에스텔 양은 어찌할까요. 도련님도, 저도 함께하지 않으면 그녀가 아카데미에서 어떤 짓궂은 짓을 당할지 모릅니다."

"으음……. 그럼 에스텔도 같이 데려가. 여행이라도 하는 셈 치지 뭐. 치료를 위한 탕약 제조법은 알고 있지?"

"예, 숙지하고 있습니다."

"그럼 준비가 되는 대로 출발해 줘. 그다음 안톤, 크로싱의 동향은 어떻죠?"

안톤은 난감한 상황이라며 말한다.

"캘리퍼에 지원을 보낼 여력이 있을지는 모르겠습니다. 예측한 대로 베카비아가 군대를 조직하고 캐링턴 평야로 진군하려는 움직임을 보이고 있습니다. 이에는 쥬라스 님이 정규군 5만을 조직해 수비를 하기로 되어 있습니다."

"역시 크로싱도 일반 병사를 징집할 여유는 없는 겁니까……."

땅이 척박한 크로싱은 농번기를 허투루 여길 수 없었다. 여기서 일반 국민들을 징병해 전쟁을 치렀다간 올해 내내 식량난에 시달릴 수도 있었다.

곡창지대에 위치한 캐링턴 평야를 점령하면서 숨통이 트이긴 했지만, 이 캐링턴 평야도 분쟁 지역인 만큼 아직은 식량 유통망이 확립되어 있지 않았다.

"파라인 국왕과 쥬라스에게 전해 주세요. 만약 캘리퍼에 지원군을 파견할 거라면 그 총대장은 저에게 맡기라고요."

"옛!"

"그리고 스승, 스승은 먼저 캘리퍼 쪽으로 가서 지형도를 비롯한 전장 정보를 수집해 주겠어요?"

스승은 묵묵히 고개를 끄덕인다.

"루트거, 당신도 일리야 스승과 함께 가서 정보를 수집해 주세요."

"음, 알바드에 관한 정보를 수집하라는 거로군."

"역시 조국에 칼을 겨누는 건 어렵습니까? 정 그렇다면 이번 전쟁에선 당신을 빼놓겠습니다만."

"아닐세. 이미 각오한 바네. 가도록 하지."

"그럼 정해졌네요. 모두 움직여 주세요."

그렇게 정해진 일선.

"아, 알스 님."

에오가 자기는 아직이라며 조마조마하여 나를 바라보고 있었다.

"에오, 너는 간식 좀 더 가져와 줘. 출출하네."

"으으······."

버려진 강아지처럼 울상을 짓는 에오.

"하핫, 농담이니 그런 표정 짓지 마. 너는 군장을 챙겨 놔 줘. 나랑 같이 행동할 거야."

"앗······! 옛!"

급변해 버린 전황.

이와 함께 여러 세력들이 분주하게 움직이기 시작했다.

다음 날의 아카데미.

결석계를 내기 위해 아카데미에 등교한 내게 묘한 시선이 쏟아졌다.

어제 있었던 쥬라스와의 대결 때문이다.

일반 학생들은 내가 일방적으로 두들겨 맞았다고 생각해 알지 못해 별 관심을 가지지 않았지만 사관생들은 아니었다.

내 창술의 수준을 파악한 사관생들 모두 나를 경계하는 듯한 태도를 취했다.

휴버트 녀석은 형에게 무슨 소리를 들었는지 내 시선을 피하며 얌전히 앉아만 있었다.

덤비기에는 수준이 너무 높다는 걸 안 거겠지. 혹은 안톤이 이미 조치를 취해 준 건지도 모른다.

"알스 님, 어서 오세요."

먼저 자리에 앉아 있던 에스텔은 아련한 미소로 나를 맞이해 주었다.

오전 수업이 끝나고 점심이 된 시간에 그녀가 말한다.

"잠시 여행을 떠나게 될 것 같아요."

"여행이요?"

"예, 캘리퍼 왕국 쪽으로 여행을 가게 됐어요. 그 탓에 최소 보름 정도 아카데미를 결석해야 할 것 같아요. 별로 가고 싶진 않지만 아버지의 사정인지라……. 그래도 걱정 마세요. 르미유 씨도 함께 가기로 했거든요."

"우연이네요. 저도 사정이 있어 당분간 아카데미를 쉬어야 하거든요."

"어머나. 그건 왜……."

"비밀이에요. 뭐, 운이 좋다면 캘리퍼에서 만날지도 모르겠네요."

"후훗, 그렇게 되면 운명적이겠네요. 그보다 알스 님, 점심 식사를 하러 가시겠어요? 늘 함께하던 정원에서……."

"아……. 오늘은 안 될 것 같네요."

"예?"

교실 밖을 서성이고 있는 인물. 그 인물을 중심으로 아카데미 학생들의 인파가 형성되어 있었다. 그만큼 그녀는 시선을 잡아끌었다.

에리나 살레온.

그녀가 레인폴 아카데미를 찾아온 것이다.

"알스 님……!"

그녀는 나를 찾아내자 당장이라도 눈물을 쏟을 것 같은 얼굴이 되었다. 마음고생이 심했는지 눈가 밑에는 그늘이 드리워져 있었는데, 그걸 어떻게든 화장으로 감추고 있었다.

"나 참. 행동력이 대단하네요. 설마……."

헬리안 공작보다도 더 빨리 접근해 올 줄이야.

"일단 자리를 옮길까요? 식사는 했어요?"

"아뇨……. 입맛이 없어서요."

"그런 때는 억지로라도 먹는 게 좋아요. 마침 오늘은 제 도시락이 풍성하니 나눠 줄게요."

나는 유미르에게 눈짓을 보낸 뒤 에리나를 에스코트하여 자리를 이동했다.

그런 유미르의 옆에선 왜인지 에스텔이 충격을 받은 것처럼 멍하니 내 쪽을 바라보고 있었다.

에리나의 수행원으로 따라온 듯한 살레온 가문의 시종장 조안은 한숨을 내쉬었다.

"에리나 아가씨, 새벽부터 갑자기 레인폴에 가겠다고 하시더니 일라인 님을 만나기 위해서였습니까?"

웨이드의 정체를 모르는 조안은 나무라듯 말한다.

"절박한 마음에 누군가를 의지하고 싶었던 것은 이해합니다만 철없는 행동이십니다. 상황이 상황이니만큼 아가씨께서도 의연하게 행동하셔야지요."

"입 다물어요, 조안. 내게도 다 생각이 있어서 그런 거니까요. 그보다 어서 자리를 비워 주세요. 단둘이 이야기하고 싶어요."

"하아……. 일라인 님, 부디 이상한 소문이 흐르지 않도록 부탁드립니다."

조안이 떠나고 정원에 단둘이 남게 되자 에리나가 곧바로 본론으로 들어갔다.

"알스 님, 상황은 전해 들으셨겠죠."

"예, 아마 당신보다 더 상세하게 알고 있을 거예요."

"그렇다면 부탁드릴게요! 부디 도와주세요!"

눈물을 머금고 간청하는 에리나. 나는 내심 난감했다.

'어차피 참전할 예정이긴 했는데 말이지.'

그녀가 부탁하지 않는다고 해도 어차피 헬리안 공작 쪽에서 오퍼가 올 것이다. 그것도 막대한 거래를 동반한 오퍼가.

반면 에리나는 내게 거래를 제시할 입장은 아니었다.

"당신 가문에는 알티오르 공작님이 있지 않습니까? 분명 캘리퍼의 전대 대장군이셨죠. 그분이 전선에 복귀하면 되는 것 아닌가요?"

"그럴 수도 없게 됐어요. 아버님께서 포로로 잡힌 것으로 인해 할아버님께서도 전장에 나오기 힘들게 됐거든요."

"알티오르가 군에 복귀하기라도 하면 길버트 살레온을 처형하겠다고 했나요?"

"예, 아버님을 포로로 잡고 있는 알바드에서 그런 위협이 온 것 같아요."

살레온 가문은 직접적으로 움직이기 어려운 상황이 됐다. 실질적인 당주가 포로로 붙잡혀 버렸으니까.

그러니 마땅한 돌파구가 없는 상황에서 지푸라기라도 잡는 심정으로 에리나가 나를 찾은 것이다.

"부탁할게요. 그 대신 제가 할 수 있는 거라면 뭐든……."

"좋아요. 도와줄게요."

"……예?"

내가 시원스럽게 승낙을 할 줄은 몰랐는지 눈을 치뜨는 에리나.

"도와주겠다고요. 결과를 장담할 수는 없지만 당신의 아버지가 풀려나게끔 최선의 조치를 취할게요."

"저, 정말인가요? 이런 말을 하기는 뭐하지만 저는 당신이 탐낼 만한 것은 줄 수 없을 거예요."

"핫, 내가 탐낼 만한 게 뭔데요?"

"그건……."

"당신과 나 사이잖아요. 이 정도의 부탁은 들어줘야죠."

실상을 말하면 아무런 의미가 없기 때문이었다. 이 대담 자체가 의미가 없었다.

그러니 그냥 그녀가 듣기 좋은 말을 해 주기로 한 것이다. 길버트 살레온에 관한 것도 승전을 하면 자연스럽게 되찾을 수 있을 테고.

'게다가 그녀에게는 고마운 것도 있어.'

내가 웨이드라는 것을 함구해 준 것이다. 만약 그녀가 떠벌리고 다녔다면 살레온 계파 쪽에서 나를 두고두고 귀찮게 했을 거다.

"당신과 나 사이요!? 무, 무슨 사이인데요!"

"당연히 친구 사이죠. 그보다 식사 좀 해요. 볼이 쏙 들어 갔네. 자, 먹어 봐요."

에오가 싸 준 도시락을 내밀자 그녀는 마지못해 포크를 들었다.

그것으로 끝이었다.

"맛있네요!"

"그죠?"

에오의 요리 솜씨가 대단하기도 해서, 허기짐이 폭발한 에리나는 허겁지겁 도시락 통을 비우기 시작했다.

　오후 시간을 에리나와 보낸 나는 해가 질 때쯤 그녀를 배웅해 보냈다.

　"벌써 이런 시간인가. ……헬리안 공작 쪽에서도 사람이 온 모양인걸."

　이야기가 끝나길 기다리고 있었는지 에오가 곧장 모습을 드러냈다.

　"알스 님, 마중 나왔습니다. 예측하신 대로 만나기를 청하는 사람이 도착했습니다."

　에오는 내가 착용할 회색의 투구를 들고 있었다.

　"바로 접견 지역으로 가실 건가요?"

　"잠깐 기다려 줘. 아카데미에 가방을 놓고 왔거든."

　가방의 내용물이라고 해 봐야 별거 없었지만 지금 놓고 가면 그대로 영영 잃어버릴 것 같았다.

　"그건 유미르에게 부탁하는 게 어떠신지요?"

　"지금 시간이면 유미르도 아카데미에는 없을 거야. 얼마 걸리지 않을 테니 들렀다 가지 뭐. 그럼 갔다 올게."

　"경호하겠습니다."

　"설마 아카데미에서 무슨 일이 일어날까 봐. 그냥 여기 있어."

　에오를 대기시키고 아카데미로 돌아온 나는 곧장 교실로 향했다.

시간이 시간인지라 아카데미에는 사람이 거의 보이지 않았다.

'문이 잠겨 있지 않았으면 좋겠는데.'

다행히 문은 잠겨 있지 않았다.

교실에 사람이 있었기 때문이다.

"……어?"

창가 쪽으로 주황색의 석양이 지고 있었다. 그에 대조적으로 교실 안쪽은 짙은 어둠이 깔려 꽤나 호러틱한 분위기가 흘렀다.

그 창가 쪽. 정확히는 내 자리에 사람이 앉아 있었다.

"에스텔……?"

그 뒤에는 유미르가 있었는데, 그녀는 왜인지 에스텔의 기색을 살피며 안절부절못하고 있었다.

에스텔이 내 쪽을 바라보았다.

그러자 무슨 마법이라도 쓴 것처럼 주변 공기가 무거워지는 느낌이 들었다.

"……오셨군요."

"안 돌아가고 뭐 하고 있어요?"

"알스 님이 돌아오길 기다리고 있었어요. 분명…… 가방을 찾으러 오실 거라 생각했거든요."

"덕분에 살았네요. 문이 잠겨 있었다면 귀찮을 뻔했으니까요."

뭔가 꺼림칙한 것이 느껴져서 가방을 가지고 바로 돌아가려 했지만 턱! 에스텔이 내 팔을 붙잡았다.

가냘픈 손이었으나 기묘한 오싹함에 나는 조금도 움직일 수 없었다.

"……누구예요?"

"네?"

"그 영애분. 알스 님의 뭐죠?"

"뭐냐니……."

심연을 바라보는 듯한 깊은 눈. 그 눈빛에선 등골이 시리는 박력이 느껴졌다.

그건 마치 치료를 받기 전 모든 것에 좌절하고 있던 죽은 눈동자와 비슷했지만 무력감으로 가득 차 있었던 그때와 달리 지금의 눈빛은 어느 때보다 강렬했다.

"친구예요. 전에 있었던 아카데미의 친구."

"그러고 보니 알스 님은 줄리아 아카데미에서 오셨다 했죠."

"그녀는 그란셀 아카데미 출신이긴 합니다만, 여러 가지 사정이 있거든요."

"그 영애분과 교제하고 계신 건가요?"

"교제라니. 친구라니까요. 사실 만나서 이야기한 적도 그렇게 많지 않아요."

"정말인가요? 제게 거짓말을 하고 계신 건 아니겠죠? 거짓말은 싫어요. 거짓말은 안 돼. 제발 거짓말은. 거짓말만은 하지 말아 줘요."

"저, 정말이에요."

"······그렇군요!"

언제 그랬냐는 듯 미소 짓는 에스텔. 눈동자도 맑아졌고 무거웠던 공기도 거짓말처럼 가벼워졌다.

그녀는 석양이 지고 있는 창가를 보며 눈을 크게 떴다.

"어, 어라? 시간이 언제 이렇게나······? 나는 대체 뭘······."

어두워진 주변을 둘러보며 당황하는 에스텔.

허둥지둥하더니 짐을 챙겨 들더니 교실을 떠나간다.

"그, 그러면 알스 님, 여행에 돌아와서 봐요. 여행에서 있었던 재밌는 얘기를 들려드릴 테니 기대해 주세요."

그녀가 떠나가고 나서야 나는 한숨을 돌릴 수 있었다.

"휘유! 간 떨어지는 줄 알았네. 어쩌면 이렇게 될지도 모른다고 생각은 했지만······."

납득은 갔다. 아카데미에서 의지할 거라곤 나 하나밖에 없으니 자연스레 집착을 할 수밖에.

그렇다곤 해도 이 정도의 박력이라니. 과연 장군의 딸이라고 할까.

"병이 나으면 거리를 두는 편이 좋겠어."

병이 낫고 새로운 친구도 사귀고 하면 언제 그랬냐는 듯 나 같은 건 신경도 쓰지 않게 될 테니까.

아카데미에서 나와 에오가 건네준 투구를 착용한 나는 레인폴 중앙에 위치한 청사로 향했다.

과거에는 영주의 저택으로 사용된 이곳은 현재 시청 같은 역할을 하고 있었다.

그 건물 내부 최고 관리 집무실에는 안톤 그리고 멋들어진 콧수염을 기른 중년 남성이 먼저 와 앉아 있었다.

'저 남자는 분명…….'

헬리안 계파의 필두 중 하나. 린하르트 후작이었다.

밀리아스 후작이 살레온 계파에 붙어 버린 지금은 그가 독보적인 2인자라 할 수 있었다.

"왔나."

그는 투구를 착용한 나를 보며 눈매를 좁혔다.

"불필요한 짓은 하지 말도록, 알스 일라인."

"핫, 좋습니다. 저도 숨쉬기 편하고 좋죠."

투구를 벗어 에오에게 건네준 나는 그의 맞은편에 앉았다.

"그래서요? 무슨 일로 오셨습니까, 린하르트 후작님."

"불필요한 짓은 하지 말라고 했다. 내가 왜 이곳에 왔는가를 모르지 않을 텐데."

"그렇다고 제가 먼저 말을 꺼낼 수도 없는 노릇 아닙니까? 거래를 제안하러 온 건 당신들이니까요."

"흥. 얄미운 녀석이군. 그래, 용병 웨이드, 네게 거래를 제안하러 왔다. 거래 내용은 네가 예상하고 있는 그대로야. 군을 이끌고 영토를 침공해 오는 외세를 몰아내 다오."

"거래 조건을 듣기 전에, 제가 이끌 군의 규모는 얼마나 되는 겁니까?"

"정규군이 5천. 급하게 모은 징집병이 약 1만 5천 정도 될 거다."

"도합 2만입니까…… 상대해야 하는 군의 숫자는요?"

"못해도 3만은 넘겠지."

"그게 최선입니까?"

"뭐라?"

"2만의 병력이 최선이냐고 물었습니다. 저는 군을 이끌겠다고 했지 기적을 일으키겠다고는 하지 않았어요."

"왜, 겁이 나나? 그 용병 웨이드라면 병력의 열세 따위 손쉽게 뒤집을 수 있을 거라 생각했다만?"

"도발하는 거라면 씨알도 먹히지 않습니다. 전 그 정도로 호기롭지는 못하거든요."

린하르트는 마음에 안 든다며 콧수염을 씰룩였다.

"아마 괜찮을 거다. 네가 해 줬으면 하는 건 나아가 적을 무찌르는 게 아니라 하나의 지역을 굳건히 지키는 것이니까."

그러면서 린하르트는 지형도를 펼쳐 보이며 한 지점을 가리켰다.

"세테스 교차로입니까."

"그래, 서부의 평원 지대 중 하나이지. 넌 그곳을 지키고 있기만 하면 된다."

"왜 이곳입니까? 지키는 것만을 생각하면 주멜트 관문이 훨씬 나을 텐데요. 그곳은 농성도 가능하니까요."

"하지만 상대에게 보급로 구축을 허용하고 말지."

"……그런 작전입니까."

"그래. 그런 작전이다."

이번 방어 작전의 요지는 적이 캘리퍼의 영토 내에서 보급로를 만들지 못하게 하는 것이었다.

만약 보급로가 만들어지게 되면 그 보급로를 뿌리로 삼아 보급고가 생기고, 군사 요새가 지어진다.

그 경우 얄짤 없이 그쪽 영토의 지배권을 알바드에 빼앗겨 버린다.

'반면 이런 식으로 수비군이 전방 배치되면 보급로를 만들기 어려워지지.'

상대는 자국 영토에 보급로를 만들고 새로이 전선을 구축해야 한다.

이렇게 되면 그들은 시간에 쫓기게 된다. 정비를 마친 크로싱이 병력을 이끌고 지원을 올 수도 있으니까.

그런 만큼 상대 입장에서도 빠르게 캘리퍼 내에서 보급로를 구축하고 군사 기지를 만드는 게 급선무였다. 크로싱이 지원을 오더라도 전술적인 이득을 취할 수 있게끔.

세테스 교차로를 비롯해 헬리안 공작이 주둔지로 선정한 지역들은 그 보급로들의 맥을 끊는 자리였다.

"상대에게 단 하나도 양보하지 않겠다는 거군요."

"그래, 공작님께선 알바드도, 마돈도 우리 영토에선 조금의 이득도 취하지 못하게 하실 생각이야."

"그렇다고 해도 너무 강하게 나온 것 아닙니까? 이런 작전이 성공할 정도의 저력이 캘리퍼 군대에 있다고 보지는 않습니다만."

"그러니까 얄미운 네놈에게까지 머리 숙여 부탁을 하는 거겠지."

"머리를 숙여요? 그런 것치고는 저에 대한 태도가 불량하신걸요."

"난 이 일에 반대하는 입장이었으니까. 애당초 네놈…….
캘리퍼의 은혜를 받고 태어난 남자라면 네놈이 먼저 자청을 해야 하는 것 아니냐. 대가 같은 것은 없이 말이야!"

"애국심을 요구하는 거라면 방향을 잘못 잡으셨습니다."

"훙, 그래 보이는군. ……이미 크로싱과 손을 잡고 있는 거냐?"

안톤과 나를 번갈아 보며 조소하는 린하르트.

"쥐새끼 같은 놈."

이에 에오가 분기탱천했다.

"네 이놈! 감히 알스 님을 모욕하다니!"

"진정해, 에오. 나는 전혀 모욕당했다 생각하지 않으니까."

오히려 크로싱과의 커넥션을 저쪽에서 인정했으니 얘기하기가 더 편해졌다.

린하르트는 내게 전혀 동요가 없자 떫은 것을 씹은 듯한 표정을 짓는다.

"공작님께선 왜 이따위 놈에게……."

"서로 이용할 가치가 있으니까요. 당신네들 입장에선 제가 살레온 계파에 붙는 것보단 낫지 않습니까?"

"그런 옹졸한 놈들은 안중에도 없다."

"그 옹졸한 놈들 때문에 국가가 망해 버리게 생겼는데요?"

"흥."

"그보다 슬슬 본론으로 들어가지 않겠습니까? 거래 조건으로 들고 온 건 뭐죠?"

"1억 실란. 선금으로 5천만을 주지."

"과연."

매력적이다. 내가 삼사자 전쟁을 치르며 받은 금액이 4천만 실란임을 감안하면 2배 이상을 주겠다는 거니까.

"거절하죠."

"……뭐라?"

"이미 금전적인 부분은 충분히 풍족하거든요."

막말로 파라인 국왕에게 지원해 달라 부탁하면 훨씬 더 많은 돈을 받을 수 있었다.

게다가 안톤이 레인폴의 최고 관리가 되면서 간접적으로 레인폴의 세금까지 관리할 수 있게 됐다. 그 규모가 분기당 1억 실란에 육박했다.

'뭐, 그걸 사용하면 공금횡령이 되겠지만.'

내가 원하는 건 금전 외적인 부분이었다.

"레인폴을 주십시오. 현재 공석인 레인폴의 영주 자리를 저의 형인 맥스 일라인 남작에게 양도하는 겁니다. 살레온 계파가 힘을 잃은 지금은 당신들에게 어렵지 않은 일이겠지요?"

"네놈……! 감히 그따위 망발을! 정녕 캘리퍼를 버리고 크로싱에 붙겠다는 거냐!"

내 의도를 읽은 린하르트가 벌떡 일어나 삿대질을 해 왔다.

이렇게 될 경우 내 가족들을 인질로 잡아 협박할 수 없기 때문이다. 레인폴은 도시 내부에 국경선이 있는 만큼 여차할 경우 망명하기가 무진장 쉽다.

"무슨 생각을 하시는지는 모르겠지만, 저는 그저 공석인 영주 자리를 달라고 한 것뿐입니다만?"

"가증스러운 놈!"

"훗, 표정을 보아하니 헬리안 공작에게서 그 부분에 대해서도 언질을 받은 모양이죠? 하기야 그렇겠죠. 내가 레인폴을 거점지로 잡은 순간부터 그 의도는 눈치챘을 테니까."

"큭!"

"그래서 헬리안 공작님은 이 조건에 대해 뭐라고 했죠? 받아들이라 했나요?"

"……받아들이라 하셨다."

"역시나."

저쪽에서도 계산기를 두드렸을 것이다.

"노파심에 말하는 거지만 저는 크로싱에 귀순할 생각이 없습니다. 다만 그렇다고 당신들에게 이용당할 생각은 추호도 없어요. 이번 레인폴 영주에 관한 건은 그걸 위한 보험일 뿐입니다."

외교 상황을 봤을 때 캘리퍼와 크로싱의 동맹이 향후 10년 이상은 이어질 가능성이 높다.

그러니 나에 대해선 크로싱에 완전히 붙어 버리지 않게끔 너무 몰아붙이지 않고 원원을 하려는 생각일 테다.

"하는 수 없지. 거래 성립이로군."

"예. 이걸로 저를 고용하는 것만큼은 성공하셨네요."

"무슨 뜻이지?"

"이제부턴 제가 거래를 제시할 차례라는 겁니다. 당신들에게도 나쁜 조건의 이야기는 아닐 겁니다."

"들어는 보지."

"먼저. 레인폴의 영주 자리를 얻기 위해서는 승전이라는 전제 조건이 필수적인 거겠죠?"

"당연하지. 승전도 하지 못한 상황에서 그런 행정 작업이

가능할 리 없으니까."

"예, 그러니 그 승전을 위해서 당신들이 추가로 지불해 줘야 할 것이 있습니다."

"뭘 말이지?"

"8억 실란을 지불하십시오. 그렇게만 하면 크로싱에서 2만의 지원 병력을 받아 오도록 하겠습니다."

"크로싱도 베카비아를 견제하느라 그런 여유는 없을 텐데? 그렇다고 일반 국민들을 징집할 리도 없겠지. 크로싱이 농번기를 경솔히 여길 리 없으니까 말이야."

"쥬라스 파밀리온 재상의 말에 의하면 아주 불가능한 일은 아니라고 하더군요. 게다가 크로싱에는 특수한 사정을 지닌 사람들이 많거든요. 어떻게든 노예의 신분에서 벗어나고 싶어 하는 자들이 많다고 합니다."

"……!"

"그 노예들을 돈을 주고 고용하면 2만의 병력 정도는 모을 수 있겠죠. 물론 이걸 위해선 크로싱 수뇌부를 설득해야 합니다. 크로싱에도 손해가 가는 일이니까. 그걸 제가 대신 해줄 수 있다는 거예요."

"……기간 내에 맞출 수는 있는 건가?"

"물론입니다."

"……."

눈을 질끈 감는 린하르트. 그는 곧 고개를 끄덕였다.

"수락하지. 다만 금액의 지불 대상은 네가 아니라 크로싱 쪽으로 하겠다. 정식 외교 라인을 통해서 말이지."

"제가 중간에서 가로채기라도 할 것 같습니까?"

"그래."

"어쩔 수 없군요. 그럼 그렇게 하도록 하죠."

그렇게라도 상대가 수락해 준 게 다행이었다.

그도 그럴 게 지난번 쥬라스와 만난 시점에서 쿠라벨 성국의 노예들을 병사로 활용하는 방향으로 결정하고, 이미 지원군을 조직했으니까.

만약 헬리안 쪽에서 이걸 거부했으면 8억 실란의 적자를 고스란히 크로싱 측, 정확히는 쥬라스 녀석이 감당해야 했을지도 모른다.

쥬라스 놈이 울상을 짓는 모습을 볼 수 있다면 그것도 나쁘지 않았겠지만.

5장

린하르트 후작과의 거래가 있던 날의 새벽이었다.

호출을 받고 레인폴을 찾았던 비스케타는 내 제안에 난색을 표했다.

"분명 큰 도움이 되겠지만······."

그녀는 자신을 믿고 따르는 사람들을 전장으로 내몬다는 것에 저항감을 가진 듯했다.

"뭐, 그러면 좋습니다. 당신들 말고도 하고 싶어 하는 사람들은 차고 넘치니까요."

이번 일은 노예 신분의 사람들에게 있어 큰 기회였다.

이번 전쟁에 참여하기만 하면 노예 신분에서 벗어나게 해 주는 조건이었으니까.

그걸 위해 쥬라스가 8억 실란을 부담해야 했다.

2만 명의 노예를 전부 해방하고, 그들의 공백으로 인해 발생하는 노동력 손해를 메우는 데에는 8억 실란이란 거금이 필요했다.

캘리퍼 쪽에서 금액을 받아 내지 못하면 독박을 써야 하는 입장이었음에도 쥬라스는 '전장에서 재밌는 소식을 들고 와 주면 그걸로 충분합니다.'라며 아무렇지도 않게 일을 처리해 주었다.

"웨이드 님, 그러지 마시고, 조금만 더 이야기를 해 보는 게 어떠십니까."

에오가 가차 없이 자리를 뜨려는 나를 만류했다.

그러면서 비스케타에게 속삭인다.

"성장……! 이건 놓치면 안 되는 기회예요! 주군께서 저를 누구보다 아껴 주셔서 성장에게 먼저 이야기를 한 거라니까요!"

"알고는 있지만……."

"주군께 부탁하면 제가 군을 지휘할 수 있을 거예요. 그러니까 맡겨 주세요."

"그게 가장 걱정이라는 거야. 에오, 너는 군 지휘가 미숙하니까."

"예!?"

고민하던 비스케타는 이내 고개를 끄덕였다.

"희망자가 있는가 정도는 조사해 보도록 하죠."

2만 명의 희망자는 금방 나왔다.

애초에 쿠라벨 출신의 노예들 중에선 전쟁에서 포로가 된 군인들이 많았던 만큼 전장에 나가길 희망하는 자들이 많았다.

크로싱 소속으로 전쟁터에 나간다는 것에 저항감이 있는 듯했지만 목적 자체는 캘리퍼 왕국의 방위였고, 에오니아가 군의 지휘를 맡는다고 하니 그마저도 납득을 했다.

'이걸로 군의 조직도 끝났어.'

린하르트 후작과의 거래가 끝난 다음 날의 오후, 도합 2만의 정규군이 레인폴에 도착했다.

"그럼 출발하겠다!"

우리는 에오의 호령하에 전쟁이 벌어질 캘리퍼 서부 지역으로 향했다.

이러한 캘리퍼와 크로싱의 움직임은 고스란히 알바드&마돈 연합군 측의 정보망에 걸리고 있었다.

알스가 이끄는 2만 군대가 발각된 것은 그 부대가 수도인 알펜서드를 지날 즈음이었다.

"보고드립니다! 크로싱 방면에서 2만의 군대가 진군을 개시! 최종 목적지는 서부 전장인 것 같습니다!"

"크로싱에서 말인가."

의외라며 눈매를 좁히는 대장군 카이엔.

마침 연합군은 최종 진군을 앞두고 군부 회의를 하고 있었다.

본래 그들은 살레온 계파의 군대를 잡아먹은 뒤 곧장 캘리퍼의 영토로 넘어가 보급로 개척 작업을 할 생각이었다.

하지만 자그마한 문제가 생기고 말았다.

헬리안 계파의 군대가 결사 저항을 하며 북부에서 시간이 끌렸고, 살레온 계파의 군대를 잡아먹은 남부 쪽에서도 포로 배분 문제로 마찰이 있었던 탓이다.

"젠장, 네 녀석이 쓸데없는 욕심을 부려서 그런 것 아니냐!"

길리아스는 마돈의 대장군 줄리안 크레이그에게 불만을 드러냈다.

3만의 살레온 군대를 완벽하게 잡아먹은 야습 작전.

그 작전에서 잡은 포로의 숫자만 1만 4천에 달했다.

마돈은 이 대부분의 포로를 자기들이 관리하길 원했다.

작전에 투입한 병력도 2만 3천으로 훨씬 많았으니 포로들을 데려갈 권리가 자신들에게 있다 주장한 것이다.

하지만 전투가 벌어진 곳은 엄연히 알바드의 영토 내부.

그러니 마돈에겐 당장 포로들을 수용할 장소가 없었는데, 줄리안 크레이그는 시간을 들여 포로들을 전부 마돈의 영토로 이송했다. 그대로 어물쩍 알바드 영토 내에 포로들을 놔

뒀다간 훗날 찾아가지 못할 것이라 판단하고서.

그 탓에 연합군의 진격은 예정보다 3일 정도 늦고 말았다.

"괜찮지 않나. 뭘 그리 열을 내고 있는 거냐, 길리아스."

크레이그는 길리아스를 슬쩍 비웃고는 카이엔에게 말한다.

"선생님, 어차피 전황은 크게 달라지지 않았습니다. 오히려 더 좋은 상황이지요."

"흠, 어째서 그렇게 생각하는 게냐."

"적들이 주둔지로 삼은 곳을 보십시오. 시간의 여유를 얻었다고 판단해 불필요한 짓을 저지르지 않았습니까?"

병력을 전방 배치하고 있는 캘리퍼 군대를 말함이었다.

"저들이 할 수 있는 최선의 선택은 보급로 개척을 막기 위한 전진 수비가 아니라 병력의 징집과 크로싱의 지원을 기다리며 주요 성채에서 농성을 하는 것이었습니다. 하지만 놈들은 건방지게도 치고 나왔죠. 단 하나도 양보하지 않겠다 고집을 부리면서 말입니다."

이에 카이엔의 측근인 4장군 유시스가 동의를 표했다.

"줄리안의 말이 맞습니다. 저들에게 우리 군을 상대로 이런 강경 작전을 성공시킬 여력이 있다고 보기는 어렵습니다. 게다가 남부에서도 마돈군이 올라오고 있지 않습니까?"

마돈 본토에서 편성된 4만의 추가 병력이 캘리퍼 남부 쪽으로 북진하고 있었다. 이를 막기 위한 긴급 징집에 들어간 캘리퍼의 남부 방면과 동남부 방면은 마비가 됐다고 봐도 무방했다.

길리아스는 고개를 흔들며 버럭 소리쳤다.

"하지만 크로싱이 2만의 병력을 지원군으로 파견했다. 이건 시간을 줬기에 벌어진 일이 분명해!"

"아니."

카이엔이 고개를 흔들었다.

"그렇다고 해도 너무 빠르구나. 쥬라스 그놈이라면 가능할 것도 같지만 애초에 그놈은 캘리퍼를 구원하는 것에 큰 관심이 없는 놈이야."

"그건 무슨 말씀이십니까?"

"그놈은 오히려 캘리퍼가 멸망하길 원할 게다."

"동맹국이 멸망하길 원한다니요?"

"우리가 캘리퍼를 멸하고 영토를 점령하면 필히 혼란이 생길 수밖에 없겠지. 놈은 그 틈을 이용해 치고 내려와 우리가 점령한 캘리퍼의 영토를 뺏어 갈 생각인 거다."

"그런 미친 생각을……!"

"충분히 그런 짓이 가능한 놈이다. 그놈은 이 나조차도 전혀 속을 읽을 수가 없으니까 말이야."

정적이 흘러가는 군부 회의장.

딱! 카이엔은 지팡이로 바닥을 두들기며 말을 이어 갔다.

"그 2만의 지원군에는 분명 다른 무언가가 관련돼 있을 거

다. 가장 먼저 군을 지휘하는 장군이 누구인가를 알아보도록
해라."

그러기 무섭게였다. 막사에 들어와 부복하는 첩보병.

"급히 보고드립니다! 크로싱의 지원 병력을 지휘하는 장군
의 정체를 확인! 적진에서 회색의 갑주를 착용하고 있는 남
자가 목격되었다고 합니다!"

이에 길리아스가 벌떡 일어났다.

"웨이드……! 드디어 나왔군!"

그는 호승심을 불태웠다.

"선생님! 저를 그놈에게 맞붙여 주십시오! 반드시 그 목을
가져오겠습니다!"

"워, 워. 진정하라고, 길리아스."

줄리안 크레이그였다. 그는 기다렸다는 듯 말한다.

"군대의 규모와 진군 경로를 보면 이놈들의 주둔지는 남서
부의 세테스 교차로일 거다. 그곳은 우리 마돈군이 공격하기
로 하지 않았냐."

"그렇담 지휘권을 넘겨라, 줄리안!"

"……헛소리는 거기까지 해, 새끼야."

"……."

노려보는 둘 사이에 불꽃이 튀었다.

줄리안은 길리아스를 잠시 노려보더니 코웃음을 친다.

"그렇게 됐으니, 웨이드는 제게 맡겨 주십시오. 알아서 자

알 요리해 놓겠습니다. 그럼 이만 가 보도록 하죠. 무운을 빌겠습니다, 선생님."

줄리안이 떠나가자 길리아스가 답답함을 표출했다.

"선생님! 저놈의 목적은 웨이드를 포로로 붙잡아 자신들의 진영으로 끌어들일 셈일 겁니다! 유시스! 너도 뭐라 말을 해 봐라!"

"뻔하지. 마돈이 인재 영입에 혈안이 돼 있다는 건 공공연한 이야기이니까. 애초에 줄리안 저 녀석이 우리 알바드를 등지고 마돈에 투신한 것도 비슷한 이유였고."

"저 배신자 놈. 꼴에 대장군이 됐다고 기고만장해하기는……!"

그런 둘의 불만을 카이엔은 가볍게 일축했다.

"설령 그렇다 해도 이것이 이상적인 인선이다."

"예!?"

"줄리안의 기량은 너희 둘보다 뛰어나다. 녀석이 남부의 주력군을 맡는 게 적합한 인선인 게다."

"그, 그렇다면 선생님께서 남부의 군대를 맡으면 되는 것 아닙니까!"

"아니, 나는 북부에 있어야 한다. 만에 하나의 경우 쥬라스 놈이 기습적으로 북부에서 내려올 수도 있으니까."

"하지만 쥬라스는 캘리퍼가 멸망할 것을 원하고 있다고……."

"말하지 않았느냐. 그놈은 도무지 속을 읽을 수 없는 놈이라고. 어떤 변덕을 부릴지 예측하기가 힘들군."

카이엔이 진정으로 견제하고 있는 것은 캘리퍼의 대장군인 듀난 그림우드가 아니라 쥬라스였다. 그렇기에 그는 직접 북부군을 이끌고 있는 것이었다.

"저는 줄리안 놈이 잘 해낼 수 있을지 의구심이 듭니다. 그놈은 경솔함이 도가 지나칩니다."

"그 녀석이 웨이드를 당해 내지 못한다면 너희들도 불가능하다는 뜻인 게야. 쯧쯧, 이럴 때 루트거 녀석이 있었더라면 좋았을 터인데……."

카이엔은 씁쓸하게 중얼거리며 먼 곳을 바라보고 있었다.

서부의 주요 도시 중 하나인 폴락.

살레온 계파의 필두 중 하나인 게글리쉬 후작이 지배하는 영지였다.

나는 이곳에서 캘리퍼가 준비한 2만의 군대를 마주할 수 있었다.

긴장한 표정이 역력한 병사들. 병사가 되기엔 어리거나 늙은 자들도 더러 있었다. 급하게 끌어모은 병력이란 뜻이다.

'알고는 있었지만 이 정도로 훈련이 안 된 군대일 줄이야.'

1만 5천 징집병의 수준이 기대 이하였다.

'뭔가 대책이 필요하겠는데.'

나는 일단 행군에 지친 크로싱의 군대에게 휴식을 부여한 뒤 곧장 군부 회의를 개최했다.

미리 와서 정보를 수집하고 있던 스승과 루트거도 이 회의에 참가하였다.

스승은 전황도를 펼쳐 놓고 브리핑을 시작했다.

"적은 군을 네 개로 나누어 진군을 하고 있다."

그러면서 스승은 북부와 서부의 요점지를 지목했다.

"북부의 고딘 골짜기. 그 아래에 모로 산지. 서부의 폴딕 산지. 그리고 이곳 남서부의 세테스 교차로다."

"군의 숫자는요?"

"추정 숫자는 각각 3만, 1만, 2만, 3만이야."

"과연……."

우리가 수비해야 하는 지역은 세테스 교차로와 폴딕 산지였다. 본래 세테스 교차로 하나만 막으면 충분했지만 2만의 지원 병력을 데려간다고 하니 폴딕 산지까지 막아 달란 요청이 들어왔다. 그 대신 북부 쪽으로 전력을 충원한다고 한다.

독박을 쓰는 느낌이긴 했으나 전략적으로는 괜찮은 형태였다.

'북부의 알바드군은 쥬라스 녀석이 기습적으로 내려올 것을 경계하고 있을 거야.'

북부에 전력이 추가된 형태는 그 우려에 기름을 붓는 격이었다. 알바드는 있지도 않은 쥬라스와 싸움을 벌이겠지.

　실제로 쥬라스가 치고 내려올지도 모르는 일이었다. 그놈은 도무지 속을 알 수가 없는 놈이니까.

　"우리가 상대해야 하는 적의 숫자는 도합 5만……."

　반면 우리 병력은 도합 4만. 상대보다 1만이 적은 상황이다.

　"루트거, 알바드 군영에 대한 정보는 수집했습니까?"

　"알바드에 대해선 군이 말할 것은 없다고 생각하네. 어차피 카이엔 선생님과 그 측근. 유시스와 길리아스가 출전을 했을 테니까. 주목해야 할 부분은 그들이 아니라 우리가 상대하게 될 마돈의 대장군 줄리안 크레이그일세."

　"그에 대해 알고 있는 게 있습니까?"

　"알다마다. 내가 직접 가르친 적도 있는 녀석이니까."

　"당신이요?"

　"정확히는 카이엔 선생님의 제자일세. 다만 선생님의 아래로 들어간 길리아스나 유시스와 달리 본인의 야망을 위해 마돈에 투신했지. 알바드에선 카이엔 선생님이 버티고 있으니 높이 올라가지 못할 거라 생각하고 말이야."

　"대장군이 된 거면 결과적으로 잘된 거군요. 실력은 어떻습니까?"

　"자질은 셋 중 최고였지. 십걸에는 미치지 못하겠지만 20

인의 군웅에는 견줄 만한 기량을 가지고 있을 걸세."

"제법 막강하네요. 그의 주요 전술은요? 성향은 어떻죠?"

루트거에게서 상대의 정보를 취합한 나는 체크 메이트로 향하는 길을 머릿속으로 시뮬레이션했다.

그저 밑그림을 그린 것에 지나지 않았지만 지금은 그걸로 충분했다.

"좋아요. 이제부터 인원을 분배하겠습니다. 먼저 루트거. 당신은 1만 5천의 병력을 이끌고 폴딕 산지로 향하세요. 그 곳을 철저하게 지키는 겁니다. 안톤, 당신은 부장으로서 루트거를 보좌하세요."

"그리하겠네."

"옛!"

"그리고 스승에게는 용병 출신의 병사들로 1천을 떼어 줄게요. 다목적 부대로서 제 지휘에 발 빠르게 따라 주세요. 우선은 주변 영지로 향해 전투마와 활을 각출해 주세요. 금액은 추후 캘리퍼 군부에서 지불한다고 말하고 가져올 수 있는 최대한을 가져오는 겁니다."

"알겠다."

"그리고 에오. 너는 쿠라벨 출신 병사들 중에 활에 능한 자들을 선발해 줘."

"옛!"

정해진 인선.

나는 그들이 해산하기 전에 한 가지를 더 지시해 놓았다.

"이것이 이번 작전의 핵심이 될 수도 있으니 상대가 이상하게 여기지 않도록 자연스럽게 수행해 주세요. 모두 각자의 주둔지로 향하기 전에……."

숨을 죽이고 내게 시선을 모으는 가신들.

"병사들의 군복을 한곳에 모아 모조리 섞은 뒤 무작위로 배분하도록 하세요."

이 지시에 모두가 영문을 몰라 고개를 갸웃하고 있었다.

이번 캘리퍼와 알바드의 전쟁은 전 대륙의 주목을 받고 있었다.

진행되고 있는 큼지막한 전쟁이 이것 하나뿐인 점도 있었고, 무엇보다 캘리퍼가 멸망할 수도 있는 상황이었기 때문이다.

캘리퍼가 멸망할 경우 대륙 정세가 급변할 것이 분명한 만큼 각국에서도 첩보원을 파견해 전쟁의 동향을 파악하고 있었다.

그렇기에 세스테스 교차로 방면으로 웨이드가 나타났다는 소식이 들리자, 캘리퍼가 드디어 칼을 뽑았다며 기대감을 드러냈다.

마찬가지로 이 소식을 접한 베카비아의 총군사 소피아 베론은 떫은 표정이 되었다.

"웨이드……. 이번엔 진짜인 모양이군요."

살레온 계파가 내세웠던 웨이드가 가짜였다는 건 쉽게 짐작할 수 있었다.

그런 만큼 이번에도 가짜일 가능성이 있었지만, 아무리 그래도 이런 상황에서까지 캘리퍼가 가짜를 내세울 거라고는 생각하기 힘들었다.

'역시 웨이드는 크로싱과 캘리퍼 둘 중 하나. 혹은 둘 다와 연관이 되어 있어.'

단서가 있는 만큼 후보군을 좁혀 정체를 추적하고 있었지만, 웨이드를 사칭하는 자들이 너무 많아 혼선이 빚어지고 있었다.

웨이드를 사칭하는 데에는 투구 하나면 충분한 만큼 각지에서 사칭범들이 출몰하고 있었다. 그로 인해 웨이드의 행적을 종잡을 수가 없었다.

'그것뿐만이 아닐 거야.'

소피아는 크로싱이나 캘리퍼 측에서 의도적인 정보 교란을 하고 있다 믿어 의심치 않았다.

그렇지 않고서야 그의 정체가 이렇게까지 미궁에 빠져 있을 수는 없으니까.

"공주님, 과연 웨이드가 전황을 바꿀 수 있을까요?"

부관인 매컬리의 물음에 소피아는 표정을 흐렸다.

마음 같아선 자신을 꺾었던 웨이드가 패배하지 않길 바랐지만 그랬다간 이번 작전도 물 건너가게 된다.

"우리 입장에선 웨이드가 실패하길 바라는 수밖에 없어요."

그래야만 눈앞에 대치하고 있는 크로싱의 군대가 캘리퍼 방면으로 지원을 갈 테니까.

캐링턴 평야에서 쥬라스의 5만 군대와 마주하고 있던 소피아는 정면 대결로는 도무지 이길 것 같다는 생각이 들지 않았다.

"그렇다면 괜찮을 겁니다, 공주님. 줄리안 크레이그라고 하면 그 알바드의 미래라 불리던 자이니까요."

길리아스, 유시스와 더불어 카이엔의 수제자 중 하나이자 이례적인 속도로 마돈의 대장군 자리에 오른 군략의 천재.

많은 이들이 그가 차기 십걸이 될 거라며 칭송하고 있었다.

호사가들은 그와 웨이드의 대결을 두고 이렇게 평했다.

초신성과 초신성의 맞대결이라고.

본격적인 개전에 들어간 양측.

알스는 2만 4천의 군대를 이끌고 세테스 평야로 향했다.

"빨리빨리 움직여라!"

"태세를 갖춰라! 적은 당장이라도 공격해 들어올 수 있다!"

그렇게 캘리퍼 측이 병사들을 배치하고 있는 사이 1km 정도 떨어진 지점에 마돈의 군대가 나타났다.

3만에 달하는 마돈의 군대.

그 선두에는 황금색 갑옷을 입고 말에 올라타 있는 남자. 줄리안 크레이그가 있었다.

그는 캘리퍼의 진영을 보며 씨익 웃었다.

"오호라, 역시 진짜배기는 다르다는 건가."

그는 캘리퍼 진영에서 날이 선 아우라를 느꼈다. 함부로 덤볐다간 뼈도 못 추릴 것 같은 무형의 압박감.

"어디 한번 실력을 보도록 하지."

그는 여유가 있었다.

호사가들은 자신과 웨이드를 일컬어 초신성이라 불렀지만 줄리안의 입장에선 기도 차지 않은 일이었다.

'한낱 용병 주제에.'

물론 실력이 있음은 부정하지 않았다. 하지만 자신과 동등하다는 것에는 절대로 동의할 수 없었다.

'길리아스를 패퇴시킨 것? 베카비아의 천재공주를 물 먹인 것? 그딴 건 나도 할 수 있어.'

자신이 이미 십걸과 동등한 위치에 있다 생각하고 있는 줄리안에게 웨이드를 상대하는 건 그저 여흥거리에 지나지 않았다.

그런 여유를 가질 수 있는 근거도 있었다.

바로 촘촘한 첩보망이었다.

그는 첩보를 통해 캘리퍼의 움직임을 꿰고 있었다.

'활에 능한 자들을 선발하고 주변 영지에서 전투마와 활을 각출하고 있다고 했지? 첫 움직임으론 꽤나 요란한걸.'

그 의도를 쉽게 읽어 낸 줄리안은 피식 웃고는 선진의 병사들에게 고한다.

"적의 습격에 대비하고 있어라. 방패를 잘 닦아 놓는 게 좋을 거야."

그의 지시에 병사들은 무슨 뜻인가 의문을 표하면서도 순순히 그의 지시대로 태세를 갖추고 방패를 점검했다.

그러길 1시간 후.

양군이 자리를 잡은 시점에 일이 벌어졌다.

더그덕! 더그덕! 더그덕!

캘리퍼 진영에서 돌연 100기에 달하는 기마병들이 달려오기 시작한 것이다.

"적습! 기마대가 온다!"

이에 줄리안의 부관인 러프넥이 말한다.

"저건 대체 무슨 의도일까요? 고작 기마대 100기로 돌격해 들어오다니요."

"돌격이 아니다, 이 멍청아."

"예?"

"선진은 방패를 들어 올려라!"

그런 줄리안의 명령이 떨어지기 무섭게 기마대의 움직임이 달라졌다.

방향을 틀어 측면으로 움직이기 시작한 기마대는 활을 꺼내 들더니 마돈 측을 향해 화살을 쏘기 시작했다.

쿠구구궁! 방패에 박히는 화살들. 다만 화살의 속도에 기마의 추진력이 더해져 몇몇 화살은 방패를 뚫고 병사들에게 상처를 입혔다.

그중 에오니아의 궁술은 경이적이라고밖에는 달리 표현할 길이 없었다.

"흡!"

피잉! 순백색의 오러가 담긴 화살은 퍽! 선진의 부대를 이끌던 장교의 미간을 정확하게 꿰뚫는다.

일시일살. 심지어 그 사격의 속도마저 남달랐다.

다른 궁수들이 화살 반 통을 비울 즈음 에오니아는 이미 한 통을 다 비우고 다음 화살통을 장착하고 있었다.

"자, 장군님! 피해가 제법 큽니다!"

"그렇게 보이는군. 괜히 기마궁병을 운용하려 하는 게 아니었어. 자신이 있었던 거겠지. 진영에 대단한 궁사가 있는 모양인걸."

"대처를 해야만 합니다! 이대로 가다간 피해가 더 커질 겁니다!"

"그래. 데모닉! 준비는 됐나?"

그러자 음침한 인상의 남자가 씨익 웃으며 답했다.

"물론이고말고요, 장군님. 감히 치고 나온 걸 후회하게 해주겠습니다."

"훗, 자만하지는 마라."

"옛, 제1궁병대는 준비하라!"

처처척! 데모닉의 호령하에 기마궁병들을 조준하는 마돈의 정예 궁병대.

에오니아는 이 기척에 코웃음을 쳤다.

"흥! 화살이 온다! 사거리에서 벗어나라!"

재빨리 사거리를 벗어나는 기마궁병들.

"쏴라!"

마돈의 군대는 그것을 예측하고 일종의 화망을 만들어 잡아 보려 했지만 기병들은 유유히 사거리에서 벗어났다.

다만 데모닉의 활은 달랐다.

쐐애애액! 군청색 오러가 담긴 화살은 말에 타고 있던 병사의 머리를 정확히 꿰뚫었다.

달리는 말의 속도가 시속 50km는 족히 넘었음을 감안하면 말도 안 되는 정확도였다.

"봤냐, 캘리퍼의 머저리들."

입꼬리를 올리는 데모닉.

"놈들의 진행 경로를 예측해서 집중사격 해라!"

데모닉은 그러면서 이번에는 중간을 달리고 있는 말의 머리를 조준했다.

"흡!"

피잉! 콱! 머리를 꿰뚫린 말은 비명도 지르지 못한 채 고꾸라졌고 요란하게 넘어진 말에 다리가 걸리며 여덟 기의 기병이 덩달아 쓰러졌다.

그런 그들의 머리 위로 화살이 소나기처럼 쏟아졌다.

"으아악!"

"사, 살려……!"

그 화살의 소나기에서 살아남을 방법은 없었다. 수가 줄어들기 시작한 에오니아의 기병대.

데모닉의 지휘하에 마돈의 궁병대는 기세를 올리고 있었다.

"이대로 적들을 소탕하겠다! 저 날파리 놈들을 두려워하지 마라!"

데모닉은 마돈 최고의 궁사이자 대륙에서도 손꼽히는 궁사 중 하나였다.

대륙 십궁 중 하나. 궁술로만 따지면 대륙 전체에서 열 손가락에 든다는 뜻이었다.

"하하핫! 기세 좋게 나오더니 별거 아니구나!"

그러나 그가 목소리를 높일 수 있었던 것은 거기까지였다.

다음에 그가 쏜 화살은 그 어떤 것도 꿰뚫지 못했기 때문이다.

"뭐……?"

중간에 사라져 버린 자신의 화살에 의문을 표하는 데모닉.

그는 우연이라 치부하고 연이어 화살을 쏘았으나 콰득! 그가 쏜 화살은 중간에 격추되어 버린다.

"무슨……!?"

화살을 중간에서 격추한다니. 십궁이라 불리는 자신조차도 감히 흉내 낼 수 없는 기예였다.

그것을 에오니아는 어렵지 않게 해냈다.

심지어는 화살의 궤도를 읽고 데모닉이 있는 위치. 그리고 줄리안이 있는 위치까지 파악해 낸다.

"……거기로군."

데모닉이 있는 곳을 지그시 응시하는 에오니아.

그때 땡땡땡! 요란한 징소리와 함께 캘리퍼 본진에서 붉은색 천이 휘감긴 화살이 하늘 높이 쏘아졌다. 알스가 쏘아 낸 후퇴의 신호였다.

에오니아는 곧장 소리쳤다.

"예정대로 후퇴한다! 부상병들을 수습해 진영으로 돌아가겠다!"

기마병들은 낙마해 쓰러져 있는 병사들을 뒤에 싣고 후퇴하기 시작했다.

그리고 이때 에오니아가 돌발 행동을 취했다. 홀로 기마의 진행 방향을 마돈군이 있는 곳으로 틀어 버린 것이다.

"이럇!"

더그덕! 더그덕! 속도를 높이는 말.

에오니아는 말의 속도가 절정에 이르렀을 때 두 발의 화살을 당겼다.

"흣!"

쐐애애액! 에오니아가 온 힘을 다해 쏜 오러의 화살은 공기를 찢어발기며 궁병대를 지휘하고 있는 데모닉과, 진영 중앙에 위치한 줄리안에게 쏘아졌다.

이 기습적인 사격에 데모닉은 반응하지 못했다. 그가 오러를 다룰 수 있는 강자라고 한들 에오니아와는 수준 차이가 있었다.

게다가 지금의 화살엔 말의 추진력까지 더해져 있었기에 그 속도가 굉장했다. 화살은 마치 총알처럼 퍽! 데모닉의 머리를 꿰뚫고는 뒤에 있는 병사의 갑옷까지 뚫고 심장에 박힌다.

그나마 거리가 있었던 줄리안은 상황이 나았다.

"뭣!?"

쿠당탕! 줄리안은 경악하며 경황없이 말에서 뛰어내려야 했다.

퍼퍽! 화살은 줄리안의 뒤에 있던 근위병의 머리를 관통하고, 그 뒤에 있던 병사의 갑옷에 박힌다.

"쳇, 하나는 빗나갔는가."

혀를 차며 후퇴하는 에오니아. 바닥을 구른 줄리안의 얼굴은 시뻘겋게 달아올라 있었다.

"저놈을 놓치지 마라! 모든 궁병대 일제히 쏴라! 멍청하게 접근해 온 저놈을 낙마시켜! 기병대는 어서 놈을 쫓아라!"

피피피핑! 빗발치는 화살.

"이랏!"

에오니아는 기마술에서도 달인의 경지를 보여 주었다.

기수를 틀자 그녀의 기마는 마치 옆으로 누워서 달리는 것처럼 방향을 바꾸었다. 1m만 더 앞으로 갔어도 화살비를 맞게 될 상황이었기에 더욱 극적인 상황이었다.

그렇게 에오니아는 자신에게 쏘아진 화살을 간발의 차이로 피하며 가까스로 후퇴에 성공할 수 있었다.

"빌어먹을!"

캉! 분에 못 이겨 투구를 집어 던지는 줄리안.

이번 기마궁병의 기습에 마돈은 162명의 사상자와 궁병부대의 핵심 장교인 데모닉을 잃으며 첫 신경전부터 찜찜함을 안게 된다.

기마궁병의 기습을 성공적으로 끝마친 이후 캘리퍼의 진영.

"하으으⋯⋯."

에오니아는 시무룩하여 무릎을 꿇고 있었다.

딱히 알스가 무릎을 꿇으라 얘기하지는 않았지만 어릴 적 꾸중을 들을 때의 버릇인지 에오니아는 자기도 모르게 무릎을 꿇었다.

"내가 얘기했지. 작전에서 벗어나는 돌발 행동은 하지 말라고."

"죄송합니다⋯⋯. 적의 주축 장교가 보이기에 좋은 기회라 생각돼서⋯⋯."

"이 바보야, 그렇다고 네가 죽을 뻔하면 어쩌자는 거야."

"면목 없습니다⋯⋯."

"잘 들어. 설령 적장을 사살한다고 해도 네가 다치거나 죽는다면 난 전혀 기쁘지 않아."

"알스 님⋯⋯."

"내 작전대로만 따라 줘. 괜히 걱정시키지 말고."

"옛!"

에오니아는 금방 기운을 차리고 미소를 짓는다.

알스는 제대로 알아들은 게 맞냐며 한숨을 쉬었다.

그런 알스의 곁으로 막 부대에 복귀한 일리야가 다가와 말한다.

"너무 나무라지 마라. 에오니아도 다 너를 위해서 그러는 거니까."

"그 방향이 잘못됐으니까 이러는 거죠. 그보다도 빨리 오셨네요. 전투마의 각출은 어떻게 됐나요?"

"그게 말이다……."

"잘 안 됐죠?"

"그래, 활은 각출해 올 수 있었지만 전투마들은 거의 모으지 못했다. 전부 예상하고 있던 거니."

"그럴 수밖에요."

캘리퍼 왕국은 영토에 산지가 많은 특성상 기마병이 발달되어 있지 않았다. 기본적인 구색만 갖추고 있을 뿐, 대부분의 전력은 보병에 집중되어 있다.

하여 영지에서도 전략적으로 전투마를 키우는 경우가 거의 없었다.

말이라고 하면 전투마보다는 역용마를 비롯한 짐말들이 훨씬 많았다.

이번 2만 4천의 병력에서 기마병의 숫자는 2천. 이는 캘리퍼군치고는 이례적으로 높은 것으로, 다른 쪽 전선은 모조리 산악 전투이기에 평원 전투인 이곳에 가용 가능한 기마병들이 모두 배치됐기 때문이다.

"그렇다면 곤란한 것 아니냐. 보아하니 기마궁병을 이용한 전술을 사용하려는 것 같은데…….."

"예? 아뇨, 그럴 생각은 없어요."

"조금 전의 성과를 보면 충분히 좋은 전술로 보였는데."

"첫 번째는 기습이라 통한 거지 두 번째부터는 힘들어져요. 애초에 기마궁병을 대량으로 운용하기에는 지형이 그렇게 넓지도 않고요."

"그렇다면 어째서…….."

다른 영지에서 전투마를 각출해 오라 했는가.

이에 대한 의문에 알스는 마돈 측을 보며 웃었다.

"단순한 떠보기예요. 우리가 기마궁병……. 정확히는 기병을 운용하려 한다는 것을 상대에게 보여 준 거죠."

"혹시."

"예. 이렇게 되면 상대는 가만있기 어려워지거든요."

알스의 말대로.

마돈은 곧장 움직임을 취해 왔다.

줄리안은 이를 악물고 있었다.

기마궁병의 습격도 그랬고, 이후 포로로 잡혔던 척후병을 통해 도착한 서찰도 짜증이 났다.

알스가 직접 쓴 서찰에는 노골적인 조롱이 쓰여 있었다.

우리 애가 놀라게 했다면 미안. 듣자 하니 추하게 바닥을 기었다던데. 정말 그런 건 아니지? 혹시 그런 거라면 다른 곳에 소문이 나지 않게끔 나도 도와줄게. 내 상대가 그 정도로 멍청한 놈이란 게 알려졌다간 나까지 비웃음을 당할 테니까.

......이라는 내용이 어려운 단어와 표현으로 포장되어 있었다.

"이놈......!"

줄리안은 이게 도발에 불과하다는 걸 알고 있었지만 화가 치밀어 오르는 건 어쩔 수 없었다.

자기보다 아래에 있는 놈이 한번 재미를 봤다고 기세등등한 것이 더없이 마음에 들지 않았던 것이다.

그의 부관인 러프넥은 골치 아프다며 말한다.

"장군님, 데모닉이 죽은 이상 상대 기마궁병에 대한 대처가 더 어려워질 겁니다."

"그렇겠지."

애초에 입장 차이도 있었다.

마돈은 상대를 무찌르고 이 지역을 점령해야만 했다. 가만히 앉아 상대 기마궁병에게 야금야금 갉아먹힐 순 없었다.

"흥, 감히 함부로 나대지 못하게 해 주마."

이곳 세테스 교차로는 알스의 말마따나 그렇게까지 넓은 평원이 아니었다.

"전군 전진! 적과의 거리를 좁히겠다!"

그렇기에 마돈이 거리를 좁혀 버리자 기마궁병을 운용할 만한 공간이 사라져 버렸다.

물론 마돈 진영의 후방으로 기마병들을 빼내어 운용할 수는 있지만 그 경우 후방에 침투한 기마병들도 후퇴하기가 쉽지 않아진다.

애초에 기마궁병은 화살의 보급이 필수적인 병과이기 때문에 후퇴 작전 없이 운용할 수는 없다.

그러니 거리를 좁혀 버린 것만으로 기마궁병은 더 이상 사용할 수 없게 된 셈이다.

대장군 줄리안 크레이그의 정확한 판 읽기. 그의 부관들은 탄성을 내질렀다.

"역시 대단하십니다."

"적들이 당황하는 게 눈에 보이는군요."

이런 아부는 이미 질리도록 들었는지 줄리안은 그들의 말을 무시한 채 캘리퍼 진영에 못 박힌 듯 시선을 고정하고 있었다.

'이걸로 기마궁병은 봉쇄했지만……. 문제는 저걸 어떻게 박살 내느냐다.'

알스가 펼친 방진.

알스는 중앙에 2만의 보병대를 운집시킨 뒤 각 1천의 기마대를 양 날개에 배치하여 기동력을 살렸다.

만약 마돈의 군대가 중앙의 보병대를 공격해 들어오면 양 날개의 기병대로 측방을 찌르겠다는 생각이다.

'뚫어 내기 쉽지 않은 방진이야……. 일단 양 날개의 기마병들을 바깥으로 끌어내는 게 선결 과제겠어.'

그렇게 판단한 줄리안은 4천의 궁병대를 반으로 나눠 양 날개에 배치했다. 그 앞에는 기마대의 돌격을 막아 줄 4천의 보병대를 배치. 각 날개에 6천가량을 배치한 뒤 화살의 사거리까지 접근해 들어갔다.

"좋다, 쏴라!"

날개에 위치한 캘리퍼 기마대에게 쏟아지는 화살.

히히히히힝! 화살에 맞은 말들은 혼란하여 이리저리 날뛰었고, 병사들도 낙마하여 죽거나 다치기 시작했다.

양 날개를 두들기기 시작한 마돈군.

에오니아가 격분해 외친다.

"웨이드 님! 당장 기병대를 돌격시켜야 합니다!"

기병대가 돌격을 한다면 상대도 군을 추스를 수밖에 없다.

양 날개에 많은 병력을 배치하고 있기 때문에 캘리퍼군이 양 날개의 기병대를 돌격시켜 발을 묶고 중앙군을 진군시키면 마돈 쪽도 중앙이 위험해지는 만큼 뒤로 물러나며 대처를 해야만 한다.

하지만 알스는 그렇게 하지 않았다.

"그게 상대가 원하고 있는 거야. 그냥 둬."

"하지만 이러다간 병사들이……."

기마대 병사들 대부분이 쿠라벨 출신들이기에 에오니아는 울상을 짓는다.

에오니아와 마찬가지로 쿠라벨의 병사들을 이끄는 위치에 있는 군장 페러딘도 답답함을 표출했다.

그는 과거 쿠라벨 성국의 세 번째 장군이었던 자로, 나이가 지긋한 노인이었다.

"이대로라면 병사들의 사기가 떨어질 거요."

"그래서요?"

"그래서라니……. 뭔가 대책이 필요하지 않겠소이까."

"당신……. 페러딘이라고 했습니까? 당신이 생각하기에 지금 전황에 있어 가장 중요한 건 뭡니까?"

"그야……."

"이 자리를 지키고 있는 것입니다. 우리의 목적은 지역의 사수. 상대의 도발에 넘어가 경거망동을 하는 것이야말로 실책이 될 겁니다."

냉혹하지만 정론이었다.

"상대는 양 날개에 배치된 기병대가 껄끄럽다고 판단되어 끌어내기 위해 화살을 쏘고 있는 겁니다. 당신은 지금 상대의 의도대로 움직이라는 겁니까?"

"그렇지는 않소. 하지만 그대로 화살을 얻어맞고 있을 수는⋯⋯."

"있을 수 있죠. 지금은 그게 가장 좋은 수입니다. 뭐가 됐
든 양 날개에 기병이 배치되어 있으면 상대는 선불리 들어오
지 못할 테니까요."

"으음⋯⋯!"

보다 못한 일리야가 말한다.

"그러면 차라리 양 날개의 기마병들을 뒤로 물리는 건 어
떠냐."

"그랬다간 오히려 우리가 상대 기마대에게 옆을 찔릴 수
있어요. 그냥 놔두는 게 맞아요."

알스의 냉혹한 지시에 침통한 분위기가 흘렀다.

그렇게 알스가 무대응으로 나오자 줄리안은 눈매를 좁혔
다.

"흐음, 웨이드라는 놈. 그런 유형의 장군이었던 거군."

확실한 전투만을 하며 승리를 위해서라면 어떤 희생과 수
단도 불사한다.

기마병들을 화살에 노출시킨 지금의 판단은 전략적으로
나쁘지 않았다. 캘리퍼는 어디까지나 지키는 쪽이다. 뛰쳐나
가 공격하는 건 위험부담이 컸다.

게다가 전투마들은 많이 죽었다지만 병사들 자체는 많이
죽지 않았다. 두꺼운 가죽 갑옷과 방패로 자신을 보호하고
있기도 했고.

마돈의 궁병대도 기마병들의 갑작스러운 돌격과 캘리퍼 궁병대의 대응 사격을 우려해 최대 사거리에서 쏘고 있던 만큼 활의 위력은 크게 강하지 않았다.

　　오히려 미쳐 날뛰는 말들에 밟혀 죽는 병사들이 더 많았을 정도다.

　　"무서울 정도로 냉철한 놈이군."

　　가장 무너뜨리기 까다로운 유형이기도 했다. 어떤 도발도, 어떤 유인책도 먹히지 않기 때문이다.

　　"장군님. 화살이 떨어지기 일보 직전입니다. 그만 쏘라고 하겠습니다."

　　"……."

　　눈을 질끈 감고 장고에 빠진 줄리안.

　　"장군님?"

　　"……아니! 전부 쏟아부어라. 그리고 후방 보급 부대에도 전해라. 화살을 있는 대로 끌어오라고!"

　　"예, 옛!"

　　"웨이드……. 병법은 제대로 익힌 것 같지만 아직 풋내기로군. 네놈은 가장 중요한 것을 간과하고 있다. 이 몸이 격의 차이라는 것을, 전쟁이라는 것이 무엇인가를 보여 주마."

　　그는 마치 필승법을 찾았다는 듯 회심의 미소를 지었다.

마돈의 화살 공세는 계속해서 이어졌다.

그 표적은 여전히 측면의 기마대였다. 집중사격을 받기 시작한 기마대 병사들.

이에 알스가 내놓은 대책은 더욱 잔인한 것이었다.

"말이 날뛰지 않도록 눈가리개를 씌워요. 날아오는 화살이 보이지 않으면 날뛰는 게 덜해질 거예요. 만약 말이 날뛰려 하면 즉각 말의 머리에 단도를 박아 죽이라 하세요."

그리고 말에 올라타는 병사들에게도 더 튼튼하고 촘촘한 갑옷과 방패를 지급했다.

이 덕에 병사들의 사망 숫자는 눈에 띄게 줄었지만, 전투마가 죽는 속도가 말도 안 되게 빨라졌다.

마돈이 화살을 전부 쏟아부었던 것도 있어서 도합 2천이었던 전투마는 개전 셋째 날에 700기까지 떨어져 있었다.

그리고 이 셋째 날, 알스는 일리야를 불러 무언가를 치시했다.

"그럼 부탁할게요, 스승. 이번에는 최대한 은밀하게 움직여 주세요."

"……!"

그 지시를 들은 일리야는 눈을 부릅뜨더니 곧 무겁게 고개를 끄덕였다.

이야말로 줄리안의 책략과 알스의 책략. 서로가 준비한 비장의 수가 교차되는 순간이었다.

냉철하게 버티는 알스와 집요하게 기마병의 숫자를 줄이는 줄리안.

세테스 평야는 그런 묘한 대치가 이루어진 가운데 다른 전장도 요동치고 있었다.

가장 먼저 북부 고딘 골짜기에서 벌어진 전투에선 카이엔이 듀난을 상대로 가시적인 성과를 거두며 캘리퍼군을 한 발자국 뒤로 물러나게 만들었다.

뒤로 물러난 듀난은 미리 준비해 온 자재들을 이용해 요새를 구축하며 버티기에 들어간다.

그 아래 모로 산지에선 길리아스 멜번이 공격해 들어갔으나 캘리퍼의 장군 아이언하트는 이미 만들어 놓은 목책을 이용해 수비. 어떻게든 알바드의 군대를 몰아내는 것에 성공했다.

그렇게 북부 전선에선 교착 상황이 벌어진 가운데 루트거가 수비하고 있던 폴딕 산지에선 치열한 전투가 벌어졌다.

과거 웨이드가 처음으로 모습을 나타냈던 폴딕 산지.

그때와 마찬가지로 군을 지휘하고 있던 알바드의 4장군 유시스 골드레이는 묘한 압박감을 마주하고 있었다.

'대체 뭐냐!'

그는 자신의 심리가 모조리 읽히고 있는 것 같은 감각을 느꼈다.

"보고드립니다! 서쪽 침투로를 개척하고 있던 부대가 적 매복병에 의해 패퇴! 적은 다시 자취를 감췄습니다!"

"급보! 개척해 두었던 동쪽 침투로가 파괴됐습니다! 적의 유격 부대가 활동을 하고 있는 듯합니다!"

움직이는 족족 기민하게 대응하는 캘리퍼군.

"이 정도로 완벽한 수비 전술이라니. 캘리퍼의 군영에 그런 인물은 없을 텐데."

유시스의 머릿속에는 하나의 이름이 떠올라 있었다.

카이엔을 제외하고 이런 수준 높은 수비 전술을 구사할 수 있는 장군이라고 하면 하나밖에 떠오르지 않았기 때문이다.

"설마……."

그에게 그것은 믿고 싶지 않은 사실이었다.

"설마 그곳에 있는 것이 당신은 아니겠지요, 루트거 님……!"

그런 유시스를 산지 위에서 루트거가 내려다보고 있었다.

그의 눈빛엔 씁쓸함과 미련이 감돌고 있었다.

이를 경계한 안톤이 낮은 목소리로 말한다.

"혹여나 다른 의도를 품고 계신 거라면 제게도 생각이 있습니다, 로젠버그 님."

"훗, 웨이드가 지시를 내린 건가? 내가 배반할 낌새를 보이면 처리하라고?"

"그렇지 않습니다. 주군께선 당신을 믿기로 결정한 모양이니까요."

"그렇다면 자네의 독단이라는 건가. 그거참…… . 갸륵한 충성심이군. 불가사의할 정도로 말이야."

"무슨…… 뜻이신지요?"

"줄곧 궁금한 것이 있었네. 자네는 어째서 웨이드에게 충성을 바치는 건가? 처음엔 단순히 크로싱이 심어 둔 인물이라고 생각했지만 그게 아니더군. 자네는 왜 크로싱을 배반하면서까지 웨이드를 섬기는 거지?"

"저는 크로싱을 배반하지 않았습니다. 크로싱과는 애초에 그런 약속을 하고 있었던 것이니까요."

"약속?"

"진정한 주인이 나타나면 그에게 절대적인 충성을 바친다. 그것이 제 가문에 내려오는 맹세입니다. 그 주인이 나타날 때까지 우리 가문은 크로싱에서 일하고, 크로싱은 그 주인이 나타났을 때 우리를 보내 주기로 약속했던 겁니다."

"그런가. 가문의 사명인 건가. 자네에게 무엇보다 소중한 것은 그것이었던 거군."

루트거는 고개를 끄덕였다.

"그렇다면 하나 더 묻겠네. 만약 자네가 사랑하는 사람이 자네의 사명과 충돌한다면 어떻게 할 생각인가? 사명을 지키기 위해 그 사람을 죽여야 한다면?"

"사명을 지킬 겁니다."

"자네는 강인하군. 나와는 다르게 말이야."

"......?"

"나는 그 정도로 비정해질 수는 없는 모양이야. 모국인 알바드보다도, 내 목숨보다도…… 사랑하는 딸이 행복해지는 게 더 소중하니까."

쿵! 루트거는 검을 바닥에 내리찍으며 명령했다.

"곧 적의 병력이 주 언덕을 올라오려 할 것이다! 전군 전투준비! 거칠게 맞받아치겠다!"

철옹성의 루트거.

그는 한 치의 빈틈도 내보이지 않으며 알바드군의 침입을 단 한 발자국도 허용하지 않고 있었다.

이런 폴딕 산지의 전황은 세테스 평원에도 빠짐없이 전해지고 있었다.

"유시스가 한 발자국도 접근하지 못하다니. 아무리 유시스가 수비에 특화된 녀석이라고 해도 놀랍군."

줄리안은 첩보를 종합하며 한 가지 결론을 내렸다.

"폴딕 산지에 상당한 정예병을 배치한 모양인걸."

그렇게 생각하면 캘리퍼군의 행동 원리도 이해가 갔다.

무슨 일이 있어도, 기마대가 화살받이가 되어도 철통같이 제자리만 지키고 있는 캘리퍼군.

"반격을 가하기엔 병사들의 훈련도가 떨어져 위험부담이 크기 때문이지."

즉, 저 진영엔 캘리퍼가 급히 징병한 징집병들의 비중이 높다.

줄리안은 단편적인 정보만으로 전체적인 판을 읽었다.

"그렇담 이것이 치명적인 한 수가 될 것이다. 여봐라! 정오가 되기 전까지 화살을 모두 소비해라! 적들의 기마대를 하나도 남기지 않고 모조리 끝장내 버리는 거다!"

해가 뜬 새벽부터 활을 쏘아 대는 마돈군. 이 공격으로 인해 700기에 불과했던 기마대는 완전히 전멸하여 50기밖에 남지 않게 된다.

이걸 확인한 줄리안은 객장 하나를 호출한다.

"드라켄을 불러와라!"

순혈 수인 드라켄. 마돈이 살레온 계파를 습격할 당시 첩보망을 흔들고, 야습을 지휘하던 자였다.

"그래, 크레이그. 드디어 내 차례가 온 거냐."

드라켄은 이빨을 보이며 섬뜩하게 웃었다. 줄리안은 이에 눈살을 찌푸렸다.

"공교롭게도 그렇게 됐다. 네놈이 날뛰어 줘야겠어."

"작전은? 휘저어 놓기만 하면 되는 건가?"

"아니, 이번 작전은 그보다 더 섬세하다. 드라켄, 지금부터 네게 3천의 기마대와 2천의 보병대를 주겠다. 그 병력을 여러 갈래로 나누어……."

줄리안이 둔 강수.

알스의 수비 전략을 뛰어넘는 절묘한 책략.

"주변 영지를 모조리 약탈해라. 이걸로 이 전투는 종막을 맞이할 거다."

이러한 보고는 곧장 알스의 진영에도 전해졌다.

"급보——! 적이 5천가량의 유격 부대를 편성해 전장을 우회! 목표는 주변 영지들인 것 같습니다!"

이에 페러딘이 벌떡 일어난다.

"그 주변 영지라는 게 어디냐!"

"로스벨, 리벨, 보니아, 로토스, 트리란, 노이어스가 표적이 될 가능성이 높습니다!"

이에 에오니아가 눈을 부릅떴다.

"리, 리벨이……!"

에오니아는 안절부절못하며 알스의 눈치를 살폈다.

다른 장교들의 안색도 굳었다.

"웨이드 장군님, 우리도 병력을 우회시켜 막아야 하지 않겠습니까?"

캘리퍼 출신 장교의 진언이었다. 알스는 여전히 침묵을 지켰다.

알스를 대신하여 페러딘이 침통한 기색으로 말한다.

"우리에겐 그걸 위한 충분한 기동력이 없네."

"기동력이라면…… 설마!"

"그래, 상대를 따라다니며 시간을 끌어 줄 수 있는 기마대가 전멸해 버렸으니까 말이네."

"적은 그걸 노리고 기마대에 화살을 쏟아부은 겁니까!"

"그런 셈인 게지."

줄리안은 알스의 수비 전략을 일반적인 방법으로는 파훼하기 어렵다고 판단. 다른 방향에서 돌파구를 찾았다.

이 병력 우회의 수법은 캘리퍼군의 아킬레스건을 교묘하게 찌르는 것이었다.

그것은 바로 군의 사기다.

현재 캘리퍼군은 기마대가 화살받이가 됨으로 인해 사기가 떨어져 있었다.

그걸 도축한 말고기를 연일 배급하며 사기를 유지시키고 있었지만, 이번 일로 인해 결정타를 맞고 말았다.

캘리퍼 장교들은 발등에 불이 떨어진 것처럼 호들갑을 떨었다.

"이대로 가다간 징집병들에게서 큰 혼란이 일어날 겁니다!"

그 징집병들의 출신지가 이 주변 영지였기 때문.

자신의 가족들이, 고향이 위험에 처하게 된다면 그들의 사기는 바닥으로 떨어질 수밖에 없다.

탈영병이 속출하며 내부부터 무너질 가능성이 높았다.

줄리안은 격의 차이. 전투가 아닌 전쟁을 바라보는 장군의 능력을 보여 주고 있었다.

전략을 뛰어넘는 신묘한 책략. 페러딘은 감탄을 아끼지 않았다.

"줄리안 크레이그라고 했나. 정말 대단하군. 마돈이 대장군의 지위를 새파란 애송이에게 맡겼다고 들었을 땐 의아했으나 이젠 알겠군. 그는 능히 그럴 만한 능력이 있었어……!"

"감탄하고 있을 때가 아닙니다! 웨이드 장군님! 장군님도 잠자코 계시지 말고 무언가 대책을 말씀해 주십시오!"

매달리듯 알스를 바라보는 장교들. 에오니아도 어떻게 해야 할지 갈피를 잡지 못하고 발만 동동 구르고 있었다.

"……하아."

알스는 나직이 한숨 쉬었다.

"여기까지 와서도 작전의 진의를 알아채는 사람이 단 하나도 없다니. 너무 무관들만 곁에 둔 걸까? 아니 뭐, 여기 있는 대부분은 내 가신들이 아니긴 하지만……. 아무래도 책사들을 더 뽑아야겠어."

이에 에오니아가 입술을 질끈 깨물었다.

'내가 알스 님을 이해해 드렸어야 했는데!'

그러나 모르는 건 어쩔 수 없는 것이었다.

알스가 말을 이어 갔다.

"대책은 이미 세워져 있습니다. 전부 예정대로예요. 전군 전투를 준비하세요. 지금 이 순간부터가 승부처입니다. 신속하게 지시에 따르십시오."

"옛?"

전투준비 호령에 눈을 크게 뜨는 장교들.

"지금 시간에 말입니까? 4시간 뒤에 해가 떨어질 겁니다. 전투를 준비하는 데에만 1시간이 넘게 걸릴 텐데요! 정말 전투를 벌였다간 야전으로 이어질 가능성이 높습니다!"

"괜찮아요. 그 전에 결판이 날 테니까."

"게, 게다가 전투를 치르기에는 군의 사기가 너무 낮습니다!"

"누가요? 누구의 사기가 낮다는 겁니까?"

"무슨……?"

전투준비 호령이 떨어지자 일사불란하게 움직이는 병사들. 그들에게 병력 우회로 인한 사기 저하 따위는 찾아볼 수 없었다.

이를 본 페러딘은 경악했다.

"서, 설마……!"

에오니아마저 자기도 모르게 마른침을 삼켰다.

"미, 믿을 수 없어. 그 시점에서 여기까지 예측을 하셨다고⋯⋯!?"

에오니아가 경악하는 이유.

간단했다.

이곳 캘리퍼 진영의 2만 3천가량의 병력 중, 캘리퍼의 징집병은 단 하나도 없었으니까.

척! 척! 척! 발을 맞춰 전진하는 캘리퍼 군대.

이를 본 줄리안은 눈살을 찌푸렸다. 그의 부관들은 멍청한 짓이라며 조소를 금치 않았다.

"저놈들이 드디어 실성을 했군요!"

"주제도 모르고 기어 나오다니! 하하하!"

그러나 줄리안의 생각은 달랐다.

"아니, 이것이야말로 캘리퍼군에게 주어진 유일한 활로일지도 모른다."

"유, 유일한 활로입니까?"

"이 이상 가만히 앉아 있다간 군이 내부에서부터 망가질 테니까. 그 반면 당장 전투에 들어가면 어떻게든 싸울 수는 있지."

게다가 마돈도 5천의 유격군을 떼어 낸 탓에 병력도 2만 5

천 대 2만 3천으로 엇비슷해졌다.

"그렇다면……!"

"뭐, 걱정할 필요 없다. 그렇다 해도 우리 군이 저런 잡병들을 상대로 무너질 리는 없으니까. 오늘의 해가 떨어질 때까지만 버티면 전투는 우리의 승리로 굳어질 거다. 방진을 짜겠다! 서둘러 움직여라!"

수비를 시작한 마돈군.

줄리안은 알스의 방진을 그대로 따라 했다.

중앙에 2만 3천의 보병들을 밀집 배치하고 양 날개에 각 1천의 기마대를 배치한 것이다.

"어디 네놈이 펼쳤던 방진을 직접 뚫어 보시지."

그러나 이 방진을 본 알스는 가볍게 조소했다.

"멍청한 짓을 하는걸."

거리를 좁혀 오는 캘리퍼군.

그리고 양군의 거리가 100m 정도까지 좁혀졌을 즈음. 캘리퍼군이 기행을 벌이기 시작한다.

"움직여라! 전력으로 뛰어!"

"낙오자가 있어선 안 된다! 어서 움직여라!"

고래고래 악을 쓰는 장교들.

전 병력이 그런 식으로 움직인 탓에 캘리퍼의 진영은 아수라장이 벌어지며 병사들이 마구 뒤엉키기 시작했다.

이를 본 줄리안은 사기가 떨어진 캘리퍼가 통제를 잃었다고 생각했으나 그 반대였다.

알스는 놀라운 집중력으로 장교들을 통제하며 무질서 속에서도 확실한 질서를 확립했다.

그리고 이때. 줄리안은 처음으로 진득한 불안감을 느끼게된다.

'뭐지, 이 오싹함은?'

지금 캘리퍼군이 취하고 있는 움직임은 미친 짓이었다. 적과 거리를 좁힌 상태에서 무질서하게 병력을 엉키게 만든다?

만약 화살이 남아 있었다면 곧장 일제사격을 해 심대한 피해를 입혔을 테다.

하지만 마돈 진영엔 그 화살이 없었다. 기마대를 처리하는데에 전부 쏟아부었으니까.

'상황이 이렇게 될 것을 예측하고 있었다고? 설마. 설마 그럴 리가.'

그때였다.

우르르르! 엉켰다고 생각했던 캘리퍼군의 진영은 실타래가 풀어지듯 절묘하게 양 갈래로 나누어지며 쾅! 마돈군의 양쪽 날개를 타격했다.

이미 진영 내부에서 속도를 붙인 상태였기에 그 돌격의 속도는 신속했다.

히히히힝! 예상치 못한 돌격에 당황한 마돈의 기병들.

줄리안은 입술을 깨물었다.

"쳇! 저따위 짓거리를 한 건 기병들이 돌격할 틈을 주지 않기 위해서였나."

줄리안이 기마대를 처리하기 위해 고심한 것처럼 알스도 양 날개의 기마대를 먼저 처리하기로 한 것이다.

하여 군을 의도적으로 엉키게 해 돌격의 진행 경로를 숨긴 뒤 무게중심을 양 측면으로 모아 일시에 양 측면을 타격했다.

돌격을 해야 힘을 받는 기마대는 오히려 먼저 공격을 받자 그 힘이 죽고 말았다.

"장군님! 보병들을 측면으로 지원 보내겠습니다!"

"아니! 그랬다간 중앙이 허술해진다! 놈들은 우리 주력군의 시선을 양 측면으로 분산시키고 허술해진 중앙을 뚫고 들어올 생각인 거야!"

아직 정면에 3천가량의 군대가 잔존해 있었다.

줄리안은 이 3천 병력에 자신에게 활을 쏘았던 그 맹장이 있을 거라 생각했다.

"내 목을 쳐 일발역전을 노리겠다 이거냐. 어림도 없다! 양 날개의 기병대에 전해라! 후방으로 일시 퇴각하여 돌격 태세를 갖추라고! 나머지 중앙의 보병대는 힘을 밀집하겠다!"

일단 중앙에서 힘을 밀집하여 버텨 낸 뒤 태세를 갖춘 기병대가 양 날개로 돌격하면 역으로 상대를 각개격파 할 수 있다.

물론 그러기 위해선 중앙의 보병대가 그 시간을 벌어야 했다.

줄리안이 예상하기에 그 시간은 아무리 길어야 30분.

그 시간을 견뎌 내지 못할 리 없다고 생각했다.

"적이 양쪽에서 압박해 들어올 거다! 모두 버텨라!"

그러나.

"체크 메이트."

그렇게 중얼거린 알스가 피잉! 자주색 천이 묶인 화살을 하늘 높이 쏘았다.

그러자 쿵! 쿵! 앞 열에 서 있는 캘리퍼 보병들이 기다렸다는 듯 방어 태세를 갖추기 시작했다.

양쪽에서 상대를 압박해 들어가는 것이 아니라 방패를 세우고 일자 형태로 방진을 구축했다. 마치 뒤에 있는 무언가를 지키려는 것처럼.

"방어를……!?"

어째서 그런 짓을 하는 것인가.

그런 의문을 품고 있는 줄리안에게 알스가 사형선고를 보냈다.

"모조리 쏴라!"

처처처처척! 검과 방패를 내려놓고 활을 들어 올리는 후열의 보병들.

개전 첫날. 알스의 부탁을 받은 일리야가 주변 영지에서 전투마와 함께 활을 대대적으로 공수해 온 덕에 그 숫자는 막대했다.

순간 궁병의 숫자만 1만이 넘었을 정도다.

마돈은 그것을 두고 기마궁병을 운용하기 위해서라 생각했지만 반대였다. 전투마를 모은 행위는 활을 모아 오기 위한 속임수였을 뿐이다.

"쉬지 말고 쏴라! 가장 먼저 화살통을 비운 자에게는 포상을 약속하겠다!"

"우오오!"

사기가 올라 마구 활을 쏘는 병사들.

일반적으로 궁병은 이렇게까지 많이 편성할 수가 없다.

그래 봤자 화살이 부족하기 때문이다. 하여 궁병은 궁술에 조예가 있는 병사들로만 유지하는 게 정석이었다. 그래야만 한정된 화살을 효과적으로 소모할 수 있으니까.

"아, 아아……!"

양 측면을 잡힌 마돈군.

당했다는 걸 깨달은 줄리안은 턱을 달달 떨었다.

"장군님! 화살이 들이닥칩니다! 어서 엄폐하십시오!"

보통 화살은 방패에 막히며 위력이 반감되기 마련이지만 이처럼 양옆을 잡혔을 때는 얘기가 다르다.

옆을 막아도 오른쪽에서 화살을 맞게 되니까.

하여 마돈의 군영은 양쪽에서 쏘아진 화살 탓에 난장판이
벌어졌다.

"장군님! 어서 엄폐를……!"

"끝났다."

"예!?"

"끝났단 말이다……!"

양 측면을 내준 순간 이미 외통수였다.

버티고 말고의 문제가 아니었다.

캘리퍼는 이대로 계속해서 화살만 쏘면 되는 입장이었으
니까.

"하지만 저들의 화살도 무한하지 않습니다! 조금만 견뎌
내면……!"

"아니, 거의 무한에 가깝겠지. 그도 그럴 게……. 우리가
그만큼 쐈으니까……!"

캘리퍼군은 마돈이 쏜 화살의 60% 이상을 재활용한 상태
였다. 병사들에게 지급된 화살통도 1개가 아니라 4개~5개나
되었다.

1만의 궁병들이 각자 그 정도의 화살을 가지고 있다.

제갈량이 기만전술로 조조에게서 화살을 얻은 것처럼.

알스는 상대가 뜻대로 되고 있다고 착각하게 만들면서 자
신이 원하던 그림을 완성시켰다.

기마궁병을 보여 줌으로써 상대가 접근하게 만들고. 접근

한 상대가 양 측면의 기마대를 의식하게 만들고. 그 기마대를 화살받이로 내몰아 막대한 양의 화살을 수집했다.

모든 것이 자기 생각대로 풀리고 있다는 착각에 빠진 줄리안은 기병 3천이 포함된 5천의 유격 부대를 우회시켰고. 이로 말미암아 알스가 전술적으로 파고들 수 있는 빈틈이 생겼다.

"게다가 병사들의 이 전술 수행 능력…….. 징집병 따위가 아니다!"

이곳에 있는 캘리퍼군은 3천의 캘리퍼 정규군과 2만의 쿠라벨 출신 군인들로 이루어져 있었다.

이들은 당연히 유격 부대의 우회 작전에 흔들려 사기가 떨어진다거나 하지는 않는다.

그렇다면 징집병들은 어디로 갔는가?

모두 루트거의 휘하에 있었다.

루트거는 알스의 지시를 받고 초전부터 유시스의 공격을 강하게 받아쳤다. 그곳에 있는 병력을 정규군으로 착각하게 만들기 위해서다.

유시스의 성향과 전술 능력을 꿰고 있던 루트거는 알스의 지시를 완벽하게 수행. 줄리안은 폴딕 산지에 정규군이 다수 배치됐다 착각하고 만다.

그걸 위한 사전 작업이 병사들의 군복을 섞는 것이었다.

병력을 분배하기 전에 쿠라벨의 병사, 캘리퍼 정규군과 징집병. 그들의 군복을 모조리 섞은 뒤 무작위로 분배한 탓에 마돈은 군복을 통한 병력 구분이 불가능해졌다.

알스는 최초부터 이 상황까지 염두에 두었다는 뜻이다.

"이 나를 손바닥 안에서 가지고 놀았구나! 웨이드⋯⋯!!"

끊임없이 빗발치는 화살.

궁병대 곳곳엔 에오니아가 선발한 활의 명수들이 궁병들을 지휘하고 있었다.

마돈의 보병대는 그 궁병대를 처치하기 위해 다가가려 했지만 이미 구축되어 있던 보병들의 방진에 막히며 멈춰서야 했다.

후방으로 향했던 기병대가 부랴부랴 속도를 붙여 돌격해 들어왔지만 그 숫자가 너무 적었다.

만약 유격 부대로 **빼낸** 3천의 기병이 있었다면 이 상황을 타파할 수도 있었겠지만 없는 건 없는 거다. 이는 줄리안의 우회 책략까지도 알스가 읽었다는 뜻이었다.

줄리안이 알스의 수비 전략을 깨부수기 위한 우회 책략을 준비했다면 알스는 그 책략을 깨부수기 위한 전술을 준비했다.

수 싸움에서 알스가 한 수 위에 있었던 것이다.

"이대로는 전멸할 뿐이다. 전군 후퇴! 모두 후퇴해라!"

줄리안의 후퇴 신호에 마돈의 병사들은 규율을 잃어버렸다.

아무리 후퇴 상황이라고 해도 규율이 있어야 하기 마련이 건만 화살이 빗발치는 상황이었기에 그럴 경황조차 없었던 것이다.

"빈틈이 생겼군."

마돈의 병력이 이미 양 측면에 집중된 상태였기에 후퇴 상황이 되자 중앙으로 거대한 공간이 생겼다.

알스는 피잉! 붉은색 천이 휘감긴 화살을 하늘 높이 쏘았다. 중앙에서 대기하고 있던 에오니아는 이 신호를 받고 꿰뚫고 들어왔다.

"하아아앗!"

콰과과곽! 쓸려 나가는 마돈의 병사들.

줄리안이 있는 곳까지 쾌속으로 접근한 에오니아는 그의 측근 부관들과 치열한 전투를 벌이기 시작했다.

줄리안은 이 틈을 이용해 탈출하려 했지만 날아든 화살에 퍽! 퍽! 종아리에 한 발, 허벅지에 한 발을 맞고 주저앉고 만다.

"크윽! 젠장……!"

무장이 아니라 책사인 줄리안은 에오니아가 부관들을 처치하고 다가오자 달리 선택의 여지가 없었다.

"항복하겠다! 포로의 대우를 해 다오!"

"흥!"

퍽! 에오니아는 줄리안의 머리를 걷어차 기절시키고는 외쳤다.

"적장을 사로잡았다! 이 전투, 위대하신 웨이드 님의 완전 승리다!"

우오오오!! 세테스 평야를 울리는 함성.

알스가 이끈 캘리퍼군은 군마 3천을 잃고 5천의 사상자를 내는 피해를 입었으나 적 2만 5천의 병력 중 1만을 사살하고 9천을 생포.

나머지 마돈의 병사들은 지리멸렬하여 패주하게 된다.

한편 우회를 했던 마돈의 유격 부대.

그 유격 부대를 지휘하고 있던 드라켄은 묘한 분위기에 눈매를 좁혔다.

부대를 각 600으로 나누어 주변 영지의 약탈을 지시한 그는 직접 기병대를 이끌고 가장 깊숙한 곳에 위치한 트이란을 습격했다.

그러나 없었다.

"이건……."

코빼기도 보이지 않는 사람의 기척.

"대장님, 약탈을 할 만한 것들은 많이 남아 있습니다."

귀중품과 식량은 고스란히 영지에 남아 있었다.

"식량을 들고 나르지 않은 걸 보면 영지를 떠난 지 얼마

되지 않았다는 건데."

아마 유격 부대가 출발하기 수 시간 전에 긴급하게 대피를 했을 것이다. 그 말은 즉.

"웨이드 그놈은 크레이그의 계략을 읽고 있었다는 거냐……?"

쿵! 쿵! 돌연 무언가의 냄새를 맡기 시작한 드라켄. 그는 곧 한 방향으로 시선을 돌렸다.

"이쪽이다. 따라와라!"

"영지는요? 파괴해야 하지 않겠습니까?"

"그럴 시간 없어! 빨리 따라와!"

그가 냄새를 쫓아 도착한 곳은 성채 도시 애쉬튼이었다. 그곳에 목표했던 영지의 영지민들이 옹기종기 대피해 있었고. 2천의 병사들이 성채에 진을 치고 농성하고 있었다.

그 2천의 병력 중 대부분이 급하게 투구와 갑옷만 걸쳐 입은 민병이었다.

"이곳에 대피해 있었다니. 대장님, 어찌할까요?"

"어쩌긴 뭘 어째. 아무리 잡병이 지키고 있다고 해도 우리가 공성전을 치를 여력이 있을 리 없잖냐!"

그와 동시에 다른 유격 부대에서 보고가 들어왔다.

"리벨의 약탈에 들어간 제레미아의 부대에게서 전언입니다! 리벨에 사람은 보이지 않았음! 영지를 약탈하고 전부 불태웠으니 다음 지시를 원한다고 합니다!"

"분명 부근의 군사 요새인 주멜트 관문으로 대피를 한 거다. 다른 쪽도 마찬가지겠지."

도시를 파괴할 수는 있었지만 그 핵심인 영지민을 죽일 수는 없었다. 절반의 성과였던 셈이다.

"하지만 괜찮지 않습니까?"

드라켄의 부관이 말한다.

"저들은 멍청한 짓을 한 겁니다. 영지에 있던 식량을 챙겨 가지도 않고 농성을 한다니요. 성채에 저 많은 숫자를 전부 먹일 식량이 비축되어 있을 리 없습니다. 식량 문제로 채 이틀조차 버티지 못하고 자멸할 게 분명합니다."

"그렇겠지."

이건 약탈을 피하기 위한 궁여지책이었을 뿐, 전체적으로 봤을 때 좋은 방법은 아니었다.

"이대로 주변을 포위하고 있으면 저절로 상황이 좋아질 겁니다. 세테스 교차로에 있는 캘리퍼의 부대도 괴멸하겠지요. 주변 영지들이 마비된 것으로 인해 머지않아 보급이 끊길 테니까요."

마돈에 웃어 주는 상황.

그러나 드라켄은 부르르! 본능적인 오싹함에 몸을 떨었다.

"문제는 웨이드라는 놈이 그걸 모르지는 않았을 거라는 거다. 애초에 우리의 우회 작전을 읽었다면 굳이 이렇게 아슬아슬한 타이밍에 대피를 시킬 필요가 없었어. 영지의 식량들을 미리 옮기고 철저하게 대피했을 테지."

"그저 뒤늦게 알아차린 것 아닐까요?"

"그랬다면 대피에 늦고 만 영지들도 있었겠지. 이런 식으로 모든 영지가 기민하게 대피를 했다는 건 사전에 얘기를 해 뒀다는 뜻이다."

"그건……. 그렇다면 어째서입니까? 상대는 왜 이런 멍청한 짓을……."

"최대한 많은 유격 부대가 편성되길 원한 거야. 만약 미리 대피했다는 걸 알았다면 우리는 유격 부대의 숫자를 줄이거나 아예 편성하지 않았을 테니까."

드라켄은 세테스 평야 쪽으로 시선을 돌렸다.

"다시 말해 적은 우리의 본군이 약해지길 원한 거다. 그 찰나의 시간을 이용해 본군을 잡아먹기 위해서."

"그래 봤자 우리가 2천가량이 더 많습니다! 게다가 조금의 시간만 지나도 우리가 훨씬 유리해질 겁니다!"

"그래, 오늘 하루만 버텨 내도 우리가 크게 유리해지긴 하겠지."

드라켄은 불길함을 떨쳐 내지 못했다.

'웨이드 그놈은 단시간에 줄리안의 주력군을 끝장내 버릴 수 있는 무언가를 준비해 두었다는 건데. 그게 대체 뭐란 말인가?'

줄리안 크레이그가 길가에 널려 있는 그저 그런 장군도 아니고 어떻게 이 짧은 시간 안에 승부를 본다는 걸까.

'그놈의 수법이 통했는가 통하지 않았는가. 지금은 그것이 무엇보다 중요해졌다.'

약탈할 것이 없어진 유격 부대는 그 소식을 기다리는 수밖에 없었다.

"우리는 당분간 이곳을 포위하고 있겠다. 영지 약탈을 끝낸 유격 부대들에게도 전해라. 영지민들이 대피한 성채들을 포위하고 있으라고!"

"옛!"

성채를 포위하고 기다린 지 고작 3시간.

해가 떨어져 어두워진 시점에 한 부대가 그들의 곁으로 다가왔다.

1천에 달하는 일리야 안페이의 유격 부대였다.

알스의 지시에 따라 영지민들의 대피를 유도했던 일리야는 유격 부대의 구심점인 드라켄을 노렸다.

"마돈의 유격군은 들어라! 세테스 평야에 있던 너희들의 주력군은 괴멸했다! 네놈들의 움직임은 무의미한 발버둥에 불과하니 목숨이 아깝다면 당장 항복하도록 해라!"

"개소리!"

드라켄의 부관이 버럭 소리를 질렀다.

"그딴 허세가 통할 거라 생각하나!"

"흥, 허세라고 생각하는 건가? 유격 부대라 그런지 정보

전달이 느린가 보군? 뭐, 그것도 어쩔 수 없나. 네놈들에게 정보를 줘야 할 주력군이 전부 당해 버렸으니까 말이지. 어쩔 수 없군. 그렇담 그 부질없는 목숨. 받아 가도록 하겠다. 부대 전투준비!"

전투태세를 갖추는 일리야의 부대.

"드라켄 대장님! 어서 돌격 명령을 주십시오! 저놈들을 모조리 도륙하겠습니다!"

"……"

드라켄은 일리야의 말이 허세가 아니라 직감했다.

'정말로 줄리안이 당해 버린 건가. 고작 몇 시간 만에……!'

그렇다면 일리야의 말대로 캘리퍼 영토 내부에 들어와 있는 유격 부대는 죽은 장기 말에 불과했다. 항복하는 게 가장 현명한 길이다.

"대장님, 허세임이 확실합니다. 만약 정말 그렇다면 저들이 굳이 우리와 교전을 치르려 할 리가 없지 않습니까?"

"……!"

그것도 그랬다. 마돈의 군을 괴멸시킨 캘리퍼의 주력군이 유격 부대의 숨통을 조이고 들어온다면 굳이 전투를 벌이지 않아도 저절로 항복을 받아 낼 수 있다.

그럼에도 일리야는 굳이 전투를 하려 들고 있다.

"설마……."

그 순간 드라켄은 최악의 상황을 떠올리고 말았다. 이 세테스 교차로뿐만 아니라 다른 모든 전장이 끝장날 수도 있는 최악의 전황을.

'거기까지 생각하고 있었던 거라면, 정말 무서운 놈이군. 웨이드!'

꽉! 그는 자신의 대검을 움켜쥐었다.

"이미 내가 할 수 있는 건 아무것도 없어진 건가. 젠장, 젠장, 젠장!"

순혈 수인인 그가 분노를 드러내자 마치 맹수가 포효하는 것 같았다.

"이렇게 아무것도 하지 못하고 끝나는 게 가장 열 받는단 말이다! 전투준비! 놈들을 모조리 죽여라!"

해가 저문 상황에서 야전에 들어간 양 부대.

숫자는 일리야의 부대가 400이 많았으나 드라켄의 부대는 전부 기병이었다.

본래는 기병이 우세할 수 있었지만 기병의 지휘가 어려운 야전이라는 점 때문에 전력은 거의 호각이었다.

"방패를 세우고 창끝을 내밀어라! 기병을 두려워하지 마라! 선진의 기세를 막으면 일망타진할 수 있다!"

게임에서 기병 믹서기라 불리던 일리야. 그녀는 효과적인 병사 배치로 기병들의 기세를 받아 내며 난전으로 유도했다.

"크하핫! 제법 하잖냐, 캘리퍼의 떨거지들! 으라얏!"

콰드득! 자신의 대검으로 캘리퍼 병사를 도륙하는 드라켄. 그는 일리야를 포착하고 달려들었다.

"죽어라아앗!"

"네놈이야말로."

달려 들어오는 드라켄의 기마.

일리야는 도리어 그 기마의 정면으로 달려들었다.

"뭣……!?"

"하앗!"

카캉! 드라켄의 대검을 창대로 흘려 내며 바닥을 미끄러져 들어간 일리야는 서걱! 왼손의 검으로 말의 다리를 절단해 버렸다.

"크윽!"

촤르르르륵! 어떻게든 낙법을 취하며 몸을 고쳐 세우는 드라켄.

그는 다리를 잃고 처절하게 허우적거리는 말의 숨통을 끊어 준 뒤 일리야와 마주했다.

"체스터류를 사용하는 여성 용병인가. ……언젠가 구데리안 놈이 내게 말한 적이 있었지. 자신을 능가할 그릇을 가진 제자 놈이 나타났다고. 그것이 심지어 여성이라고 말이야."

"스승님을 알고 있나?"

"알다마다. 뭐, 얼굴을 못 본 지는 꽤 오래됐지만 말이지. 안타깝구만, 친구 녀석의 애제자를 내 손으로 죽여야 하다니."

"나야말로. 스승님의 친우를 베어야 하다니 슬프군."

"크핫! 기개는 좋구나! 덤벼라!"

요란하게 얽히는 무기.

일리야는 무려 400여 합에 달하는 긴 승부 끝에 드라켄을 제압해 생포하고 유격 부대의 구심점이 되는 드라켄의 부대를 괴멸시킨다.

군영 내에 간소하게 차려진 포로수용소.

나는 에오를 대동한 채 그자가 있는 곳으로 향했다.

"많이도 잡았네."

포로의 숫자만 9천에 달했다. 화살을 맞고 부상당한 병사들이 모조리 투항하면서 그 숫자가 기하급수적으로 많아진 것이다.

"에오, 그놈은 어디에 있다고 했었지?"

"……."

"에오?"

"죄송합니다. 알스 님."

돌연 사과를 해 오는 에오니아. 이유는 시답잖은 것이었다.

"저만이라도 알스 님이 세운 작전을 이해하고 있었어야 했는데……."

"말하지 않았으니까 어쩔 수 없지."

"하지만……!"

"너한테 바라는 건 그런 게 아니야. 그러니 시무룩하지 않아도 돼."

그녀는 내가 다른 장교들에게 무시를 당했다 느낀 모양이다. 그 상황에서 나를 제대로 변호해 주지 못한 것에 상심을 한 듯하다.

"그렇게 마음에 걸리면 나중에 내 방으로 와. 간단한 병법 정도는 가르쳐 줄 테니까."

"알스 님의 방으로요!?"

"시간이 나면. 아무 때나 오면 나도 곤란하니까."

"꼬, 꼭 가겠습니다!"

그렇게 에오를 달래 주며 잠시 걷자 목표하던 인물을 마주할 수 있었다.

"크윽……!"

무릎을 꿇고 있는 남자. 마돈의 대장군 줄리안 크레이그였다.

그는 나를 올려다보더니 이를 갈았다.

"네 녀석이 웨이드인가 보군……!"

"그러는 당신은 알바드를 배반하고 마돈에 귀순했다는 줄리안 크레이그가 맞겠죠. 잘도 알바드와 공조할 생각을 했군요."

"흥, 전쟁에 이기기 위해서라면 사사로운 의리나 정 따위
는 무의미하지. 선생님도 그것을 알고 계셨기에 내게 손을
내밀었던 거고."

"뭐, 그 부분은 저도 동의합니다. 그렇기 때문에 제가 당
신을 찾은 거기도 하고요."

"네놈 설마……."

"그 설마입니다. 내부 정보를 실토하도록 하세요."

"나도 얕보였군. 이 줄리안 크레이그 님에게 그따위 망발
을 할 줄이야. 나는 마돈의 대장군이다! 내부 정보를 실토할
것 같으냐!"

"마돈의 내부 정보를 내놓으란 것이 아닙니다. 알바드의
내부 정보를 내놓으라는 거예요. 이미 한번 배반을 했으니
두 번은 쉽지 않습니까?"

"개소리. 네게 해 줄 말은 없다."

"그렇습니까. 그럼 좋습니다. 이봐, 처형해."

내 지시에 처형인이 도끼를 들고 앞으로 나섰다. 그러자
줄리안의 눈이 더없이 커졌다.

"자, 잠깐! 처, 처형이라니! 나는 포로의 대우를 요구했다!
포로 협상이 있기 전에 고위 포로를 처형하는 건……!"

"알 바입니까? 저는 용병이라고요. 그따위 자질구레한 탁
상공론은 신경 쓰지 않습니다. 뭐 하고 있어, 빨리 처형해!"

"기다려! 기다려라!"

절박하게 외치는 줄리안. 내 말이 허세가 아님을 직감한 거겠지.

정말 목숨을 잃을 상황이 되자 그는 손바닥 뒤집듯 태도를 바꿨다.

"정보를 주마! 마돈이 아닌 알바드에 관한 것이라면 뭐든 말하겠다! 그러니 멈춰라!"

"만약 그것이 거짓 정보였다고 하면, 당장 목을 칠 겁니다."

"알겠다. 알겠으니 도끼를 내리라 해라……."

"흥. 도끼를 거둬라."

줄리안은 있는 것 없는 것 전부 얘기하기 시작했다.

나는 그 정보를 바탕으로 최후의 한 수를 두기로 했다.

세테스 교차로에서의 교전 결과는 곧장 다른 전장에도 전해졌다.

먼저 이 소식을 전해 들은 전장은 세테스 평야와 가장 가까이 위치해 있던 폴딕 산지였다.

"다, 다, 다시 말해 봐라."

알바드의 장군 유시스 골드레이는 귀를 의심할 수밖에 없었다.

"옛, 캘리퍼군이 마돈의 군대를 완파! 지휘 전력을 잃은 마돈의 군대는 뿔뿔이 흩어져 패주하고 있다고 합니다!"

"어떻게 그럴 수가 있는 거냐!"

병력은 마돈이 더 많았을 테다. 심지어 평야 지대는 전술적인 맞물림이 일어나기 쉬운 곳이다. 어느 한쪽이 일방적으로 상대를 두들기기는 힘든 지형이다.

"젠장! 이렇게 되면 이곳이 위험하다! 부관! 서둘러 남부 방면으로 척후 전력을 집중해라!"

"옛!"

그리고 마찬가지로 폴딕 산지에 진을 치고 있던 캘리퍼 군영에도 이 소식이 전달된다.

루트거는 어이가 없는지 헛웃음을 지었다.

"그게 정녕 사실이냐? 거짓 정보가 아니고?"

"그렇습니다!"

"믿을 수가 없군. 줄리안의 기량이 절대 모자라지 않았을 터인데. 상세 보고는 언제쯤 도착하는 건가. 궁금하군."

"전투에 대한 상세 보고는 내일 새벽쯤에 도착할 것 같습니다!"

이를 잠자코 듣고 있던 안톤이 말한다.

"루트거 님, 상황이 이리된다면 눈앞의 적은 필히 남부 방면을 의식할 수밖에 없을 겁니다."

"그렇겠지. 마돈군을 무찌른 군대가 북상한다고 하면 곧바로 폴딕 산지가 표적이 될 테니까."

"하면 우리도 발을 맞춰 움직여야 하지 않겠습니까?"

"보통은 그렇지만……. 아마 웨이드는 그걸 원하지 않는 것 같군."

"예? 주군께서요?"

"만약 그러길 원했다면 내게도 미리 얘기를 해 놓았을 거야. 하지만 그는 내게 이곳을 지키라고만 하고 다른 이야기는 일절 하지 않았네."

"주군께서 다른 계획을 가지고 있다는 겁니까?"

"확실하진 않지만 말이야."

"하지만 다른 계획이라고 해 봐야 그런 것이 있습니까? 지금 할 수 있는 최선의 방법은 폴딕 산지의 군대를 몰아내는 것뿐입니다."

"한 가지. 모험적인 방법이 있긴 하네."

"그 방법이라고 하면요?"

"그건……."

그 계획을 들은 안톤은 순간 말문을 잃고 말았다.

이러한 소식이 거리 문제로 인해 북부 쪽에는 한 발자국 늦게 도착하고 있었다.

모로 산지에서 먼저 보고를 받은 길리아스 멜번은 전령과 함께 고딘 골짜기에 있는 카이엔에게 향했다.

이 보고를 받은 카이엔은 깊은 한숨을 쉬었다.

"줄리안을 이렇게 손쉽게 처리하다니. 용병 웨이드…….
능히 십걸에 필적하는 기량을 갖춘 모양이구나."

"그, 그런! 선생님, 십걸이라니요! 그놈이 승리를 거둔 줄
리안은 20인의 군웅에도 들어가지 못한 녀석입니다!"

"줄리안의 기량은 네가 가장 잘 알고 있지 않느냐, 길리아
스. 녀석의 기량은 군웅들과 견주어도 손색이 없다는 걸."

"크윽……!"

길리아스는 이를 악물고는 말한다.

"선생님, 제게 1만을 떼어 주십시오! 곧장 폴딕 산지로 내
려가 유시스와 함께 태세를 갖추고 시간을 끌겠습니다!"

그 시간을 이용해 카이엔이 북부를 뚫어 낸다면 전황은 엇
비슷해진다.

이미 카이엔은 상대를 요리할 수 있는 계책을 사용하고 있
었다. 사흘이면 그 계책이 완료되어 듀난이 이끄는 캘리퍼의
군대에 심대한 타격을 입힐 예정이었다.

그러나 카이엔은 고개를 흔들었다.

"아니, 이미 외통수다."

"예?"

"용병 웨이드. 그 녀석이 만약 나와 같은 곳을 바라보고
있다면 폴딕 산지로 올라오는 일 따위는 하지 않을 게다. 그

보다 더 치명적인 수법이 있으니까 말이지."

"그 수법이라는 것이 대체……."

다름이 아니었다.

몇 시간 뒤 헐레벌떡 뛰어 들어오는 전령.

"급보--!! 남부의 캘리퍼 군대가 국경을 넘어 우리의 영토를 침범 중입니다!"

이것이야말로 알스가 일리야에게 굳이 상대의 유격 부대를 무력으로 처리하게 한 이유였다.

본인은 이미 국경을 넘어 알바드의 영토로 진군하고 있었으니까.

"그, 그놈이……! 어서 동부에 비상령을 내려라! 관문을 걸어 잠그고 농성에 들어가라! 시간을 끌면……!"

"이미 늦었다."

"예? 하지만 관문에서 시간을 끈다면……."

"놈들은 이미 상세 첩보가 있을 게다. 살레온 계파의 군대가 우리 영토에 들어와 정보를 수집하기도 했거니와……. 줄리안 그 녀석이 입을 다물고 있을 것 같지도 않구나."

카이엔은 줄리안이 내부 정보를 전부 실토했음을 확신했다. 그 내부 정보엔 보급로, 보급고에 관한 모든 것이 있었겠지.

"지금은 한시라도 빨리 물러나야 한다."

카이엔은 곧장 전격 후퇴 명령을 내렸다.

그것은 곧 알바드의 패전을 의미했다.

세테스 교차로 전투에서 캘리퍼의 군대가 너무 대승을 거둔 나머지 되레 역공으로 이어 갈 만한 여력이 생긴 것이 핵심이었다.

게다가 패주한 마돈의 군대가 알바드의 영토가 있는 서부가 아닌 마돈의 영토인 남부로 도주한 탓에 패잔병들조차 수비에 동원되지 못하는 상황이었다.

알스는 재빨리 국경을 넘어가 알바드의 영토를 침공했다.

그 발 빠른 움직임에 군사 요새 세 개가 함락됐고, 기습을 받은 성채 도시도 한 개 떨어졌다. 줄리안이 실토한 정보로 말미암아 약점을 파고들어 신속하게 공략한 것이다.

이에 알바드 왕국은 난리가 났다.

알바드는 곧장 도시 간의 왕래를 통제하고 주요 도시에서 긴급 징병을 하여 이에 대응하려 했다.

그러나 이 시점에서 이미 캘리퍼군이 목표한 바는 달성한 상태였다.

알바드의 동부 영토를 일시적으로 마비시키는 것에 성공한 것이다. 이는 전체적인 보급의 마비를 뜻했다.

폴딕 산지로 향하던 보급도, 모로 산지로 향하던 보급도, 북부 카이엔의 군대에 향하는 보급도 일순 끊겨 버렸다.

알스는 나무가 아닌 숲을 바라보았다.

단순히 보급로나 보급고를 파괴하는 게 아니라 보급의 근원을 끊어 버림으로써 알바드 군대 전체를 외통수로 몰아넣은 것이다.

　캘리퍼의 영토로 진군했던 알바드군은 부랴부랴 후퇴를 하는 수밖에 없었다.

　이 과정에서 알스는 2만의 병력을 전부 이끌고 폴딕 산지에서 후퇴하던 유시스 골드레이 군대의 뒤를 잡는다.

　"빌어먹을……!"

　고개를 떨어뜨리는 유시스. 앞으로는 루트거의 군대가 숨통을 조이며 쫓아오고 있었고, 뒤로는 알스가 퇴로를 끊어버렸다.

　보급이 끊긴 상황에서 퇴로 없는 교전은 절망적이었다.

　"끝났군."

　그에게 남은 선택은 하나뿐이었다.

　전면 항복. 교전을 포기하고 항복을 한 것이다.

　보통은 포로가 됐을 때의 처우가 어떻게 될지 알 수 없는 만큼 이런 식으로 전투조차 하지 않고 전면 항복을 하는 경우는 거의 없지만 이번 전쟁은 특수하다.

　이미 알바드&마돈 연합군 측에서 1만이 넘는 캘리퍼의 포로들을 데리고 있기 때문이다.

　전후 협정에선 자연스레 포로 교환이 이루어질 테니 항복을 하면 목숨을 유지할 가능성이 높다.

"모두 무기를 버려라. 너희들을 이곳에서 개죽음당하게
할 순 없다."

유시스의 명령에 눈물을 머금고 무기를 내려놓는 알바드
의 병사들.

이들을 모조리 포로로 잡은 루트거가 결국엔 유시스와 마
주하게 된다.

꽉! 입술을 깨무는 유시스. 얼마나 강하게 물었는지 입술
의 일부가 잘려 나간다.

"역시, 역시 당신이었군요! 루트거 님……!"

"오랜만이구나, 유시스. 설마 이런 형태로 재회하게 될 줄
이야."

"크윽! 알바드를 등지고 떠난 당신이 무슨 면목으로 이 전
장에 나와 있는 겁니까! 그것도 캘리퍼 소속으로 알바드에게
칼을 들이밀다니요!"

"아니, 알바드가 나를 등졌던 것이다. 나는 아직도 잊지
못한다. 표정을 바꾸고 내 딸에게 돌을 던지고 저주를 퍼붓
던 영지민들을. 제발 도와 달라는 내 간청을 매몰차게 뿌리
쳤던 그 귀족 놈들을!"

"카이엔 선생님께선 외면하지 않으셨습니다! 방법을 찾아
내 주겠다고 약속하신 걸 잊으셨습니까!"

"그래서? 그 말만 믿고 칼론 산지에서 6년을 기다린 내게
선생님께서 어떤 방법을 찾아 주셨지?"

"선생님께서도 최선을 다하셨습니다!"

"그래, 하지만 결과가 전부다. 웨이드는 내 딸을 정말로 치료해 주었으니까."

"무슨……!? 그, 그게 정녕 사실입니까? 어떻게 그 지독한 병을……."

"유시스, 네가 알던 루트거 로젠버그는 죽었다. 내게는 더이상 그 시절의 긍지도, 명예도 남아 있지 않아."

조국을 버리고, 부하들을 버리고. 모든 것을 잃었다. 그의 삶엔 딸 외에 아무것도 남지 않게 됐다.

"나는 딸을 위해서, 웨이드에게 받은 은의를 갚기 위해 남은 생을 살아가기로 결정했다. 그것에 방해가 된다면…… 카이엔 선생님의 목까지도 쳐 내겠다."

"진심……이시군요. 정녕 조국을, 스승을 저버리겠다는 것입니까!"

"그래, 선생님께도 그렇게 전해라. 다음에 전장에서 만나게 된다면 그 목숨을 가져갈 것이라고!"

이러한 둘의 대화를 알스는 흥미롭게 지켜보고 있었다.

"에오, 빨리 팝콘 가져와 봐."

"예!? 파, 팝콘이라고 하시면……?"

에오니아는 대체 팝콘이 무엇인가 심각하게 고민한다.

알스는 대충 챙겨 온 비상 군량을 와그작 먹으며 미소 지었다.

'이걸로 일곱 가신 중 다섯 명이 남은 거군.'

알스는 한 가지를 분명히 하기로 했다.

일곱 가신 중 하나, 루트거 로젠버그에 대한 영입만큼은 확실하게 성공했다고.

알바드는 캘리퍼에 침입했던 병력 모두를 후퇴시켜 알스에 의해 마비되었던 동부 영토를 정상화시키는 작업에 들어갔다.

알스는 그 알바드의 병력에 고립될 수도 있다고 판단. 유시스의 부대를 잡아먹은 뒤 캘리퍼의 영토로 서둘러 되돌아왔다.

양측 모두 군대를 물리며 소강상태에 접어든 전쟁.

그 시점에서 알스에게 군부 회의 참가 요청이 들어온다. 장소는 북부 전장과 남부 전장의 중간 지점인 그란셀이었다.

알스는 병사들에게 휴식을 부여한 뒤 에오니아만을 대동한 채 곧장 군부 회의장으로 발걸음을 옮겼다.

"웨이드 장군님이 들어가십니다!"

그러자 소란스러웠던 군부 회의장이 쥐 죽은 듯 조용해졌다.

"……"

미지의 생물을 보는 것 같은 경외 어린 시선.

알스는 터벅터벅 걸어 들어가 말석에 자리를 잡았다. 그러고는 말한다.

"하고 계신 것 마저 하시죠?"

마치 자신과는 상관이 없다는 것처럼.

이에 헬리안 공작이 씨익 웃는다.

"그럴 수야 있나. 주역이 등장했는데 말이야. 웨이드, 아주 멋진 활약이었네. 설마 줄리안 크레이그를 그 정도로 박살 내 버릴 줄이야. 그 누구도 이 전과는 예상하지 못했을 걸세."

"운이 좋았을 뿐입니다."

"행운…… 말인가. 그렇다면 그 행운을 곧 있을 전투에서도 빌리고 싶군."

헬리안은 전황도를 가리키며 말한다.

"지금이야말로 알바드를 궁지로 몰아넣을 절호의 기회네. 웨이드, 자네도 힘을 빌려주게."

"……하핫."

"뭐지, 그 웃음은?"

"죄송합니다. 말씀 계속하십시오."

"흠, 현재 우리는 마돈의 대장군 줄리안 크레이그와 알바드의 4장군 유시스 골드레이를 포로로 잡고 있네. 병력상으로도 적의 전력은 눈에 띄게 약해져 있어. 우리가 밀고 들어간다면 쉽사리 적을 밀어 낼 수 있을 테지. 안 그런가, 웨이드?"

"틀린 건 아닙니다만 말씀하신 것만큼 쉽지는 않겠죠. 제가 동부 영토를 들쑤신 탓에 알바드도 긴급 징집에 들어간 상황이니까요. 우리가 다시 공격해 들어가면 그 징집병들이 요소요소에 배치될 것입니다. 그리되면 자연스레 대치전이 발생하고, 전쟁이 길어지겠지요. 그건 알바드에도, 캘리퍼에도 바람직한 일은 아닙니다."

"흠."

"게다가 제가 이런 말을 하긴 뭐하지만 남서부의 영지 몇몇이 약탈당해 불타 버렸어요. 그 영지와 영지민들에 대한 구호 조치가 필요합니다."

"홋, 가령 '리벨'이라든가?"

"……."

"뭐, 좋네. 어차피 재차 개전을 하기 전에 포로 교환을 위한 임시 협정이 있을 예정이니까. 만약 그 협정이 틀어지게 되면 자네와 다시금 계약을 해야 할지도 몰라. 그 부분은 염두에 두도록 하게."

"설마 그 협정이 틀어질 리가 있나요. 살레온 계파의 수장이 포로로 붙잡혀 있는데요. 살레온 계파의 귀족들이 무슨 수를 써서라도 협정이 성사되도록 노력하겠죠. 당신은 그걸 빌미로 그들을 쥐어짜려 할 테고요. 그러니까 지금 이곳에서 전쟁을 계속하자는 등, 마음에도 없는 소리를 하고 계신 것 아닙니까?"

헬리안 공작은 눈썹을 치켜올렸다.

"그건 무슨 뜻인가?"

"당신이 주전론을 펼쳐야 포로 교환이 어려워지고, 그럴수록 살레온 계파의 귀족들이 내놓아야 하는 것들이 많아지니까요. 그걸 위한 뻔한 연극을 하고 계신 거죠."

"전부 알고 있었나. 아까 웃었던 건 그런 이유였군. 훗, 웨이드 자네, 더욱이 마음에 드는군. 정치 쪽으로도 수완이 있다니 말이야."

"이 정도는 어린애들도 알 겁니다."

"뭐, 그런 것이니 다들 지금 이 얘기는 듣지 않았던 것으로 해 주게."

이곳에 있는 장교들 모두 헬리안 계파의 인물들인 만큼 묵묵히 고개를 끄덕였다.

"그럼 전 이만 가 봐도 되는 겁니까?"

"가 봐도 좋네. 자네는 훌륭하게 내 기대에 부응해 줬어."

"예, 그럼 공작님도…… 그 약속. 꼭 지키시길 바랍니다."

"걱정 말도록. 나는 살레온 놈들처럼 소인배는 아니니까."

군부 회의장을 떠나는 알스.

알스가 떠나자 줄곧 침묵을 지키고 있던 대장군 듀난이 말한다.

"공작님, 괜찮겠습니까?"

"뭐가 말인가?"

"저자의 기량을 봤을 때 혹여 다른 국가에 넘어간다면 큰 위협이 될 겁니다."

"그러니 약점이라도 쥐고 있자고? 그만두게. 저런 녀석은 몰아붙일수록 더 날카로운 이빨을 드러내지. 저 녀석의 꿍꿍이속은 알 수 없으나 적어도 우리 캘리퍼를 적대할 생각은 없어 보였어. 크로싱과 진심으로 결탁할 생각도 없어 보였지."

"그렇다면……."

"지금 이 관계를 유지하는 게 가장 이상적이라는 거지."

"혹여 그가 살레온 계파와 손을 잡는다고 하면 어쩌실 생각이십니까."

"그건 우리가 미연에 방지할 수 있는 일이네. 가령 저자가 정말로 살레온 계파에 넘어간다고 해도 결국엔 캘리퍼를 위해 일하는 거니 대의를 위해서 묵인을 할 수도 있겠지."

헬리안은 전도를 내려다보며 말했다.

"듀난, 곧 국제 정세가 급변할 걸세. 크로싱이 벌인 삼사자 전쟁도, 이번 전쟁도 그 시발점에 불과해. 우리 캘리퍼가 그 격류 속에서 살아남으려면, 그와 같은 인재가 꼭 필요하네."

헬리안은 확신에 가까운 예감을 느끼고 있었다.

머지않아 대륙 전체를 뒤흔들 거대한 전쟁이 일어날 것임을.

군부 회의장을 나온 나는 투구를 벗을 곳을 찾고 있었다.

가는 곳마다 시선이 따라다닌 탓에 마땅히 투구를 벗을 곳이 없었다.

시민들도 웨이드가 나타났다는 말에 마치 연예인이라도 나타난 것처럼 내 쪽을 훔쳐보고 있다.

'그냥 바로 폴락으로 돌아가 버릴까.'

전후 처리가 귀찮기도 해서 유미르와 만날 겸 이곳에 하루 정도 머무르려 했지만 이 분위기라면 마음 편히 쉴 수 있을 것 같지도 않았다.

그러던 차. 아는 얼굴이 모습을 드러냈다.

"반갑습니다, 웨이드 님. 저는 살레온 공작의 손녀. 에리나 살레온이라고 합니다."

치맛자락 끝을 들어 올리며 공손하게 고개를 숙이는 에리나. 반면 그녀의 뒤에 서 있는 조안은 경계심 가득한 표정으로 나를 노려보았다.

"오오! 에리나 아가씨가 웨이드와 이야기를 나누고 있네!"

"다들 이쪽으로 와 보게!"

부산을 떠는 영지민들.

'그러고 보니 여기 그란셀이었지.'

헬리안 공작도 은근히 성격이 더러웠다. 굳이 군부 회의를 살레온 공작가의 영지에서 개최하다니. 마치 살레온 공작가의 무능력함을 광고하는 꼴이었다.

"반갑습니다, 살레온 양. 저에겐 무슨 용무입니까?"

"감사를 전하러 왔습니다. 정말…… 정말 감사드립니다. 웨이드 님의 활약 덕분에 아버님께서도 무사하실 수 있을 것 같습니다."

내가 유시스와 줄리안을 포로로 잡은 덕에 고위급 포로 교환 작업이 진행될 수 있었다.

아마 그 둘을 석방하고 밀리아스 후작과 길버트 살레온을 되찾아오겠지. 헬리안 공작은 이걸 반대하는 입장을 취하며 살레온 계파를 쥐어짤 테고.

그래도 결국엔 정전협정과 함께 포로 교환이 성사될 것이다.

"그런 거라면 제게 고마워할 필요는 없습니다. 전 그저 맡겨진 일을 수행했을 뿐이니까요. 정 감사를 전하고 싶다면 목숨을 걸고 싸워 준 병사들에게 하십시오."

"당연히 병사분들에게도 감사를 전해야 하겠지요. 하지만 그 전에 눈앞에 계신 분에게 사례를 하는 것이 도리라 생각합니다. 무례가 되지 않는다면 살레온의 저택에 초대를 하고 싶습니다만. 괜찮으실는지요."

"호의는 고맙지만 거절하겠습니다."

괜히 웨이드 신분으로 살레온 저택을 방문했다간 시끄러워질 수 있었다.

그녀는 내가 거절할 것을 예상했는지 낙담하는 기색은 없었지만 못내 아쉬운지 입술을 삐죽 내밀고 있다.

그러더니 돌연 눈을 빛낸다.

"그렇다면 제가 추후 개인적으로 방문을 드리겠습니다."

"개인적으로요?"

"후훗, 예. 그럼 기대해 주세요."

대체 어떻게 웨이드에게 개인적으로 방문을 한다는 건가. 조안은 그렇게 의문을 표하고 있었으나 나는 그 방법이 무엇인가 짐작이 갔다.

에리나와 헤어진 이후 어떻게든 인기척이 없는 곳을 찾은 나는 투구를 벗고 한숨을 돌렸다.

"이런 계절에 투구를 쓰고 다니는 건 정말이지 고역이네."

투구 속으로 들어온 꽃가루가 제대로 배출이 안 되는 탓에 얼굴이 땀과 꽃가루로 범벅이 되어 있었다.

함께 투구를 벗은 에오의 얼굴도 엉망진창이었다.

그럼에도 에오는 손수건을 꺼내 자신의 얼굴이 아니라 내 얼굴부터 닦아 주려 했다.

"괜찮아. 내가 스스로 할 테니까. 그보다 유미르는 언제 도착한대?"

"이미 도착해 여관에서 쉬고 있는 모양입니다."

"우리가 한 발짝 늦은 거였네. 그럼 갔다 올게. 에오 너는 폴락으로 가는 마차를 수배해 놔 줘. 오늘 오후에 바로 출발할 거니까."

"하루 정도 쉬고 가신다 하시지 않으셨나요?"

"그랬다간 귀찮아질 거 같거든."

"옛! 그럼 마차를 수배해 놓겠습니다."

에오와 헤어진 뒤에는 유미르가 기다리고 있는 도시 외곽의 여관으로 향했다. 그란셀에 올 때 항상 이용하던 여관으로, 유미르는 1층에서 얌전히 앉아 있었다.

그녀는 나를 보자마자 다가오더니 스윽! 아직 얼굴에 남아 있던 꽃가루를 닦아 주었다.

"나 참. 에오도 그렇고 애 취급을 하려 한다니까."

뭐, 내가 갓난아기인 시절부터 함께한 유미르에겐 이게 당연할지도 모른다.

"고생하셨습니다, 도련님. 구체적인 이야기는 듣지 못했으나 훌륭한 승전이라 들었습니다."

"운이 좋았지."

빈말이 아니었다. 이번 전쟁은 내게 운이 따라 주었다.

적장인 줄리안 크레이그의 성향을 속속들이 꿰고 있는 루트거가 내 휘하에 있었기 때문이다.

루트거에게 그의 성향을 전해 들은 나는 작전의 큰 그림을 일찌감치 구상할 수 있었다.

'그게 아니었다면 제법 어려운 전쟁이 됐을지도 모르겠어.'

그렇게 됐다면 전략 자체를 바꿔 기마병을 화살받이로 쓰지도 않았겠지만 어쨌든.

"아버지는 뭐라셔?"

"당장 레인폴로 이주하는 것에 대해선 회의적이셨습니다. 리벨은 일라인 가문이 지켜 온 터전이니까요. 맥스 도련님을 레인폴로 보내고 밀러 도련님에게 리벨의 경영을 맡기려 하시는 것 같았습니다만⋯⋯."

"그래, 이번 전쟁으로 인해 리벨이 전부 불타 버리고 말았지."

나로서도 그 선택은 쉽지 않았다. 아무리 전쟁에 이기기 위해서라고는 해도 내 고향을 위험에 노출시킨 것이었으니까.

내심 적의 유격 부대가 물자만 약탈하고 도시는 그대로 놔뒀으면 했지만, 그들은 얄짤 없이 전부 불태워 버렸다.

"이제는 선택의 여지가 없어. 영지민들을 위해서라도 레인폴로의 이주를 서둘러야 할 거야."

"예, 일리야 님께서 이미 그런 얘기를 전달하고 계실 겁니다.”

“역시 스승이라니까.”

이번 전쟁에서 누구보다 신뢰할 수 있었던 인물이 스승이었다.

알바드를 상대로 루트거를 기용한 것은 사실 도박에 가까웠다. 안톤도 완전히 신뢰할 수 있는 단계는 아니다.

에오는 사고뭉치 기질이 강하고, 유미르는 군을 이끌 능력이 없다.

반면 일리야 스승은 다르다.

어떤 역할을 맡겨 놔도 평균 이상을 해 준다. 용병인 탓인지 전쟁을 크게 바라보는 능력이나 대군을 지휘하는 능력은 부족하지만 국지전이나 게릴라전에선 최고의 기량을 뽐낸다.

“그 건은 그렇게 한다고 치고…… 에스텔은 뭐 하고 있어?”

“방에서 쉬고 계십니다. 아무래도 마음껏 바깥을 돌아다닐 단계는 아니니까요.”

“하긴 레인폴이라면 모를까 타지에선 힘들겠지.”

“그래도 리벨을 방문했을 땐 즐거워하셨습니다. 도련님의 고향이라는 걸 알고는 여러 곳을 직접 둘러보시더군요. 그러던 중 우연찮게 사모님과도 이야기를 나누었습니다.”

“어머니와? 그건 의외인걸. 어땠는데?”

"사모님도 에스텔 님이 도련님의 학우라는 걸 알고는 도련님의 아카데미 생활을 듣고 싶으셨는지 오랜 시간 대화를 나누셨습니다."

"윽……. 무슨 얘기를 했는가 짐작이 가네. 그래. 유미르 너는 일단 에스텔과 함께 레인폴에 돌아가 있어 줘. 나는 전후 처리를 하고 돌아갈게."

"예, 도련님도 너무 서두르지 마시고……."

돌연 말을 끊는 유미르. 그녀는 2층 계단으로 시선을 돌리며 말한다.

"……에스텔 님, 무슨 일이신지요."

"죄송해요, 르미유 씨. 점심에 먹은 음식이 몸에 맞지 않았나 봐요. 속이 안 좋아 밖을 산책하려 하는데, 괜찮을까요?"

"그럼 방에서 기다려 주십시오. 제가 곧 준비하겠습니다."

"예에……. 그런데 어떤 분과 대화를 하고 계신 건가요?"

등을 지고 있어 곧바로 알아보지는 못한 모양이지만 나는 그녀가 내 뒷모습을 뚫어지게 응시하고 있는 것이 느껴졌다.

숨어도 소용이 없을 것 같아 먼저 몸을 돌렸다.

"오랜만이네요, 에스텔. 보름 만인가요?"

"여, 역시 알스 님이셨군요! 이곳엔 도대체 왜……."

타다닷! 빠르게 계단을 내려오는 에스텔. 속이 안 좋은 것도 잊어버렸는지 표정이 밝았다.

"리벨에 가려는 중에 잠시 들렀어요. 르미유 씨와는 우연히 마주쳤네요."

"그렇담 제게도 연락을 주시지 그랬어요."

"쉬고 있다기에 실례가 될 것 같아서요."

"실례라니요!"

만나지 않은 지 고작 보름밖에 되지 않았건만, 그녀의 병세는 이전보다 훨씬 호전되어 있었다.

그걸 그녀도 알고 있는지 미소 지으며 모자를 벗어 보였다.

"알스 님, 이것을 봐 주시겠어요?"

"엇…… . 머리카락이 나고 있군요."

"저도 놀랐답니다. 다시는 제 머리카락을 볼 수 없을 거라 생각했었거든요."

드문드문 적색의 머리카락이 자라나고 있었다.

"예전 같은 장발로 돌아가려면 오래 걸리겠지만, 꼭 길러서 알스 님에게도 보여 드릴게요."

"하하, 기대하고 있을게요."

"그, 그보다도…… . 혹시 시간이 괜찮으시다면 함께 산책을 하지 않겠어요? 르미유 씨에게 들으니 해가 저문 후의 그란셀은 강에서 올라온 반딧불이 날아다녀 더없이 아름답다고 해요. 저도 이 도시가 무척 마음에 들었답니다."

"저도 그러고 싶긴 하지만 조금 곤란하겠네요."

애초에 불필요하게 밖을 돌아다니지 않으려고 굳이 이 구석진 여관까지 와서 유미르를 만난 것이니까. 괜히 바깥을 돌아다니다간 그녀와 마주칠 것 같았다.

그러나 그런 노력이 무색하게도 그녀는 나타났다.

쿵! 여관의 문을 힘차게 열어젖히며 나타난 에리나. 개인적으로 방문하겠다는 건 이런 뜻이었다.

내가 투구를 벗어 알스가 된 시점에 찾아가겠다고.

"여기에 있었군요. 알스 일라인!"

"저분은……."

미간을 찌푸리는 에스텔.

무언가 폭풍이 지나갈 것 같은 예감이 들었다.

에리나는 벅찬 마음을 추스르기가 힘들었다. 그녀가 느끼기에 알스가 전쟁에 나가 멋들어진 승전을 거두고 온 것이 오로지 자신을 위해서인 것 같았으니까.

'내 부탁을 들어주기 위해서…….'

언젠가 조안이 그랬다. 남자애들이 여자애에게 심술을 부리는 건 좋아하는 것을 숨기기 위해서라고.

그렇게 생각하면 자신의 이름을 잊어버린 척 심술을 부리는 것도 이해가 갔다.

"한참 찾아다녔어요. 왜 굳이 이런 외진 여관에 묵고 있는 거예요? 시가지에 훨씬 더 좋은 여관들이 많은데요."

"여관 주인분도 계신 곳에서 잘도 그런 말을 하네요."

"아, 오랜만이네요, 제이슨. 지난 곰 사냥 이후 처음인가요?"

여관 주인은 너털웃음을 지었다.

"하하하! 저 같은 잡부까지 기억해 주시다니 영광입니다요."

"이곳에서 잠시 이야기를 나눠도 괜찮을까요?"

"물론입니다."

순식간에 허락을 맡은 에리나는 알스를 끌고 테이블로 가려다 멈칫, 기괴한 냄새에 눈살을 찌푸렸다.

"뭐죠, 이 악취는……?"

그녀는 곧 냄새의 진원지를 바라보고는 눈을 크게 떴다.

더 놀라기 전에 알스가 재빨리 부연 설명을 해 주었다.

"에스텔이라고 해요. 병이 있어서 조금 고생을 하고 있어요."

"어머나……. 가여우셔라."

에스텔은 이 에리나의 동정 어린 시선에 입술을 질끈 깨물었다. 지금껏 수많은 사람이 자신에게 혐오, 멸시, 조롱, 동정의 시선을 보냈지만 왜인지 그 어떤 것들보다 지금의 것이 가장 굴욕적이고 부끄럽게 느껴졌다.

"앗, 당신도 있었군요. 알스 님의 메이드인 유…… 읍!?"

알스가 재빨리 에리나의 입을 틀어막고는 속삭였다.

"지금은 모른 척을 하고 있거든요. 알아서 말을 맞춰 줘요."

"……."

끄덕끄덕. 고개를 주억이는 에리나.

둘이 바짝 들러붙은 모습에 에스텔의 눈동자에서 빛이 급격히 사라져 갔다.

"제가 사람을 잘못 본 모양이네요. 그보다도 알스 님? 저녁 식사는 아직이시죠? 괜찮다면 우리 저택으로 오지 않겠어요? 왕궁이 부럽지 않은 진수성찬을 준비해 놨거든요."

"진수성찬……."

최근 맛없는 군량밖에 먹지 못한 알스에겐 거부하기 힘든 매력적인 제안이었다.

반사적으로 가겠다고 말할 뻔했을 정도로. 그걸 꿰뚫어 본 에리나가 쐐기를 박으려 했지만.

"미안하지만 선약은 이쪽입니다."

에스텔이 단호하게 말하며 알스를 자기 쪽으로 끌어당겼다.

"알스 님, 저와 산책을 가시기로 하셨죠."

"예? 아뇨, 아직 간다고는……."

그러자 에리나가 버럭 소리쳤다.

"남이 권유하는 중에 갑자기 끼어들어 무슨 짓인가요!"

"제가 먼저 알스 님에게 산책을 가자고 제안했어요. 갑자기 끼어든 건 당신이에요."

"웃⋯⋯!?"

에스텔의 깊은 눈을 보고는 움찔하는 에리나. 그러고는 곧 사정을 알겠다는 듯 여유롭게 미소 지었다.

"흐음⋯⋯. 그런 거였군요. 아주 잘 알겠네요. 선약이라면 어쩔 수 없죠. 알스 님, 그 아가씨와 먼저 산책을 가셔도 괜찮아요. 그 이후에 저택에 방문을 해 주세요. 늦은 밤이 될지도 모르겠지만⋯⋯. 하루 정도라면 묵어 가셔도 상관없답니다."

"⋯⋯."

"후훗, 왜 그러시죠, 에스텔 양?"

마주한 둘의 눈빛에서 스파크가 튀는 것 같았다. 보다 못한 유미르가 중재안을 내놓는다.

"그렇다면 에스텔 님도 함께 저택에서 식사를 하는 건 어떻습니까."

훌륭한 절충안이었으나 에리나가 단호하게 거절한다.

"아무나 저택에 들일 수는 없거든요. 게다가 에스텔 양이 함께 갔다간⋯⋯ 저택의 사용인들이 불필요한 난리를 피울지도 모르겠네요. 미안해요, 에스텔 양. 이해해 주실 수 있죠?"

"저도 가고 싶지 않습니다. 선심 쓰는 듯이 말하지 마요."

숨 막히는 분위기.

둘 다 거절하기로 마음먹은 알스는 신중하게 말을 고르려 했으나 그때였다.

히히힝! 여관 앞으로 들려오는 말의 울음소리. 에오니아가 마차를 가지고 온 것이다. 알스는 이때다 하며 외친다.

"그러고 보니 오늘 바로 떠날 예정이었네요! 일행을 기다리게 하기도 뭐하니 저는 이만 가 보겠습니다!"

"앗, 알스 님……!"

후다닥 떠나는 알스.

촤륵, 탁! 에리나는 짜증 난다는 듯 부채를 쥐락펴락했다. 에스텔도 에리나를 노려본다.

"흥, 저도 기다리는 일행이 있으니 가 보겠어요. 그럼 다음에 뵙기를 기대할게요, 에스텔 양."

"저야말로요."

여관 밖에서 기다리고 있던 수행원들을 이끌고 돌아가는 에리나.

에스텔은 그 모습을 한참이나 바라보다 유미르에게 물었다.

"살레온이라면……. 이 그란셀을 지배하고 있다는 살레온 공작 가문을 말하는 건가요?"

"예, 저분은 그 살레온 공작의 손녀분이십니다."

"그렇군요."

몸을 돌려 방으로 향하는 에스텔.

"에스텔 님, 산책을 가고 싶다고 하시지 않으셨나요?"

"괜찮아요. 그보다도 어서 레인폴로 돌아가도록 해요. 저, 이 도시가 무척 싫어졌거든요."

그녀에겐 바람직한 일이었을지도 모른다. 이 만남으로 인해 병 치료에 대한 동기부여가 최고조로 올라갔으니까.

6장

군부 회의를 끝마치고 남부의 도시 폴락으로 돌아온 나는
전후 처리에 들어갔다.

개괄적인 부분은 루트거와 스승이 해 주었기에 나는 최종
결재만 하면 되었으니 크게 피곤할 것은 없었으나 몇 가지
문제가 있었다.

먼저 터전을 잃은 난민들에 관한 것이었다.

트이란을 제외하면 표적이 된 모든 영지가 불타 버렸는데,
그 난민의 숫자만 40만에 달했던 것.

하여 영지들이 재건될 때까지 주변 영지에서 난민들을 받
아 줘야 했는데, 그럴 여력이 있는 영지가 많지 않다는 게 문
제였다.

지금은 겨울이 끝난 뒤의 봄이기도 해서 지난해에 비축했던 식량이 막 떨어지기 시작하는 시기였다.

난민들을 받아들일 경우 영지 전체의 식량난으로 이어질 가능성이 높았다.

"이런 자질구레한 행정 작업을 왜 내가 해야 하는 건지……."

내 푸념에 스승이 쓴웃음을 짓는다.

"네가 남부군의 총대장이기 때문이지. 지금의 네가 지시를 내린다면, 설령 대영주들이라 하더라도 거부할 수 없는 상황이니까. 네가 정리를 해 놔야 잡음이 일어나지 않을 거다."

"어쩔 수 없죠. 으음, 일단 보니아와 로토스의 난민들은 동부의 델보로우로 보내도록 해요. 델보로우는 어업이 중심인 도시인 만큼 당장의 식량 수급은 문제가 없을 거예요."

"그만큼의 어선이 있을까?"

"델보로우에 정박하고 있는 군함 몇 개를 어선으로 활용하면 돼요. 그 부분은 영주가 알아서 하겠죠. 다음 노이어스의 난민은 영지가 파괴되지 않은 트이란에서 지내라고 해요. 트이란은 농경지가 풍부한 곳이니 봄만 잘 넘기면 충분히 자급자족이 될 겁니다. 그때까지는 폴락과 그란셀에서 원조를 하게끔 조치를 하세요."

"그렇게 전하겠다."

"마지막으로 리벨과 로스벨입니다만……."

리벨은 우리 영지. 그리고 로스벨은 밀스틴 남작가의 영지이자 어머니의 고향이었다.

"둘은 서둘러 레인폴로 이주하라고 전해요. 이주를 할 동안 난민들이 굶주리지 않도록 경로에 있는 줄리아, 알펜서드에 난민들을 위한 보급을 준비하라고 전하고요."

"알겠다."

이때 안톤이 말한다.

"주군, 그렇담 제가 레인폴에 이야기를 전달해 놓겠습니다."

"괜찮아요. 이미 쥬라스 녀석에게 사람을 보내 놨으니까. 알아서 하겠죠."

"이미 손을 써 놓으셨군요. 대단하십니다."

"후우! 자, 그럼 이걸로 끝난 거죠?"

짝짝짝! 박수를 치는 루트거. 그는 감탄했다며 말한다.

"군더더기 없는 깔끔한 일 처리로군. 아주 명쾌했네."

"그렇다기에는 여러 가지 문제가 발생하겠죠. 기존 영지민들이 난민들을 환영하지는 않을 테니까. 뭐, 그건 내가 상관할 바가 아닙니다만."

"그렇다고 해도일세. 내게는 이것이 최선으로 보이는군. 어서 이대로 일을 끝마치고 돌아가도록 하세나."

"하핫, 루트거. 표정에서 다 보인다고요. 한시라도 빨리 레인폴에 돌아가고 싶은가 보죠?"

"으, 음……!"

"에스텔 양에 관한 거라면 괜찮습니다."

"그란셀에서 만났다고 했나? 그래, 머리카락이 자라났다고?"

"조금이요. 전부 나으려면 아직 갈 길이 멀죠."

"그것만이라도 어디인가. 어서 가서 딸아이의 얼굴을 보고 싶군."

"그럼 당신을 위해서라도 마무리 작업에 들어갈까요."

그러자 에오니아가 올 것이 왔다며 몸을 굳혔다.

전쟁의 마무리 작업. 공치사가 시작된 것이다.

공치사에 대한 이야기가 나오자 루트거는 그런 것도 있냐며 헛웃음을 지었다. 반면 안톤은 달랐다.

"공치사! 크윽, 그런 것이 있었던 건가……! 이럴 줄 알았다면 주군께 요청을 해서라도 중임을 맡는 것이었는데……."

"갑자기 왜 그래요, 안톤?"

"송구합니다. 저는 개의치 마시고 말씀하십시오."

안톤은 알고 있었던 모양이다. 이번 전쟁에서 자신의 공이 높지 않다는 걸.

'얘도 은근히 에오랑 닮은 구석이 있네.'

형식적인 것에 구애받는 점이. 에오니아 정도는 아닐지언정 적어도 지는 건 싫은 모양이다.

"그럼 전공 제4위입니다. 안톤 퀸테르. 수고해 줬어요. 당신은 루트거를 보좌하며 폴딕 산지를 훌륭하게 지켜 내 줬습니다."

"옛, 당연한 일을 했을 뿐입니다."

"다음 전공은 1위 먼저 발표를 할게요. 루트거 로젠버그. 당신입니다."

루트거는 어깨를 으쓱여 보였다.

"이런 맹장들 사이에서 제1공이라니. 더할 나위 없는 영광이로군."

"당신은 병력의 열세에도 불구하고 적장 유시스 골드레이를 상대로 우위를 점했습니다. 마지막 전투에선 제 움직임에 맞춰 상대를 포위하고 적장을 포로로 잡았죠. 당신이 없었다면, 이번 작전은 성공하기 어려웠을 거예요. 하여 전공 1위입니다."

이제 남은 건 전공 2위와 3위.

루트거가 1위인 것에 대해선 예상하고 있었는지 에오는 '흥, 어쩔 수 없지.' 하며 납득했지만 2위만큼은 놓치고 싶지 않은 모양이었다.

"다음 전공 2위와 3위인데……. 먼저 일리야 안페이. 스승은 주변 영지에서 활과 전투마를 각출해 오고, 주 작전에선 각 영지에 대피 명령을 전하고 신속하게 그들을 대피시켜 줬어요. 이후 트이란을 습격했던 유격 부대와 교전을 펼쳐 괴멸시킴으로써 다른 유격 부대들도 무력화시켰죠. 그다음은 에오니아 미라벨."

"옛!"

"에오, 너는 병사들 중에 활에 능한 자들을 선출해 주었고, 적 병력과의 전투에선 중앙을 꿰뚫고 들어가 적장 줄리안 크레이그를 생포해 줬어."

"예!"

"그러니까 둘 중 제2공은……."

"예? 하, 하지만 알스 님, 저는 초전에서 기마궁병들을 이끌고 적의 예봉을 꺾기도 했고, 쿠라벨 성국 출신의 병사들을 훌륭하게 지휘하여 알스 님의 수족처럼 움직이게 만들었으며……."

이 세계에도 자기 PR의 시대가 온 것인가. 에오는 열심히 자기주장을 시작했다.

"마지막에는 알스 님이 팝콘이란 것을 가져와 달라는 요청을 정확히 해석하여 주전부리를 준비하기까지 했고, 그란셀에선 마차를 준비해 달라는 요청에 발 빠르게 대응했습니다."

"하하, 그런 것까지 전공으로 치게?"

객관적으로 봤을 때 에오의 전공은 3위였다. 전공의 크기는 비슷해 보이지만, 일리야 스승이 한 역할은 에오가 할 수 없는 것이었다.

반면 에오의 역할은 스승이 충분히 대체를 할 수 있었다.

'그렇다고 여기서 3위를 줬다간⋯⋯.'

다음에 더 높은 전공을 얻기 위해 무리하다 사고를 칠지도 몰랐다.

우는 아이 떡 하나 더 준다고, 에오에게 2위를 주고 싶었으나 그랬다간 객관적인 평가가 무너지니 고민이 됐다.

내가 그런 고민을 하고 있다는 걸 알아챈 것일까.

"대단해 에오니아, 정말이지 당해 낼 수 없는걸."

스승이 그리 말하며 먼저 에오니아를 치켜세워 주었다.

"에오니아, 분명 네가 전공 2위일 거야. 다음에는 꼭 너를 넘어설 테니 각오하고 있어."

"헤헤⋯⋯! 그래? 역시 그렇지? 아자자⋯⋯! 일리야 안페이, 꺾었도다⋯⋯!"

목소리를 죽이고 쾌재를 부르는 에오. 스승은 그걸 흐뭇하게 바라보고 있었다. 나이 차이는 하나밖에 나지 않음에도 스승 쪽이 훨씬 연장자처럼 보였다.

"나 참. 도와주지 않으셔도 됐는데요."

"뭘. 에오니아가 좋은 활약을 펼친 것도 사실인데. 알스, 네가 직접 말해 줘라. 그래야 더 기뻐할 테니까."

"어쩔 수 없네요. 전공 2위는 에오니아 미라벨, 너야."

에오는 날아갈 것 같은 표정을 지었다. 스승은 그 어깨를 두드려 준다.

한편 안톤은 그런 스승의 모습에 진심으로 감탄했는지 오묘한 시선을 하고 있었다.

공치사까지 끝내고 레인폴로 돌아갈 채비에 들어간 우리 일행.

루트거와 안톤, 에오니아는 쿠라벨의 병력을 추슬러 먼저 회군에 들어갔다.

나는 마지막 정리를 끝낸 뒤 따라가기로 했다.

그러던 중, 함께 남았던 스승이 내게 다가와 말했다.

"알스, 돌아가기 전에 네가 봐 줬으면 하는 게 있다."

"봐 줬으면 하는 거요?"

"그래, 포로를 하나 봐 다오. 네가 그 포로의 신병을 처리해 줬으면 해."

"포로라면 전부 캘리퍼 군부에 넘겼던 것 아닌가요?"

"그게…… 그 포로가 내 스승의 친우인 것 같아서 말이야. 마돈 군부 내에선 객장의 위치에 있었나 봐."

"그러면 처리하기가 조금 까다로울지도 모르겠네요."

객장의 신분을 가지고 있는 녀석들은 십중팔구는 용병의 신분을 함께 가지고 있기 때문이다.

같은 용병인 스승은 그를 캘리퍼 군부로 넘기기가 꺼려졌던 모양이다.

"이름은 뭐라고 하죠?"

"드라켄이라고 불리는 것 같아. 혹시나 해서 찾아봤지만 용병 협회에는 등록되어 있지 않았어."

"가명입니까?"

"그래. 혹시 몰라 협회 수뇌부에게 그의 인상착의에 관한 정보를 들려줬더니 조심스럽게 누군가의 이름을 대더군. 먼 과거에 활동하던 용병 중에 비슷한 자가 있었던 모양이야."

유격 부대를 지휘하던 마돈의 객장.

"가스파르……라고."

"가스파르……!?"

나는 너무 놀라 눈만 껌뻑였다.

설마 이런 곳에서 일곱 가신 중 하나.

광견 가스파르가 발견될 줄이야.

'그랬던 거였나.'

백방으로 수소문을 해도 어떤 소식도 찾지 못했던 광견.

'그럴 수밖에.'

가명을 쓰고 활동하고 있으니 백날 가스파르라는 이름을 찾아도 발견될 리가.

"그 가스파르라는 자. 혹시 늑대의 형상을 한 순혈 수인입니까? 무기로는 큼지막한 대검을 사용하고요."

"그걸 어떻게 알았니?"

"역시."

틀림없다. 게임에서 등장했던 그 가스파르가 맞다.

'하지만 괜찮을까?'

가스파르는 게임에서도 비밀이 많은 캐릭터였다.

단적으로 말해 나는 가스파르가 왜 알스를 따르고 있었는가 이해가 가지 않았다. 애초에 주인공을 따르게 된 이유조차 제대로 나오지 않는다.

우연히 조우하여 슬그머니 꼽사리를 끼더니 어느새 활약을 하고 있는 캐릭터였다. 그 배경도, 의도도 알 수 없었다.

그런 만큼 제3세력에서 심어 놓은 배신자일 가능성이 무척 높은 캐릭터이기도 했다.

지금처럼 본명을 숨기고 가명으로 활동하고 있는 것만 봐도 수상하기 그지없다.

'그래도 일단은 만나 봐야겠어.'

만나서 판단을 하기로 했다. 과연 믿을 만한 자인가.

결론부터 말하자면 꽝이었다.

"크하핫! 네가 그 웨이드인가. 킁, 킁킁! 이상하군. 애새끼의 냄새가 나는걸."

나를 보며 비릿하게 웃는 수인. 그 시선에 존중이라곤 보이지 않았다.

"……그런 당신은 가스파르가 맞는 거겠죠?"

"흥, 용병 협회에서 들은 건가."

"그 반응을 보면 맞는 것 같군요. 듣자 하니 S급 용병이었다고 하는데요."

"크하핫, 그 시기는 펜실론 제국이 막 멸망한 혼란한 시기라서 말이다. 어중이떠중이들도 조금만 전과를 세우면 S급 용병이 되곤 했지. 봐라. 현역 S급 용병한텐 쪽도 못 쓰고 잡히고 말았잖냐."

"흠."

분명 가스파르의 게임상 무력 수치는 87로 크게 높은 편은 아니었다.

다만 그의 진면목은 일기토가 아니었다.

그는 최고 등급인 UR 카드로서 유미르와 함께 서포터 계열 3대장에 꼽히는 인물이었다.

가스파르는 은밀 기동, 야습의 대가라는 희귀 특성으로 말미암아 유격 부대, 척후 부대의 지휘관 중에선 따라올 자가 없었다.

"펜실론이 막 멸망한 시기라면……. 적어도 나이가 50은 된다는 뜻이겠군요."

"핫, 고작 그 정도밖에 안 먹었게? 거기서 20을 더해라."

"70 먹은 노인치고는 꽤나 정정해 보이는데요?"

"순혈 수인을 얕보지 말라고. 인간 따위와는 달리 전성기가 꽤 기니까. 뭐, 지금은 나도 노쇠하고 있지만 말이지."

이자에게서 받은 인상은 숨길 수 없는 야성이었다. 조금만 방심을 하는 순간 잡아먹힐 것 같은 오싹한 감각.

"당신……. 제 밑에서 일해 보지 않겠습니까?"

떠보기식으로 묻자 녀석은 으르렁거렸다.

"그따위 제안을 하려고 나를 찾아온 거였나. 웃기지도 않는군."

"객장이 소속을 바꾸는 건 이상한 일이 아니라고 봅니다만."

"그렇지. 그렇기에 그 국가에서도 객장에 대해선 쓰고 버리는 패 정도로밖에 생각하지 않아. 용병을 고용한 것과 다름없지. 하지만 너는 다르군. 그저 객장으로 받아들이려 하는 게 아니야. 진심으로 나를 길들여 보려 하고 있는 게 느껴져."

"훗, 들켰습니까."

"어림도 없다, 애송아. 나는 누구에게도 길들여지지 않아. 필요하면 이용할 뿐이야. 맛있는 술과 피비린내 나는 전장만 있다면 나는 어디든 상관없거든. 내키는 대로 사는 게 내 변치 않는 신조다."

"그렇담 시험해 보지 않겠습니까? 내가 당신을 길들일 수 있는가 없는가를."

"그건…… 흥미롭군."

가스파르는 웨이드라는 존재에 처음부터 흥미를 느끼고 있었던 모양이다.

"뭐, 좋다. 네 녀석과 지내는 건 지루하지 않을 것 같으니까. 내가 지루해지기 전에 어디 나를 길들여 보라고."

"그렇담 주변이 정리되면 레인폴로 오십시오. 그곳에서 남은 이야기를 하도록 하죠."

가스파르에 대해선 루트거와는 달리 칼같이 검증을 할 생각이었다.

'만약 다른 동료들과 불화를 일으킬 것 같으면 가차 없이 쳐 내야겠어.'

그런 만큼 레인폴에서 있을 면담이 가장 중요했다.

레인폴에 돌아온 나는 난민 문제로 격무에 시달려야 했다.

협정 문제로 바빴던 캘리퍼 측이 제대로 케어를 해 주지 못하며 내가 크로싱 측에 서서 직접 난민들의 정착을 도와야 했다.

그즈음, 알바드와 캘리퍼의 정전협정에 관한 소식이 들려왔다.

이 협정에서 알바드와 마돈 측은 도합 20억 실란에 달하는 배상금을 토해 내며 캘리퍼가 웃게 된다.

캘리퍼 측이 1만가량의 포로를 더 잡은 게 주효했다. 이들 모두가 징집병이 아닌 정규군이기 때문에 그 포로로서의 가치가 꽤 높았다.

이에 더불어 알바드가 1년에 달하는 정전 기간을 추가로 요구한 탓에 배상금의 규모가 더 커졌다.

'크로싱을 무서워했던 거겠지.'

지금 시점에 크로싱과 캘리퍼가 함께 밀고 들어온다면 알바드는 절체절명의 위기에 처한다.

그걸 미연에 방지하기 위해서 캘리퍼와 1년 정전협정을 맺은 것이다. 그렇게만 하면 적어도 캘리퍼는 상대하지 않을 수 있게 되니까.

그리고 이 협정이 체결되고 며칠 후. 이번 전쟁의 논공행상을 위한 왕가 주최의 파티가 개최된다는 소식이 들려왔다.

"알스 님, 제게 이런 것이 도착했습니다."

안톤을 경유하여 온 편지. 헬리안 공작에게서 온 파티 초대장이었다.

"참석하실 생각이십니까?"

"아뇨, 미쳤다고 이걸 가겠어요."

가 봤자 구경거리밖에 되지 않는다. 음식이라도 먹을 수 있으면 모를까 투구 때문에 그러지도 못한다.

나는 전쟁의 공로를 전부 가져가도 좋으니 레인폴에 대한 행정 작업이나 서둘러 달라는 독촉을 헬리안 공작에게 보냈다.

그렇게 왕가 주최 파티를 무시하고 며칠. 나는 충격적인 소문을 듣게 되었다.

–승전 파티에 웨이드가 나타났다!
–웨이드가 길버트 살레온과 함께 등장했다!

……이라는 소문이었다.

'오잉?'

내가 보일 수 있는 반응은 이것뿐이었다.

'설마 또다시 사칭을 한 건가?'

이미 한번 저질렀으니 거칠 것이 없다는 것일까.

뭐가 됐든 이건 대사건이었다. 이 파격적인 사건에 파티장이 들썩였다.

웨이드를 섭외해 전쟁을 승리로 이끈 것이 살레온 공작인 것처럼 보였기 때문이다.

'상황이 묘하게 돌아가는데.'

그 파티에 대한 자세한 내역을 알고 싶었던 내게 며칠 뒤 헬리안 공작이 직접 찾아왔다. 레인폴 영주직의 임명장을 들고서 말이다.

오랜만에 만난 헬리안 공작의 얼굴은 피곤에 절어 있었다.

"전후 처리로 고생 좀 하시나 보네요."

"전후 처리보다는 살레온 그 멍청한 놈들 탓이지……."

"일이 제법 재밌게 돌아가는 것 같던데요. 어떻게 진행되고 있는 거죠?"

"그 얘기를 하기 전에……. 먼저 이것을 받도록 하게."

레인폴의 영주 임명장이었다. 함께 있던 맥스 형은 왕가의 직인이 찍혀 있는 임명장을 보고는 로봇처럼 굳어 버렸다.

그러고는 끼익! 끼익! 뻣뻣한 움직임으로 한쪽 무릎을 꿇었다.

이걸로 우리 가문도 엄연히 중견 귀족에 들어가게 된다. 현재 레인폴의 인구는 난민을 합해 총 22만.

이 중 크로싱을 제외한 캘리퍼의 인구는 8만으로 특출나게 많은 편은 아니었으나 크로싱과 캘리퍼의 중계지라는 특성상 무역을 통한 수익이 꽤 높았다.

거기서 얻은 세금을 다년간 국가에 바치면 작위 상승도 꿈은 아니었다.

"영광입니다! 분골쇄신하여 캘리퍼의 발전에 이바지하도록 하겠습니다!"

임명장을 받아 들며 방이 떠나가라 소리치는 맥스 형. 헬리안 공작은 귀가 멍멍한지 눈을 껌뻑였다.

"본래는 알펜서드에서 정식으로 임명식을 하는 게 맞았겠지만, 왕궁도 바쁜 상태라 말이야. 이 점은 이해해 주게."

"당치도 않습니다! 공작님께서 직접 와 주신 것만 해도 몸 둘 바를 모르겠습니다."

"불필요하게 저자세를 취할 필요는 없네. 자네는 그 웨이드의 형제이니까 말이야."

"아, 예, 옛."

내가 웨이드란 사실을 알고 있는 가족은 아버지와 퍼지형. 그리고 맥스 형뿐이었다. 그 외에는 괜한 걱정을 시킬 것 같아 아직 말하지 않기로 했다.

임명장을 하사받은 맥스 형은 내게 '이제 어쩌지?'라는 눈빛을 보냈다.

"아버지와 앞으로의 일에 대해 논의하는 게 좋지 않겠어요?"

"그, 그래야겠다. 그럼 먼저 자리를 비우겠습니다. 공작님도 편안히 있다 가십시오."

맥스 형이 설렌 발걸음으로 방을 떠나고.

헬리안 공작은 이제부터가 본론이라며 말한다.

"그럼 이야기를 되돌리도록 하겠네. 이번 승전 파티에 관한 이야기는 들었겠지?"

"개괄적인 것은요. 구체적인 이야기는 듣지 못했습니다. 대체 어떻게 된 거죠?"

"놈들이 추한 발버둥을 친 거지. 그게 기묘하게 잘 들어맞았고 말이야."

이번 전쟁으로 인해 살레온 계파는 무너지기 일보 직전인 상황에 처했었다. 계파 내에서 독자적으로 새로운 계파를 만드는 게 어떠냐는 여론까지 생겨났다고 한다.

"이에 위기감을 느낀 길버트 놈이 작정을 한 거야. 가짜 웨이드를 데리고 오고선 웨이드가 전장에 나온 것이 자신의 공로였다고 공표한 거지."

"무슨 자신감으로요?"

"일부러 가짜를 데리고 온 거야. 파티장에 진짜가 있다면 자연스럽게 시비가 걸릴 테니까."

"……설마."

"그래 시비가 벌어지면 그때를 노려 국왕을 부추길 생각이었던 거지. 둘 다 투구를 벗겨 보는 게 어떻겠냐고 말이야. 놈은 그걸로 웨이드의 정체를 확실히 할 생각이었어."

묘수였다. 왕가가 주최한 파티에서 왕명을 거부할 수는 없는 노릇이니까.

"그들에게 무슨 메리트가 있습니까? 자신들이 가짜를 데려왔다는 것도 들통날 텐데요."

"놈은 웨이드가 크로싱 출신의 인물이라고 추측한 모양이야. 얼굴을 드러낸 웨이드의 정체가 크로싱의 인물이라고 하면, 우리 헬리안 계파가 크로싱과 내통하고 있다는 둥의 음모론을 제기해 난리를 피우며 본질을 호도하려 한 거지."

"꽤 머리를 썼네요."

"그런 잔머리는 타고난 놈이니까."

그러나 이런 길버트 살레온의 간계도 무의미했다. 내가 파티장에 나가지 않았기 때문이다.

"그 탓에 이런 소란이 벌어진 거군요."

"그건 길버트 놈에게도 계산 착오였을 테지. 하여 어쩔 수 없이 자신이 데려온 가짜에게 진짜 행세를 시켜야 했어. 반면 우리 쪽도 의문을 제기하는 것밖에 하지 못했네. 자네가 자리에 없었으니까. 그렇게 살레온 공작가에서 데려온 가짜가 진짜 취급을 받고, 이번 전쟁의 공로를 훔쳐 간 거야."

"하! 기묘하게 잘 들어맞았다는 건 그런 겁니까."

"나도 설마 이런 식으로 이야기가 진행될 줄은 꿈에도 생각지 못했네."

"하지만 나중이라도 가짜라는 게 밝혀지면 위험한 건 여전하지 않습니까?"

"그때는 그 가짜를 사기꾼으로 몰아 자기도 피해자였다는 식으로 꼬리를 자를 생각인 거겠지."

"흐음, 상황이 애매하게 됐군요."

"그래, 이들을 확실하게 물 먹이려면 알스 일라인, 네가 정체를 밝히고 등장해야 하는 상황이 됐으니까. 하지만 그건……."

"예, 제가 그런 짓을 할 리가 없죠."

새삼 파티에 가지 않은 게 다행이었다. 만약 내가 그 파티에 갔으면 꼼짝없이 왕명에 걸려 정체를 밝혀야 했을 테니까.

"쯧! 눈 뜨고 코를 베이고 말았군."

"혹시 오늘 이곳까지 온 것은 제게 정체를 밝혀 달라 부탁하기 위해서입니까?"

"가능한가?"

"아뇨."

헬리안 공작은 한숨을 푹 쉰다.

"그렇게 말할 줄 알았네. 이곳까지 온 이유는 다른 것 때문이네. 레인폴의 금광산 때문이지."

"금광산……. 레인폴 외곽에 있는 그것을 말씀하시는 겁니까."

"그래, 크로싱과 국경 분쟁이 벌어지게 된 원인이기도 하지."

그 금광산은 국경 분쟁으로 인해 개발이 되고 있지 못했다.

"지금은 자네가 레인폴에 대한 모든 권리를 얻게 됐으니까 말이야. 그러니 개발을 추진할 수 있지 않을까 하는데."

"……좋습니다. 그럼 이렇게 하죠. 그 금광산은 전면적으로 크로싱의 주도하에 개발을 하겠습니다."

"그걸 잠자코 받아들이라고?"

"끝까지 들으세요. 그렇게 크로싱에서 개발한 금광산에서 나온 수익의 40%를 캘리퍼 측에 분배하도록 하겠습니다. 수익의 15% 정도가 채굴에 들어간 개발 비용과 인건비라 생각하면 거의 50 대 50의 조건입니다."

"그건…… 의외군. 분명 자네 가문이 직접 개발하겠다 말할 줄 알았는데 말이야."

"그러기에는 너무 막대하니까요. 맥스 형은 그 금광산을 현명하게 관리할 정도로 노련하지 않아요. 아마…… 많은 이들에게 휘둘리고 권력과 물욕에 굴복하고 말겠죠. 제 가족이 그렇게 변해 가는 꼴은 보고 싶지 않습니다. 공작님이라면 제가 무슨 얘기를 하고 있는지 이해를 하실 텐데요."

"사무칠 정도로 잘 알고 있지. 그런가. 그런 거라면 납득이 가는군. 알겠네. 그 부분에 대해선 파밀리온 재상과 얘기를 하지. 자네 선에서도 얘기를 해 주게."

"그러도록 하죠."

"용건은 이걸로 끝이네. 이만 가 보도록 하지. 살레온 계파 놈들 때문에 바빠질 것 같거든."

지친 표정으로 떠나가는 헬리안 공작.

'금광산인가…….'

내가 레인폴의 주도권을 쥐어 개발이 쉽다고는 해도 생각 이상으로 빠르게 행동에 나섰다.

'가능한 한 많은 군자금을 모아 놓으려는 건가.'

그런 예감이 들었다.

앞으로 있을 전쟁을 대비하려는 것 같은 날이 선 듯한 감각이.

헬리안 공작으로부터 레인폴의 영주직을 받은 시점부터는 난민들의 정착에 탄력이 붙었다.

맥스 형과 밀러 형, 아버지까지 힘을 합쳐 영지민들의 정착 작업에 뛰어들었고, 함께 온 로스벨의 난민들도 힘을 합쳤다.

로스벨을 다스리던 밀스틴 남작가와 세르피아 자작가도 도시 아래에 위치한 평야의 땅을 하사받으며 그곳에 정착을 하였다.

그렇게 난민들의 정착이 끝난 시점에서 내가 파라인 국왕에게 요청한 사람들까지 레인폴에 도착한다.

바로 쿠라벨 성국 출신의 노예 10만 명이었다.

그 선두에 서 있던 비스케타 크렌이 미소를 지으며 말해 왔다.

"오랜만이네요, 웨이드. 승전의 소식은 들었습니다. 돌아온 우리 장교들이 입을 모아 말하더군요. 불세출의 지략가가 나타났다고요."

"전부 에오가 도와준 덕이죠."

"훗, 빈말이라도 조심하는 게 좋을 거예요. 에오는 띄워 주면 띄워 줄수록 기고만장하게 되는 아이니까."

"하하……. 우선 환영합니다. 미리 전했다시피 쿠라벨 성국 출신의 사람들을 계속해서 레인폴로 받아들일 생각입니다. 노예의 신분에서 벗어나 고향으로 돌아가기 전까지는 이곳에서 생활을 영위하도록 하세요. 최대한 편의를 봐주겠습니다."

"호의에 감사를 표합니다. 특히 금광산 채굴에 관한 건은 어떤 말로도 감사를 표하기가 어려울 정도예요."

금광산 채굴 작업은 모두 쿠라벨 출신의 노예들에게 맡긴다.

그것이 내가 파라인 국왕에게 부탁한 것이었다. 광산 채굴 임금이 꽤 높은 편인 만큼 이들에게 큰 도움이 될 터였다.

꽤 어려운 부탁이라 생각했지만 파라인 국왕은 오히려 한 술 더 떠 내게 이렇게 제안했다.

-그렇다면 쿠라벨 출신의 국민들 모두 레인폴로 이주시키는 건 어떤가? 그들은 장차 자네의 힘이 되어 주겠지.

나는 선제적으로 10만을 받고 여유가 생기면 추가로 받는 형식으로 그들 전부를 레인폴에 이주시키기로 했다.

쿠라벨 출신의 사람들을 전부 합하면 대략 70만. 이들이 전부 레인폴로 합류한다면, 레인폴은 지역 인구 90만으로 어지간한 수도에 버금가는 거대 지역이 된다.

이 추세라면 도시의 인구도 머지않아 20만에 육박할 터.

파라인 국왕은 내가 그 정도의 도시를 다스리는 것에 전혀 경계심을 가지고 있지 않았다. 오히려 꼭 그렇게 해 주길 원하는 듯했다.

'파라인 국왕은 진심으로 나를 지지하고 있어.'

그 내막이 내 숨겨진 혈통에 있다는 건 알고 있지만, 왜 그 혈통에 집착하는가에 대해선 파라인 국왕도 말하려 들지 않았다.

'안톤이 내게 충성 맹세를 한 이유도 그 혈통에 있다고 했지.'

아직 숨어 있는 이야기가 더 있는 게 분명했다. 그걸 알기 전까지는 크로싱도 완전히 신뢰하기는 어려웠다.

쿠라벨 성국의 사람들까지 레인폴에 터전을 잡으며 내 업무량은 폭주하고 있었다. 과부하가 걸린 나는 다 때려치우고 싶은 생각뿐이었다.

'슬슬 문관들을 영입해야겠어.'

지금까지 내가 얻은 신하들은 죄다 무관들이었다.

루트거가 사무 능력이 있긴 하지만 아무래도 전면에 나서기에는 힘든 신분이기에 이런 행정 업무를 맡기기는 어려웠다.

안톤은 기본적인 사무 처리 능력은 있지만 세심한 부분에서 미스가 많았다.

에오니아는 논외.

'일곱 가신 중에 내정을 맡을 수 있는 인물은⋯⋯.'

성녀, 와룡, 구호반, 명공. 이 넷은 더할 나위 없는 내정 인재들이었다.

'나 참. 내정이 가능한 인재들만 싹 빼놓고 모았네.'

그리고 그 일곱 가신 중 내정에는 요만큼도 조예가 없을 것 같은 인물이 나를 찾아왔다.

광견 가스파르. 그가 내 요청대로 레인폴을 방문한 것이다.

마침 해가 지는 시점이었기에 나는 동료들을 전부 불러 모아 그를 맞이하기로 했다.

우리 일행을 마주한 가스파르는 양 입꼬리를 올리며 웃었다.

"크하핫!"

⋯⋯.

살벌한 분위기.

"오오"

나도 모르게 감탄이 나왔다. 마치 영화의 한 장면 같았다.

팔짱을 끼고 서 있는 일리야 스승과 완전무장을 하고 있는 안톤. 가스파르를 품평하는 듯이 바라보고 있는 루트거까지. 이 셋은 마치 일국의 삼대장군 같은 포스를 뽐내고 있었다.

평소엔 얼빠진 모습만 보여 주는 에오마저 무게감을 잡고 가스파르를 노려보니 그 위압감이 대단했다.

"엄청난걸. 한눈에 봐도 알겠어. 이 털이 곤두서는 듯한 감각. 죄다 괴물들밖에 없군그래?"

그렇게 말한 그는 돌연 광소를 터뜨렸다.

"크하하하핫! 재미있잖나! 웨이드 네놈이 감히 나를 길들여 보겠다 한 것도 이해는 가는군. 이런 놈들도 휘하에 두었으니 나 정도는 쉽다고 생각한 거겠지?"

"별로 그렇게 생각하진 않았습니다만?"

"뭐, 좋다! 어찌 됐든 좋아! 즐길 수 있다면 그보다 더 좋은 건 없지. 하지만 각오하는 게 좋을 거다. 내가 언제 네놈들의 목을 물어뜯을지 모르니까. 피차 그렇게 되지 않기를 빌고 있자고."

충의와는 동떨어진 태도. 대놓고 배반을 전제로 깔고 가고 있었다.

에오는 노골적으로 거부감을 표했다.

"웨이드 님, 저런 자를 휘하에 두시려는 겁니까? 저는 반대입니다."

"앙? 오호라. 네년이 쿠라벨의 마지막 발키리인가 뭔가 하는 그건가. 핫, 그 요상한 국가의 근위대장이라기에 뭐라도 되는 줄 알았더니 풋내 나는 아가씨였잖아. 어떠냐, 이 몸께서 여자로 만들어 줄 수도 있는데. 관심이 있다면 내 침대로 찾아오라고."

"헛소리를! 내 몸과 마음은 미래영겁 주군의 것이다!"

"크하하핫! 그런 태도를 보고 풋내 나는 아가씨라고 하는 건데 말이다."

"네 이놈!"

당장이라도 창을 꺼내려 하는 에오. 나는 머리가 아파 왔다.

'도저히 동료들과 융화될 것 같지가 않아. 아무래도 가스파르를 영입하는 건 좋지 않은 선택인 것 같네.'

대체 게임 속의 알스는 어떻게 이놈을 따르게 한 걸까.

'혹은 따르게 한 게 아닌지도 모르지. 가스파르가 다른 목적을 가지고 잠입한 배신자였다고 하면 자연스러워.'

일곱 가신 중에 있을 배신자. 가스파르가 그 배신자였다고 하면 오히려 명쾌했다.

"킁, 킁! 이 냄새는 알바드 샌님들의 것인가. 그쪽 놈들은 앞뒤 꽉 막혀서 짜증 나는데 말이야. 부디 함께 일하는 일은 없도록 하자고."

"루트거 로젠버그라고 한다. 나로서도 네놈과 함께 일하고 싶지는 않군."

"비취의 로젠버그인가! 웨이드의 밑에 있었던 거군! 너도 객장의 신분인가?"

"아니, 난 그에게 충성을 바쳤다."

"카이엔의 병아리가 다른 이에게 충성을 바쳤다고? 그거 흥미롭군!"

하나하나 시비를 걸고 있는 가스파르. 녀석은 곧 유미르에게도 시선을 주었다.

"수인도 있었나? 오호, 좋은 여자인걸. 어때, 너도……."

유미르에게 접근하는 녀석. 슬슬 내 인내심도 끊어지려 하고 있었기에 제지하려 했지만 그때였다.

쿵. 쿵쿵! 쿵쿵쿵쿵!

움찔하며 멈춰 서더니 미친 듯이 냄새를 맡기 시작하는 가스파르.

그런 녀석의 표정이 점차 경악으로 물들어 갔다. 온몸에서 땀을 비 오듯 흘리는지 털이 축축해진다.

"으, 아……?"

녀석은 유미르를 보며 만화에서나 나올 법한 놀란 표정을 짓고 있었다.

그러고는 곧 엉거주춤 몸을 돌리더니 내게 시선을 보냈다.

"웨, 웨이드, 잠깐 단둘이 이야기 좀 하자."

이에 에오가 단둘은 안 된다며 경고하자 녀석은 일리야 스승을 지목했다.

그렇게 스승과 함께한 자리에서 가스파르가 시무룩한 개구리 같은 얼굴로 말한다.

"이봐, 그 여자 수인의 이름은 뭐라고 하지?"

"갑자기 왜 그럽니까?"

설마 한눈에 반했으니 유미르를 달라고 말하려는 건가.

'그런 거면 이놈을 당장 뒷산에 묻어 버리겠어.'

그러나 그런 건 아니었다.

"저거 아마……. 아니, 틀림없이……."

자기도 믿기지 않는지 말을 더듬는 가스파르. 그가 힘겹게 입을 떼었다.

"내 딸이다."

장난을 치는가 싶었다.

"당신에게 그런 시시한 유머 감각이 있는 줄은 몰랐는데요."

"농담이 아니야. 난 알 수 있다. 저건 내 딸이야. 언제인지는 정확히 모르겠지만 분명해."

동물들은 자기 새끼를 귀신같이 알아본다고 했던가. 순혈 수인인 가스파르는 그 경향이 강한 걸지도 모르겠다.

"왜 그렇게 생각하는 겁니까?"

"냄새도 그렇고, 꼬리의 색깔이나…… 아무튼 전부 다! 본능으로 느낄 수 있다고! 이봐, 너 저 애의 출생에 대해 알고 있는 게 없나?"

"자세히는 모르지만 본인 말로는 수인 검투사와 인간 노예 사이에서 태어났다고 했어요."

"그거 무조건 나다. 30년 전쯤엔 투기장에서 검투사질을 하고 있었거든. 그게 꽤 짭짤해서 말이야."

"……정말입니까? 정말 당신이 유미르의 아버지라고요?"

"유미르라고 하는 거냐. 좋은 이름인걸."

포근하게 미소 짓는 가스파르. 그 모습은 영락없는 아버지였다.

"자, 잠깐만요."

너무 충격적인 이야기라 순간 머리가 따라가질 않았다.

"설령 그게 맞다 하더라도입니다. 당신의 행동거지를 보아하니 자식이 꽤 많을 것 같은데요. 굳이 그중 하나를 찾았다고 그렇게 감상적이게 될 일입니까?"

"자식? 여럿 있었지. 지금은 전부 죽었지만 말이야. 순혈 수인이 이 대륙에서 살아간다는 건 그런 거야. 매일이 생존을 위한 사투지. 그 이후로는 자식을 가지지 않았다. 더 이상 자식들이 죽는 걸 보고 싶지 않았거든. 나도 설마 이런 곳에서 딸을 만날 줄은 몰랐어. 심지어 인간과 가진 자식이라니."

"투기장에서 인간 노예와……."

"별거 아니었지. 내가 성과를 올리는 걸 보고 투기장의 주인이 내 종자를 받으려 했어. 새로운 검투사로 키우려고 말이지."

"그랬던 겁니까. 후우……! 유미르는 말입니다."

태어나자마자 생존을 위한 사투를 벌여야 했다고 한다. 고작 여섯 살에 투기장에 나가 단도를 쥐고 굶주린 들개를 상대해 죽여야 했다.

"그런가. 그 빌어먹을 놈. 남자가 아닌 여자가 태어나니 가차 없이 버렸던 건가. 젠장. 다시 만나면 죽여 버리겠다."

아무래도 정말 유미르의 아버지인 모양이다.

그렇게 생각하면 이해가 가는 게 있었다.

가스파르가 주인공과 알스를 따랐던 이유다.

'게임에서도 그랬던 거야. 유미르가 자신의 딸인 걸 눈치 채고…….'

그러던 중 유미르의 주인공 암살 미수 사건이 벌어진 뒤, 무언가의 뒷사정이 있음을 짐작한 가스파르가 주인공을 떠나 본래 유미르가 섬기던 알스에게 온 것이다.

'그렇게 되면…….'

가스파르가 배신자일 가능성이 희박해졌다. 알스가 배신자라는 가정하에는 가스파르도 한통속일 수 있지만……. 이 부분은 지금 생각해도 답이 나오진 않는다.

"그래서요? 이제 어떻게 할 겁니까? 아버지라는 걸 밝힐 겁니까?"

"무슨 소리를 하나! 이제 와서 무슨 면목으로 그걸 밝혀! 그, 그냥 곁에서 지켜볼 수만 있다면 충분해. 너희들도 내가 아비라는 둥 쓸데없는 소리는 하지 말라고."

"이상한 부분에서 순정적이네요."

"그도 그렇잖냐. 마지막 남은 내 자식이라고. 이 나이가 되면 나도 여러 가지 생각하는 게 있단 말이다."

"아직 왕성한 것 같은데 하나 더 가지면 되는 것 아닙니까?"

"순혈 수인은 30살이 넘으면 급격하게 생식능력이 떨어지거든. 지금은 아마 씨알 하나 남아 있지 않을 거다."

"워우. 근데 지금 70살이 넘었으면 투기장에서 일할 땐 40이 넘었었다는 것 아닙니까?"

"그러니까 나도 놀랐다는 거야. 심지어 그때는 투기장 주인 놈의 속셈을 눈치채고 피임까지 하려고 했으니까."

그러니 유미르가 잉태됐다는 건 꿈에도 생각지 못했던 건가.

"당신 생각은 잘 알겠습니다. 하지만 안 돼요."

"뭐……?"

"당신이 제 다른 부하들에게 하는 태도를 보고 생각을 정했습니다. 당장 사라지세요. 유미르는 제가 알아서 행복하게 해 줄 테니 걱정 말고요."

"그러지 말고, 인마."

"일 없습니다."

내가 가차 없이 몸을 돌리자 가스파르가 다급히 말한다.

"알겠다! 사과하면 되잖아. 사과하면! 그리고 다음부터는 말버릇을 조심할게! 그거면 되는 거지!"

"뭡니까. 내키는 대로 사는 게 당신 신조라고 하지 않았어
요?"

"아무리 그래도 자식 앞에서 그런 꼴불견을 보일 수는 없
잖냐. 녀석 앞에서만큼은 착실한 모습을 보여 줘야지."

진심인 것 같았다.

"그렇게까지 말한다면 한번 사과하는 걸 지켜보죠."

"그래, 보고 있으라고."

다시 방으로 돌아온 우리 셋.

방의 분위기는 여전히 살벌했으나 조금 전까지 목을 물어
뜯겠다느니 으르렁거렸던 가스파르는 바보 같은 웃음을 지
으며 뒷머리를 긁적였다.

"이야, 다들 미안해. 내가 낯을 가려서 말이야. 처음 만나
는 사람들을 보면 무심코 경계를 하게 되거든. 아까 뱉었던
말은 전부 진심이 아니었으니 마음에 담아 두지 않아 줬으면
해. 하여간 요 입이 방정이지, 입이."

찰싹! 녀석은 자기 입술을 때리며 루트거에게 먼저 사과했
다.

"아까는 알바드 샌님들이라고 했지만 그만큼 똑똑하다고
말하고 싶었던 거야. 알바드 왕국도 속으로는 동경하고 있었
다고. 최고, 최고!"

그는 쌍따봉을 날렸다. 나이가 많아서 그런지 표현들이 노

티가 났다.

"사실은 줄곧 알바드 사람이랑 일해 보고 싶었다고. 앞으로 잘 부탁해 루트거 형씨."

"……?"

갑작스러운 태도 변화에 눈썹을 꿈틀거리는 루트거. 그래도 일단은 사과를 하니 더 지켜보겠다는 입장이다.

다음은 에오니아였다.

"쿠라벨 성국이 대단한 국가라는 건 알고 있었어. 성왕이라고 하나? 훌륭하신 분이라는 얘기는 들었다. 그게 그러니까……."

"흥, 이제 와서 네놈의 입에 발린 말을 귀담아들을 것 같나."

"이건 안 통하나……. 그렇다면……. 오, 오오! 이제 보니까 웨이드랑 엄청 잘 어울리네! 우와, 대단한걸. 이상적인 주종 관계를 넘어서서 천생연분이라 불러도 좋은 수준 아니야?"

"처, 천생연분!? 내가……?"

"그래! 정말 잘 어울린다니까. 난 응원할 테니 힘내라고 아가씨."

"헤, 헤헤. 그러냐. 고맙다. 힘내 보지."

말재주는 없을지언정 사람의 성향을 파악하는 데는 능한 모양이다.

전부 사과를 끝마친 가스파르는 힐끔거리며 유미르에게
말한다.

"그쪽의 수인 아가씨도. 아까 내가 한 말들은 귀담아듣지
마. 그러니까 앞으로 잘 부탁해."

"……예. 잘 부탁드립니다."

"하, 하하하……!"

유미르는 무슨 생각을 하는지 알 수 없는 표정이다.

'이걸로 영입 성공……이라고 봐도 좋겠지?'

당분간은 지켜봐야겠지만 가스파르의 태도에 표리는 없는
것 같았다.

이 녀석. 자신을 길들여 보라 어쩌라 말은 잘하더니 알아
서 길들여졌다.

가스파르의 영입을 끝으로 전쟁의 뒤처리가 마무리되며
레인폴에도 느긋한 시간이 흐르기 시작했다.

슬슬 아카데미로 돌아가기로 한 나는 가신들에게도 휴가
를 주기로 했다.

"당분간은 별다른 일이 없을 거예요. 각자 하고 싶은 일을
하고 지내면 좋을 것 같습니다."

내 말에 일리야 스승이 기다렸다는 듯 말한다.

"그럼 나는 북서부에 갔다 오마."

"북서부라면 에우로페 왕국 쪽인가요?"

"그래. 구데리안 스승님에게서 만나고 싶다는 연락이 왔거든. 내가 웨이드와 관련됐던 것에 대해 궁금하신 모양이야. 마침 좋은 기회이니 문안 인사라도 드리러 가야지."

"저에 대해선……."

"웨이드에 대해선 말하지 않으마. 하지만 알스 너에 대해선 얘기할 생각이다. 나 같은 것에게는 과분한 제자가 생겼다고 말이지."

"너무 추켜올리는 거라니까요. 저야말로 분에 넘치는 스승님을 모시고 있는 거죠. 그런데 저는 가지 않아도 괜찮나요? 스승의 스승님이라면 제게도 윗사람일 텐데요."

"괜찮아. 딱히 형식에 구애받는 분은 아니니까. 다만 체스터류 승급 심사가 있을 때는 만나 봬야 할 거야."

"갑급와 을급으로 나뉘는 그거요?"

스승은 내가 알기로 현재 갑 1급으로 체스터류 사범의 위치에 있었다.

"원래는 더 많은 계급이 있었어. 그게 문하생들이 사라지면서 두 개의 계급으로 줄인 거지. 알스 너는 지금 을 1급이다. 갑급으로 올라갈 때는 구데리안 스승님이 보는 앞에서 심사를 받아야 해."

"갑급으로 올라갈 때의 메리트가 있나요?"

형식뿐인 이름을 얻자고 뻘뻘거리며 고생하고 싶은 생각은 없었다.

"물론 있지. 갑급이 되면 제자를 들일 수 있거든. 그리고 용병 협회에서도 그 부분을 고려해 더 높은 용병 등급을 책정해 주기도 하고."

"아하……."

"홋, 필요 없다는 표정이구나. 그럴 거라 생각했다. 뭐, 그 부분은 차차 생각해 보도록 하자."

"예, 그럼 스승. 조심히 다녀오세요."

그다음 휴가 희망자가 있나 했으나 다들 아무런 생각이 없는 얼굴들이다.

이들을 멍하니 쉬게 하기에는 일손이 아깝다는 생각이 들었다.

"나 참, 좋습니다. 그럼 제가 직접 휴가 일정을 짜 주도록 하죠. 먼저 에오!"

"예? 저, 저 말입니까? 저는 그냥 알스 님의 곁에 있을 생각이었습니다만."

"그러면 자기개발이 안 되잖아. 너는 당분간 비스케타 씨의 아래에서 일을 돕도록 해."

"성장의 밑에서요?"

"그쪽은 광산의 건이나 레인폴 이주 건으로 무척 바쁠 거야. 네가 가서 도와줘."

"으으……. 알겠습니다."

"그다음은 루트거. 당신은 레인폴에 주둔하고 있는 정규병들의 훈련을 담당해 주세요."

내 휘하에서 활약했던 쿠라벨 출신 군인들이다.

노예에서 해방된 후에도 군인의 길을 걷기로 결심한 그들은 그 전투에서 감명을 받았는지 내 밑에서 일하고 싶어 했다. 하여 쿠라벨 이주민들과 함께 레인폴로 들어와 정규군으로 편성이 되어 있었다.

"구체적으로 어떤 훈련을 원하는 건가?"

"음……. 이미 기본적인 군사훈련은 받은 자들이니 세부적인 병과 훈련을 시키면 좋겠네요."

"알겠네. 정예 궁병대와 보병대를 조직해 보도록 하지."

"기병대는요?"

"전투마가 충분하다면 훈련을 해 볼 수도 있겠지만 지금 레인폴은 대부분의 말이 짐말로 사용되고 있으니까 말이야. 전투마를 육성할 여건이 따라 주질 않는군."

"알겠습니다. 그렇다면 정예 보병대 중에 중갑 보병대를 하나 조직해 주세요. 훗날 당신이 직접 지휘할 부대가 될 테니 심혈을 기울여 주세요."

"그리하도록 하지."

루트거의 병력 조련이라면 믿을 수 있겠지.

이걸로 나도 정예 병력을 가지게 되는 것이다.

"다음은…… 안톤. 당신은 쥬라스에게 이 제안서를 건네고 세부 협상을 하고 와 줘요."

쿠라벨 사람들을 위한 초등, 중등 아카데미 건립을 위한 제안서였다.

지금은 당장 일선에 투입될 수 있는 성인들만 이주해 왔지만 앞으로는 어린애들도 많이 이주해 올 터였다. 그 숫자가 제법 많기도 하고 일단 신분상 노예들이기 때문에 여러 가지 문제가 생길 테다.

그러니 그들을 위한 아카데미를 새로 짓기로 했는데, 막상 돈이 없었다.

"이건 협상을 위한 지침이니 참고하도록 해요."

"옛, 최대한 좋은 결과를 가져오겠습니다."

"그다음…… 가스파르."

유미르의 눈치만 보고 있던 녀석은 자기에게도 일을 시키는 거냐며 한껏 인상을 찌푸렸다.

"당신에게는 경비대를 배정해 줄 테니 치안을 관리해 줘요. 최근에 인구가 많아지면서 불량배들이 꽤 늘어난 것 같거든요."

"치안이라니. 그런 애송이들이나 하는 걸 나한테……."

"있잖아 유미르, 사실은 이 사람이……."

"으아! 알겠어, 알겠다고!"

"그럼 부탁할게요."

그렇게 정해진 휴가 일정(?)에 다들 제각각의 표정을 짓고 있다.

"마지막으로 유미르."

"예, 도련님. 무엇이든 명령해 주세요."

"뭐야, 그렇게 말하면 내가 일을 시키고 있는 것 같잖아."

내 말에 가스파르와 루트거는 어이가 없다며 무언의 항의를 해 온다.

억울하면 스승처럼 휴가를 요청하면 될 것을.

"넌 나랑 같이 행동하자. 시간이 나면 전에 말했던 그곳을 가 보고 싶어."

내 친어머니의 묏자리였다. 시신이 묻혀 있는 것은 아니고, 그 유품을 묻어 놨다고 한다. 유미르는 올 것이 왔다며 깊이 고개를 끄덕였다.

"……예. 리즈나 님도 분명 기뻐하실 거예요."

내 혈통에 관련된 과거.

슬슬 그것과 마주 볼 시점이 왔다.

그렇게 다들 즐거운 휴가 일정에 들어가고. 나도 우선 아카데미에 복귀하기로 했다.

'이 지루한 곳도 오랜만에 오니 좋은걸.'

최근 너무 바빴기 때문인지 오히려 아카데미의 느긋한 생활이 기다려졌다.

그러나 한 달 만에 복귀한 아카데미는 상당히 소란스러운 상태였다. 캘리퍼 난민들이 레인폴에 이주하며 아카데미 학생들이 대거 전학을 해 온 탓이다.

'그러고 보니. 내가 마지막에 승인을 한 서류가 아카데미 전학 완료 처리였던가.'

그렇게 크로싱 측의 최종 허가가 떨어지자 바로 오늘 전학생들이 교실을 찾은 것이다.

합류하게 된 캘리퍼 학생들은 긴장한 기색으로 서 있었다. 그중 한 명.

베릴이 앞으로 나와 치맛자락을 들며 고개를 숙였다.

"베릴 밀스틴이라고 해요. 캘리퍼분들도, 크로싱의 학우분들도 모쪼록 잘 부탁드립니다."

베릴은 그렇게 인사하고는 내 쪽을 보고 미소 지었다. 그래도 아는 사람이 있다고 반가운 모양이다. 나는 가볍게 손을 흔들어 주었다.

'베릴에겐 미안한 짓을 했네.'

밀스틴 남작가의 영지인 로스벨이 파괴된 것도 어찌 보면 내 탓이니까.

베릴 외에도 줄리아 아카데미 동기였던 배닝스도 이곳 레인폴로 전학을 와 있었다.

"……알스 님, 저 영애분과는 어떤 관계이신 건가요?"

"예? 아."

또 하나 소란의 주인공.

주목의 대상이 되고 있던 에스텔이 내게 물어 왔다. 그녀가 입을 떼자 주변의 남학생들이 힐끔거린다.

에스텔은 지속적인 치료를 통해 병세가 눈에 띄게 호전되어 있었다. 그란셀에서 만났던 보름 전과도 딴판이었다.

가장 큰 변화는 얼굴에 있던 흉측한 흉터가 모두 사라진 점이다.

홍진 부위를 칼로 째 도려낸 다음 신관들의 치료를 통해 피부를 재생시키는 것으로 얼굴의 상처를 말끔하게 없앤 것이다.

예전엔 이 치료가 무서워 차일피일 치료를 미루고 있었지만, 무슨 심경의 변화인지 레인폴로 돌아오자마자 단박에 받아 버렸다.

그렇게 되자 에스텔은 미모의 일부분을 찾을 수 있었다.

'루트거가 전전긍긍할 만하네.'

병을 얻기 전에는 영지를 떠들썩하게 할 정도의 미모였다더니, 과언이 아니었다.

머리카락이 다 자라지 않아 완전히 회복했다 볼 수는 없었지만 그럼에도 다른 이들의 시선을 잡아끌기에는 충분했다.

여전히 악취가 있긴 했지만 그것도 많이 줄어들어 지금에 와선 심한 땀 냄새 정도로 이해할 수 있는 수준이 됐다.

"알스 님?"

"미안해요. 나도 모르게 넋을 놓고 바라보고 말았네요."

"저, 저를요?"

"저뿐만이 아니에요. 다른 남자애들도 당신을 훔쳐보고 있는데요 뭘."

"다른 남자들은 어찌 됐든 좋아요. 제겐 알스 님이 어떻게 생각하느냐가 가장 중요해요."

"예, 정말 예뻐졌어요."

"으……! 으읏……! 고, 고맙습니다."

돌직구를 던지자 어쩔 줄을 몰라 하는 에스텔. 그러나 곧 내가 말을 돌렸다는 걸 깨달았는지 미소 지으며 압박을 해 온다.

"그보다 아직 대답해 주지 않으셨네요. 저 영애분과는 어 떤 관계이신 건가요?"

"그게……."

다행히 이 부분은 베릴이 직접 설명해 주었다.

점심 식사를 함께하게 된 베릴은 특유의 친화력으로 이야 기를 주도해 나가기 시작했다. 처음엔 경계심을 드러내던 에 스텔도 베릴의 연애사를 듣고는 곧바로 경계를 풀어 버렸다.

"어머나, 같은 아카데미의 학우분을……."

"응, 루안 차이스라고. 나 같은 사람은 닿을 수 없는 세계 에 있는 애지. 그보다 에스텔, 말 편하게 해."

"그, 그래도 될까요?"

"당연하지! 내가 귀족이라 그런 거면 괜찮아. 어차피 말단 남작가에 불과한걸."

우물쭈물하는 에스텔. 아무래도 친구가 없었다 보니 이런 거리감은 낯간지러운가 보다.

"그럼…… 베릴, 잘 부탁해."

"나야말로 잘 부탁해, 에스텔."

슬슬 깐부 자리도 넘겨줘야 할 때가 온 모양이다. 유미르도 어제부로 에스텔에게서 떼어 놓은 상태였다.

에스텔은 거리감 조절에 잠깐 애를 먹었지만 곧 스스럼없이 이야기를 나눈다.

"그 루안 차이스라는 애도 보는 눈이 없네. 너처럼 솔직한 애의 호의를 눈치채지 못하다니."

"어쩔 수 없지. 루안은 에리나 양을 좋아하는 것 같으니까."

"……에리나? 혹시 에리나 살레온을 말하는 거야?"

"에리나 양을 알고 있어? 하기야, 또래들 사이에선 유명하니까."

순간 에스텔의 눈빛이 바뀐 것처럼 보였다.

"베릴, 그 사람에 대해 자세히 들려줄 수 있어?"

"으, 응. 상관없는데."

베릴도 그 기백에 눌렸는지 멈칫한다.

괜한 화살이 돌아올지도 몰랐기에 나는 슬쩍 빠져나오기

로 했다.

❖

전쟁을 끝내고 아카데미로 돌아온 지 어느덧 한 달.

나는 유미르와 함께 캘리퍼 북부에 위치한 파라건 숲으로
향했다.

이곳은 레인폴과 비슷하게 크로싱과 국경을 마주한 곳이
었지만 가끔씩 도로로 활용이 되거나 나무를 베기 위해 벌목
꾼들이 드나들 뿐, 사람이 살고 있는 곳은 아니었다.

이곳에서 나는 묘한 울렁임을 느꼈다.

"그래…… 이곳이구나."

"예, 도련님이 태어난 곳입니다."

평소 감정을 드러내지 않는 유미르의 목소리에도 숨길 수
없는 쓸쓸함이 묻어 나왔다.

"도련님을 잉태하고 계시던 리즈나 님……. 리즈나 알메
인 님은 이곳을 지나던 도중 산통을 느끼셨어요. 마을까지
가기엔 너무 멀어 일행은 상의 끝에 이곳에서 낳기로 결정했
습니다."

"그 일행이라는 건 역시?"

"예, 전에도 말씀드렸던 펜실론 재흥 세력. 제가 있었던
곳입니다."

"거긴 구체적으로 뭘 하려는 곳이었어? 펜실론 제국을 다시 세우겠다고 하는 건 알겠는데."

"구체적으로 어떤 활동을 했는지는 저도 모릅니다. 그때의 저는 리즈나 님의 은의를 받아 투기장에서 구해진 어린 노예에 불과했으니까요."

"그랬겠지, 계속 얘기해 줘."

그때 그날의 발자취를 더듬듯, 유미르는 홀린 듯이 나를 인도했다.

"리즈나 님의 산통은 길게 이어졌습니다. 미리 준비하고 있던 산모가 알스 님을 받아 낸 때에는 이미 하루가 지나 밤이 되어 있었죠."

이 출산으로 인해 일행은 축제 분위기였다고 한다.

"그도 그럴 게 황가의 핏줄이 하나 더 생겼으니까요. 리즈나 님의 남편이셨던 마이오스 알메인은 펜실론 재흥 세력의 수장이자 마지막 남은 펜실론의 황자이셨습니다."

"하나 더라는 건. 이미 한 명이 있었다는 거지?"

"예, 유페미아 사모님의 아드님이셨던 아리오스 도련님입니다."

그가 바로 주인공 카시우스 로이드였다.

다시 말해 주인공과 나는 같은 아버지를 둔 배다른 형제인 셈.

"그 밤엔 자그맣게 파티를 벌였어요. 모두가 도련님의 탄

생을 축복했습니다. 아직 3살에 불과했던 아리오스 도련님도 신기하다는 듯 동생을 품에 안았죠."

그러나 비극은 그때 시작됐다.

"그날 밤. 돌연 어떤 무리가 우리를 습격해 왔습니다. 도적인지, 그도 아니면 군대인지. 그건 알 수 없으나 모두가 혼란했고, 다들 도망가기 시작했어요."

그러나 어머니는 도망가지 못했다.

"리즈나 님은 출산으로 인해 쇠약해져 있던 상황이었습니다. 곁을 지켜야 하는 호위병들도 전투를 치르고 있는지 보이지 않았어요. 리즈나 님은 자신이 도망쳐 봤자 금방 붙잡힐 것을 아시고 시종인 제게 부탁하였습니다. 이 아이를 데리고 도망가 달라고."

"그런가……."

크게 슬프거나 하진 않았으나 씁쓸한 마음이 드는 건 어쩔 수 없었다.

"저는 곧바로 도망가지는 않았습니다. 무작정 도망갔다간 추격에 잡힐 거라 생각했어요. 그래서 음식 쓰레기를 묻기 위해 파 두었던 구멍에 몸을 숨겼습니다. 그들이 지나가기를 바라며, 도련님이 울음을 터트리지 않길 기도하며 몇 시간이고. 이후 주변이 잠잠해진 뒤 나온 제 앞에는 아무것도 없었습니다."

"아무것도 없었다?"

"그들이 시체를 비롯한 흔적들을 전부 태워 버렸으니까요."

"그건……."

도적이나 무법자의 수법이었다.

그렇게 해야만 습격 규모와 희생자들의 출신지를 파악하기 어렵게 되기 때문이다.

"습격해 온 무리의 정체는 모르는 거지?"

"예. 구덩이에 들어가 숨을 죽이고 있었던지라 습격자가 누구인가는 제대로 확인하지 못했습니다."

펜실론 재흥 세력의 괴멸은 그 당시에 큰 이슈였다고 한다. 도대체 어떤 누가 재흥 세력을 습격했느냐로 국가들 사이에서도 설왕설래가 있었다고.

"어쩔 수 없지. 계속 말해 줘."

"예……. 저는 그 잔해 속에서 어떻게든 리즈나 님의 흔적을 찾으려 했습니다. 만약 그 잔해 속에 흔적이 없다면 혹시 살아 계실지도 모른다는 뜻이니까요."

"……."

"하지만 그러한 작은 희망도 곧 배신당했습니다. ……타고 남은 것들 사이에서 그분의 머리핀을 찾아내고 말았으니까."

터벅, 터벅. 어느새 숲 중심부에 와 있었다. 언덕으로 이루어진 이곳 정상에 유미르가 만든 묘가 있었다.

"그것을 이곳에 묻었습니다. 부디 리즈나 님이 평온을 얻기를 바라면서."

무덤이라고 하기엔 아무것도 없었다. 그저 상징이 되는 나무가 우뚝 서 있을 뿐. 어차피 시신을 수습한 것이 아니었기에 그냥 묻는 것에 만족한 모양이다.

유미르는 감회가 깊은지 포근하게 미소 지었다.

그러고는 나무를 쓰다듬는다.

"리즈나 님. 당신의 아들 알스 님입니다. 당신을 닮아 멋지게 성장하셨습니다."

"지금 이런 말을 하긴 뭐하지만 내게 어머니라고 하면 지금의 어머니가 먼저 떠올라."

"당연한 겁니다."

"그리고 보면 일라인 남작가엔 어떻게 가게 된 거야?"

"그건……."

파라건 숲을 빠져나온 유미르는 캘리퍼 내를 떠돌아다녀야 했다. 유미르는 쉼터를 얻기 위해 여러 곳을 전전했지만 받아 주는 곳은 없었다고 한다.

"대륙에서 수인은 멸시받고 마니까요. 게다가 그때의 저는 행색도 좋지 않고 어렸던지라 그 누구도 귀찮은 것을 떠안으려고 하지 않았죠. 그러던 도중 도련님에게 열이 나기 시작했어요. 갓난아이가 버티기엔 힘든 여정이었던 거죠."

그렇게 되자 유미르는 수단 방법 가리지 않고 도움을 요청했다.

그 과정에서 그 도움을 들어준 것이 바로 리벨을 다스리고 있던 일라인 남작가였던 것이다.

"하늘이 도우신 거겠죠. 그런 선한 분들과 만나게 해 주었으니까요."

"그건 동감이야."

"베리알 남작님께선 약을 내어 주고 저택에서 쉴 수 있게끔 해 주셨습니다. 계속 신세를 질 수도 없으니 저는 도련님이 낫는 즉시 떠나려 했습니다. 그러던 중 율리아 아가씨께서 돌연 고집을 피우기 시작하셨어요."

"율리아 누나가?"

"예, 도련님을 동생으로 삼겠다고 떼를 쓰셨거든요. 막내이셨던 율리아 아가씨께선 줄곧 동생을 원하셨었다고 해요."

"하기야."

율리아 누나는 언제나 나를 막둥이라 하며 귀여워해 줬다. 그게 이런 뒷사정이 있었을 줄이야.

"이게 계기가 된 건지, 그도 아니면 그저 저와 도련님을 가여워한 건지 사모님이 양자가 되는 건 어떠냐고 제안하셨어요. 저까지 포함해서요."

"너도?"

"사람이 너무 좋으셨죠. 귀족이 수인을 양자로 삼을 수 있을 리 없는데⋯⋯. 그래서 도련님만 양자로 가게 하고 전 일라인 남작가의 사용인이 된 거랍니다."

알스 일라인에게 감춰져 있던 출생의 비밀.

나는 착용하고 있던 목걸이를 들어 보였다.

"유미르, 혹시 네가 준 이 목걸이는……."

"맞습니다, 리즈나 님의 물건입니다. 성인식 선물로 부친에게서 받은 물건이라고 해요. 도련님이 성인이 되면 그걸 건네주라고 하셨습니다. 그것이 훗날 도련님을 지켜 줄 거라 말씀하시면서요."

"이 목걸이가 날 지킨다고? 그게 무슨 뜻이야?"

"그 의미는 저도 잘 모르겠습니다."

빛을 받아 청아하게 빛나는 사파이어에서 왠지 모를 포근함이 느껴졌다. 마치 나를 언제나 지켜보고 있다고 말하는 듯한.

나는 이 목걸이에 큰 의미가 있을 거라고 봤다.

그도 그럴 게 파라인 국왕은 이 목걸이를 보고 곧장 내 정체를 알아챘으니까.

'혹시 황위 계승자의 증표일까?'

이것이 황위 계승 1순위를 나타내는 목걸이라면 납득이 갔지만 그렇다고 치기엔 애초에 펜실론은 망한 시점이었다. 황제고 뭐고 없다.

게다가 이미 첫째 아들인 주인공이 있다.

'파라인 국왕에게서 진실을 들을 수 있으면 좋을 텐데.'

무슨 이유인지 그 부분에 대해서만큼은 함구하고 있었다.

"내가 펜실론 황가의 핏줄인가……."

출생의 비밀을 듣긴 했지만 딱히 대단한 충격을 받았다거나 하진 않았다. 이미 파라인 국왕에게서 대략적으로 들은 것이 있기도 해서 받아들이는 건 쉬웠다.

문제는 이것이 가진 의미였다.

황제의 핏줄을 지닌 두 명의 아이. 카시우스 로이드와 알스 일라인.

게임에서 둘은 운명적으로 만나 협력해 나갔지만 훗날 하나가 배신자로 몰려 쫓겨나게 된다.

'둘이 대립하는 게 메인 스토리였을 가능성이 너무 커.'

다시 말해 나는 주인공의 진정한 대적자. 메인 빌런일 가능성이 높다는 것이다.

그렇기에 노선을 바꿔 일곱 가신들에게서 충성을 받아 낸 것이기도 했다. 이후 상황이 어떻게 될지 알 수가 없었으니까.

'그렇다면 스토리를 따라가지 않는 게 정답인 걸까.'

스토리를 따라갔다간 빌런인 나는 최종적으로 패배하게 될 테니까.

'아니, 아직 그렇다고 확정된 건 아니야.'

알스와 주인공이 화합한다는 경우도 배제할 수 없었다. 지금의 내가 주인공을 적대하지 않기로 마음먹는다면 충분히 그렇게 될 수도 있다.

그 경우 포인트는 주인공이 어떻게 생각하느냐다.

내가 주인공과 협력을 하겠다 마음먹는다 해도 내 신분을 파악한 주인공 쪽에서 자신의 지위에 문제가 된다 판단하고 제거하려 들 수도 있으니까.

'게임에서도 그랬던 걸지도 몰라.'

나를 제거하려는 움직임이 생기자 유미르가 주인공을 먼저 제거하려 한 게 아니었을까.

'젠장, 복잡하네.'

스토리는 여전히 오리무중이었다. 오히려 더 꼬이고 말았다.

그러나 그때 유미르가 말한다.

"도련님."

"응?"

"혹시 황가의 핏줄에 대해 심각하게 생각하고 계신 거라면 그러지 마세요. 그건 리즈나 님도 바라지 않았습니다."

"어머니가?"

"예, 도련님을 잉태하고 계시던 중에 리즈나 님은 입버릇처럼 말씀하셨어요. 이 아이가 어떤 굴레에도 속박되지 않고 행복하게, 자유롭게 살아가기를. 이미 멸망한 펜실론 따윈 잊어버리셔도 괜찮습니다. 도련님은 황족 알스 알메인이 아닌 알스 일라인이예요. 하고 싶은 것을 하고 마음 가는 대로 사셔도 괜찮아요."

"……!"

이건 나를 관통하는 말이었다.

알스 일라인도, 알스 알메인도 아닌.

다름 아닌. 나를.

"내가 하고 싶은 것……?"

그런 걸 생각해 본 적은 없었다. 그저 불가사의한 형태로 게임에 들어왔으니 내게 어떠한 목적이 주어졌다고만 생각했고, 그걸 수행할 생각이었다.

나는 그런 사람이었다. 추락해 버린 신동. 주변의 조롱을 받게 된 가짜 천재.

가정은 파탄 나 가족은 뿔뿔이 흩어졌고, 내세울 만한 친구도 없었다. 몰두할 것이 모바일 게임밖에 없었을 정도로 겉도, 속도 텅 비어 있었다.

그런 내게 여기까지 활력을 불어넣어 준 것은 함께하게 된 알스의 자아였다.

'그렇다면 알스에겐 미안한 짓을 하고 만 셈이네.'

괜히 나같이 황폐한 인격과 융합하여 욕을 본 셈이니까.

실제로 게임에서의 알스는 은근히 열혈 기질이 있었다. 지금의 나와는 다른 뜨거움을 간직하고 있었다.

그렇게 생각하니 새삼 알스를…… 지금 이곳에 있는 나를 행복하게 해 주고 싶었다.

"내 행복인가……."

돈이고 명예고 나에겐 크게 절실하지 않았다. 그게 얼마나 부질없는 것인가는 잘 알고 있었으니까.

"가능하다면 아이를 가지고 싶어."

"……예?"

이에는 유미르도 깜짝 놀라 되물었다.

"아내가 있고, 아이가 있고. 나는 느긋하게 아이와 함께 놀아 주고. 그런 소소한 삶을 살아가고 싶어."

이것이 나와 알스가 원하는 공통된 행복이었다.

나는 그제야 비로소 알스와 하나가 되었음을 실감했다.

유미르의 말마따나 알스 알메인이 아닌, 겉도 속도 텅 비어 있던 나도 아닌 진정한 의미로 알스 일라인이 된 것이다.

"내 행복을 위한 목표인가…… 좋은걸. 의욕이 생겼어."

머리를 상쾌하게 해 주는 의욕을 느껴 보는 게 얼마 만인지 몰랐다.

물론 그 목표를 이루기 위해선 눈앞에 닥친 상황을 헤쳐 나가야 한다. 이 난세를 평정하지 못한다면 그런 소소한 행복도 불가능해질 정도로 대륙은 혼란해질 테니까.

그러니 지금은 앞을 보고 나아가기로 했다.

아카데미에서의 일상은 다시금 시간이 느긋하게 흘러가는

것 같은 감각을 느끼게 해 주었다.

하루하루 반복되는 일상.

뭐, 나만 그렇게 느끼고 있다 뿐. 다른 사람들은 그렇지 않았다.

에오는 비스케타의 밑에서 바쁘게 일하고 있었고, 루트거와 안톤도 자신이 맡은 바를 충실히 수행하고 있었다. 가스파르도 의외로 치안 작업에 열성을 쏟으며 레인폴의 불량배들을 족족 소탕해 냈다.

'아카데미의 공기도 바뀌었네.'

올해를 끝으로 중등 아카데미 과정이 끝나는 만큼 여러 가지로 붕 떠 있었다.

고등 아카데미 진학을 포기한 애들은 제대로 놀기 시작했고, 진학을 노리는 애들은 머리 싸매고 공부하기 시작하며 두 파벌로 나뉜 것이다.

'느긋하게 있을 수 있는 시간도 얼마 남지 않았어.'

고등 아카데미에 진학하면 본격적으로 게임의 스토리가 시작을 알린다. 그러니 이 느긋한 시간을 최대한 즐기기로 했다.

"저기…… 일라인?"

멍하니 창가를 바라보고 있자니 한 여자애가 조심스레 말을 걸어왔다.

"괜찮으면 공부를 가르쳐 주지 않을래?"

"어……."

최근엔 이런 권유가 유독 많아졌다. 내 성적이 아카데미 톱인 것도 있고, 최근엔 에스텔과 거리를 두고 있어 그런 것도 있다.

에스텔이라고 하면 베릴을 비롯한 여자애들과 담소를 나누며 미소 짓고 있었다. 깐부였던 나로서는 흐뭇해지는 광경이었으나.

"앗!"

그녀는 내가 여자애와 이야기를 나누고 있는 모습을 포착하더니 눈빛을 바꾸고 다가오려 했다.

"저기 일단 장소를 옮길까?"

"으, 응!"

나는 재빨리 여자애를 이끌고 교실을 빠져나왔다. 에스텔은 놀라 멈춰 서더니 애처로운 눈으로 내 등을 바라보았다.

'마음이 아프지만……. 이게 맞는 거야.'

어차피 에스텔과는 떨어져야 한다. 나는 캘리퍼 고등 아카데미로 갈 테고, 그녀는 크로싱 고등 아카데미로 가야 하니까.

나에 대한 의존도를 낮추는 게 바람직했다.

그렇게 당분간 공부나 하며 지내고 있자니 서부로 떠났던 스승이 두 달 만에 돌아왔다.

딱히 할 일이 없어 에오와 함께 스승을 마중하러 나간 나는 순간 멈칫할 수밖에 없었다.

"스승! 그 상처는 뭐예요?"

일리야 스승은 본래부터 거친 용병 일을 하며 흉터가 많았지만 이번에는 더 심했다. 특히 얼굴을 크게 가로지르는 흉터는 보는 이로 하여금 두려움을 느끼게 만들 정도였다.

그럼에도 스승은 호탕하게 웃는다.

"하하하! 오랜만에 구데리안 스승님과 수행을 떠났었거든. 뭐, 수행이라고 해 봤자 대부분은 도적을 소탕하는 거였지만. 이 상처는 그때 얻은 거야. 아무리 나라도 산적 30명을 동시에 상대하는 건 힘들더라고."

"바로 신관에게로 가요."

에스텔이 얼굴의 흉터를 지운 것처럼 잘만 하면 흉터를 지울 수도 있었다.

하나 스승은 이해를 하지 못하겠다는 기색이다.

"뭣 하러 그래. 관록이 하나 더 붙은 거라 생각하면 그만인걸."

이에 에오가 말한다.

"하여간 용병들이 생각하는 거라곤. 그런 몰골로 다니면 알스 님의 체면을 손상시킬 수도 있다는 것 아니냐!"

스승은 에오의 지적에도 개의치 않아 했다.

"걱정해 줄 필요 없어. 이런 상처는 일종의 훈장 같은 거니까. 뭐, 좌절한 부분이 전혀 없는 건 아니지만."

"좌절이라뇨?"

"이 모습으론 도저히 나를 데려가 줄 남자가 없을 것 같아서 말이야."

온몸에 흉터는 물론이고 이젠 얼굴에도 흉측한 상처가 있는 스승.

애초에 그녀는 체격도 그렇고 외모도 그렇고 남자로 오해받는 경우가 많았다.

그런 상황에서 흉터가 더 늘었으니 스승을 처음 본 사람들은 남녀노소 할 것 없이 귀신을 본 것처럼 굳어지기 일쑤였다.

"이전에도 내게 호감을 보이던 남자는 없었다만……. 지금은 아예 자지러지더라고."

"그 사람들이 보는 눈이 없었을 뿐이에요. 스승은 존경할 만한 아름다운 여성입니다."

"훗, 그렇담 임자가 나타나지 않는다면 알스, 네가 받아주겠니."

"저야 영광이죠."

"하하하! 그래. 그때는 잘 부탁한다."

당연히 농담으로 주고받은 것이었지만 이때 에오가 허겁지겁 끼어들어 왔다.

"아, 알스 님! 저, 저도…… 저도 부탁드립니다!"

"그래, 그래. 에오도 받아 줄 테니 걱정하지 마."

"헛……! 감사합니다!"

이쪽은 뭔가 뉘앙스가 다른 듯한……?

그런 생각을 하던 차. 용무가 있었는지 나를 찾고 있던 안톤이 다가왔다.

"주군, 이번 아카데미 건립에 관한 건을 처리하기 위해 크로스 혼으로 가 보려 합니다. 곁을 지키지 못하는 불경을 용서해 주십시오."

"그렇게 딱딱하게 할 필요 없어요. 그보다 크로스 혼으로 간다면……스승도 같이 가는 게 어때요? 수도에 있는 용병협회에 들러야 한다고 하지 않았어요?"

스승은 고개를 끄덕였다.

"마차를 얻어 탈 수 있으면 나야 좋지. 괜찮겠습니까?"

"……."

안톤은 스승을 뚫어지게 바라보고 있었다.

스승은 자신의 흉측한 몰골에 놀란 것이라 생각했는지 자조하듯 웃었다.

그 안톤이라고 하면 나와는 다른 의미로 미청년이었다. 내 얼굴은 곱상하다는 느낌이 강하다면 안톤은 정말이지 남자답게 잘생겼다.

에오와 나란히 서 있는 모습을 보면 선남선녀가 따로 없었다. 나는 내심 동갑내기인 둘이 잘 어울리는 한 쌍이라 생각했으나…….

에오는 안톤에게 라이벌 의식을 느끼는지 으르렁거리기 바빴다. 안톤도 에오니아의 간신 기질이 마음에 안 드는지 계속해서 쓴소리를 해 댔고.

뭐, 싸우다 정이 든다고 언제 갑자기 키스를 해 댈지 모른다.

"……실례했습니다. 물론 마차를 내어 드릴 수 있습니다. 안페이 님. 출발하실 때 제게 말을 해 주십시오."

"예, 그럼 채비를 하겠습니다."

짐을 챙기고 안톤과 함께 크로싱으로 향한 일리야 스승. 그녀를 다시 보게 된 것은 몇 주 뒤의 일이었다.

레인폴을 정식으로 양도받은 우리 가문은 부지런하게 영지를 정비하고 있었다.

맥스 형은 영지민 하나하나를 직접 만날 정도로 이리 뛰고 저리 뛰었지만 작위를 이어받은 지 얼마 되지 않은 만큼 경험 부족이 드러나고 있었다.

이에 아버지는 형제들을 전부 호출하여 영지 경영을 돕게 했다.

군에 있던 율리아 누나와 퍼지 형도 예외는 아니었다.

둘은 군부에서 일한 짬을 십분 발휘하여 영지 경영에 큰 도움을 주었다. 그렇게 레인폴의 영지민들도 일라인 가문을 받아들여 가고 있는 중이었다.

"저택에 오는 것도 오랜만인가……."

내가 기억하고 있는 저택은 리벨의 저택이니만큼 향수 같은 건 느껴지지 않았다.

일라인 저택에 돌아온 나는 입구에서부터 아슬아슬하게 걸어 다니는 쌍둥이 막내들을 받아 들어야 했다.

이제 막 걸음마를 뗀 둘은 침을 흘리며 내 다리에 매달렸다.

지켜보고 있던 어머니는 흐뭇하게 웃으신다.

"한번 안아 주렴. 알스 너는 저택에 오는 일이 많지 않으니까. 애들이 널 기억하지 못할까 걱정스럽단다."

"하하……. 예, 자주 얼굴을 비치겠습니다. 엇차! 첼시, 엘시. 내가 넷째 오빠란다."

그러나 둘은 내 품이 불편했는지 곧장 울음을 터뜨렸다.

나는 급히 유미르에게 넘겨주었다. 유미르는 프로다운 손길로 둘을 달래었다.

"어휴, 울음소리가 우렁차네. 유미르, 네가 애들을 봐주고 있어 줘. 난 방에 갔다 올게."

내 저택을 따로 사면서 필요한 짐은 다 옮겨 놨지만 몇몇 책들은 이곳에 있었다. 오늘은 그 책에 볼일이 있었다.

그렇게 방의 열쇠를 열려 했지만 방문은 이미 열려 있었다.

"어라? 퍼지 형님?"

퍼지 형은 내 방에서 책을 쌓아 둔 채 열중하여 탐독하고 있었다.

그 책의 겉표지를 보니 내가 필사를 해 놓았던 병법서들이었다.

"음? 아, 방을 정리하러 온 거니."

"예. 책을 좀 가져가려고요."

며칠 전 내 방에 있는 책을 읽고 싶다고 하여 승낙했더니 퍼지 형은 내 방에 살다시피 하는 모양이다.

"훗날 너를 지탱하려면 나도 실력을 키워야겠다 싶어서 말이야. 그건 그렇고…… 미안하다. 내가 너무 어지럽힌 모양이야. 책장이 뒤죽박죽이 돼 버렸네."

"괜찮아요. 얼마 되지 않는 양인데요 뭘."

"아니야. 그 책들은 내가 찾아 둘게. 넌 편히 쉬고 있어."

이럴 때의 퍼지 형은 고집이 있었다.

하여 할 일이 없어진 나는 저택 정원에서 멍을 때리기로 했다.

"빨리빨리 움직여!"

"이건 어디에 놓으면 됩니까!?"

저택을 드나들며 바삐 움직이는 사람들. 맥스 형은 진땀을 흘리며 그들을 지휘하고 있었다.

그러던 무리에 크로싱에서 돌아온 스승이 있었다. 맥스 형이 고용한 잡부들을 데리고 온 모양이다.

"아, 스승. 돌아왔어요?"

"……!"

내가 손을 흔들며 부르자 스승도 처음부터 나를 찾고 있었는지 후다닥 달려왔다. 그러고는 다급한 목소리로 말한다.

"알스, 잠깐 상담하고 싶은 게 있다."

"……?"

평소와 달리 꽤 당황하고 있는 것처럼 보였다.

"심각한 일인가요?"

"심각한 거다. 그것도 무척! 일단 자리를 옮기자. 둘이서만 이야기하고 싶어. 네 방으로 가자."

"제 방에는 지금 퍼지 형이 있어요. 여기선 안 되나요?"

"안 돼! 그, 그럼 와인 창고로 가자. 거긴 사람이 없을 테니까."

그렇게 저택 창고로 자리를 옮기자 스승은 침을 꼴깍 삼키고는 말한다.

"알스, 너는 남녀 간의 인연에 대해 잘 알고 있는 것 같아서 묻는 거지만……."

"별로 잘 알고 있는 건 아니에요."

원하지도 않는데 외모 때문에 꼬이는 것일 뿐.

"어, 어쨌든 말이다……!"

"무슨 일인데 그래요?"

조심스럽게 이야기를 꺼내는 스승. 그 내용은 나도 예상치 못한 것이었다.

"안톤이요!?"

"그래. 교제를 신청해 왔다. 내게 호의를 품게 됐다면서⋯⋯."

둘은 이전 삼사자 전쟁에서 처음 손발을 맞추었다.

그 당시 에오가 크로싱의 장교들과 어울리기를 꺼려 한 탓에 나는 스승에게 그 부분을 일임시켰었는데 그 장교들의 책임자였던 안톤과 많은 시간을 보낼 수밖에 없었다.

남녀 사이이니 그사이 호의를 품었어도 이상할 건 없다.

게다가 지난번 공치사 때 스승이 에오에게 전공 2위를 넘기자 안톤은 감탄했다며 스승을 존경의 눈으로 보기도 했다.

"이상하지. 나 같은 것에 연심을 가질 리가 없으니까. 무언가의 장난이 분명해. 혹은 크로싱의 수작이라든가!"

"아뇨. 그런 식으로 비관적으로 생각할 필요 없어요. 전에도 말했잖아요. 스승은 아름다운 사람이라고요."

"그, 그건 그냥⋯⋯."

"최소한 저는 겉치레로 말한 게 아니에요. 이건 좋은 기회예요. 스승이 싫은 게 아니라면 꼭 교제를 해 봤으면 해요."

"웃⋯⋯! 그래도 되는 걸까?"

"안 될 것 없죠."

"나는 그, 그런 게⋯⋯ 처음이라."

"누구나 처음은 있는 겁니다."

스승도 내심 싫은 건 아닌지 얼굴을 붉게 물들이고는 이윽고 고개를 끄덕였다.

　내 조언이 효과가 있었던 건지 스승은 안톤의 교제 제의를 수락.

　그 후로는 일사천리였다.

　둘은 마음이 맞았는지, 혹은 천생연분이었는지는 몰라도 두 달 만에 안톤이 청혼하여 약혼을 맺게 된다.

　'얌전한 고양이가 부뚜막에 먼저 올라간다고 했었나.'

　개인적으로 에오, 유미르, 일리야 스승. 트리오 중에선 에오가 가장 먼저 혼인을 할 거라 생각을 했으나 오히려 스승이 가장 빨랐다.

　내심 스승의 약혼을 본 에오에게 심경의 변화가 있을 거라 생각했지만……

　"내가 알스 님과……. 후후훗……!"

　어째서인지 최근의 에오는 언제나 기분이 좋아 보였다.

7장

봄이 지나 여름이 되고. 그 여름이 지나 가을이 되었다.

이 시기가 되자 캘리퍼 왕국은 식량 문제로 골치를 썩게
됐다.

이전에 있었던 알바드&마돈과의 전쟁 때문이다.

이 당시 남부에서 밀고 올라온 마돈의 군대로 인해 캘리퍼
의 곡창지대인 남부가 마비가 되었었다. 농번기에 약 한 달
간 농사가 마비된 것은 대단히 큰 타격이었다.

더구나 서부에서도 유격 부대의 약탈로 인해 영지가 파괴
되고 난민들이 대거 발생해 서부 또한 농경지로서의 기능을
일부분 잃어버렸다.

그렇게 겨울을 날 식량이 부족해지자 캘리퍼는 타국에서

식량을 수입하는 수밖에 없었다.

그리고 그건 레인폴 또한 예외가 아니었다.

"역시 부족한가요?"

"끄응……. 아무래도 그럴 것 같아."

맥스 형은 울상을 지었다. 레인폴에 발 빠르게 이주해 농업을 시작했지만 땅을 개간하는 작업부터 시작해야 했기에 만족스러운 성과를 거두진 못했다.

게다가 남서부에 위치한 리벨에 비해 북동부에 위치한 레인폴은 그 기후가 달라 농민들이 애를 먹으며 농업의 효율조차 나오지 않았다.

"1월까지는 어떻게든 버틸 수 있을 것 같은데……. 2월까지는 힘들 것 같다. 알스, 어떻게 안 되겠니?"

"크로싱 쪽도 여유가 없어요. 애초에 크로싱은 농업이 발달한 국가가 아니라서요. 어떻게든 어업으로 충당은 가능할 것 같지만 원조를 할 정도로 여유가 있진 않을 것 같아요."

가뜩이나 지금은 쿠라벨 출신의 국민들을 데려오고 있었기에 식량 비축이 여유롭지 못했다.

"후우! 우리 쪽도 바다와 접경한 땅이 있었다면 좋았을 텐데. 어쩔 수 없지. 식량을 구매하는 수밖에."

"어디서 구매하게요?"

"글쎄다. 크로싱은 농작물 수출이 어려운 국가이니 불가능하다 치고. 알바드나 베카비아, 마돈은 관계가 좋지 않으니까. 역시 뷜랑밖에 없지 않을까?"

남부의 대국 뷜랑. 주인공이 소속한 국가이기도 했다.

"뷜랑은 농경 대국이니까. 충분한 식량이 있을 거야."

"그건 그렇지만 가격으로 장난질을 칠 거예요."

"왜?"

"수요가 많으니까요. 알바드와 마돈도 우리와 비슷한 이유로 뷜랑에서 식량을 수입하려 들 테니까요. 뷜랑은 경쟁을 붙여 최대한 비싼 가격에 식량을 팔려 할 테죠."

"으, 우리는 그럴 만한 자금이……."

"예, 그러니 시선을 돌려 서부로 가요."

서부에는 강대국 스벤너와 중견 국가인 에우로페, 툰카이가 대표적이었다.

"그렇다면 에우로페겠네. 우리 캘리퍼와 제대로 된 교역로를 갖추고 있는 곳은 거기밖에 없으니까."

"하지만 에우로페도 가격으로 장난을 칠 가능성이 없는 건 아니에요. 그러니 빠르게 움직이죠."

"으음, 마음 같아선 내가 당장 달려가고 싶지만 영지 일이 너무 바쁘네. 아버지에게 부탁을 할까 봐."

"음…… 아뇨. 제가 갈게요."

"알스 네가? 괜찮겠니?"

"괜찮아요. 마침 그쪽에 볼일이 있었거든요."

이참에 한 인물에 대한 영입에 착수할 생각이었다.

일곱 가신 중 하나.
와룡 베이올라프를 말이다.

베이올라프 드레스덴.

그는 에우로페의 촉망받는 젊은 인재로서 에우로페는 그가 장차 국가를 지탱할 대귀족 혹은 대장군이 되리라 믿어 의심치 않았다.

하지만 그는 23세가 된 시점에 불명의 이유로 무기한 칩거에 들어간다.

게임에서조차 이 이유에 대해선 전혀 알려진 바가 없었다.

그런 베이올라프를 영입해 온 건 다름 아닌 알스였다.

알스는 인재 부족에 고심하는 주인공에게 이렇게 말한다.

―에우로페에 걸출한 인물이 은거하고 있는 것 같아. 넌 한창 바쁠 때이니 내가 한번 만나 보고 올게.

이건 서브 이벤트도 아니라 메인 스토리였다. 베이올라프가 메인 스토리에 관계되는 중요한 인물이라는 뜻이다.

하여 스토리의 흐름을 따라가다 보면 자연스럽게 만날 수 있었지만 내 신분으로 인해 상황이 바뀔 수 있는 만큼 당장 영입을 시도해 보기로 했다.

'그렇지만 와룡인가…….'

와룡이라 하면 가장 먼저 떠오르는 것은 바로 제갈량이다.

위촉오 시대의 전설적인 책략가. 뭐, 정사에선 책략가라기 보다는 정치가적인 기질이 강하지만 어쨌든.

베이올라프는 게임에서 그 와룡이란 별칭을 가지고 있었다. 다만 이건 능력보단 영입 과정에 관련된 칭호였다.

'알스가 베이올라프를 데리고 오기 위해 삼고초려를 했었지.'

알스는 무려 세 번에 걸쳐 에우로페를 왕복했다. 영입에 걸린 기간도 약 6개월. 무엇 때문에 그랬는지는 게임에서도 구체적으로 나오진 않는다.

'이벤트 내용은 분명…….'

베이올라프를 찾아간 알스는 '엄청난 강적이다.', '괴짜다.' 등등. 연신 앓는 소리를 해 댄다.

이후에는 어째서인지 바람둥이 남성 캐릭터인 애쉬를 찾아가 이상한 상담을 받았고.

그 상담을 받은 뒤 아무 여자 캐릭터들한테나 마구 대시를 하면서 그로 인한 후폭풍으로 곤란을 겪는 우스꽝스러운 이벤트였다.

'알스는 대체 뭣 때문에 그랬던 걸까?'

뭐가 됐든 베이올라프가 칩거하게 된 이유와 관련이 있을 것 같았다.

하여 만나는 것조차 어렵지 않을까 했으나 그렇진 않았다.

웨이드라는 신분을 밝히고 은밀히 만나고 싶다 전하니 곧바로 저택으로의 초대장이 도착했다.

나는 유미르를 대동한 채 드레스덴 백작가 저택으로 향했다.

"당신이 웨이드입니까."

그렇게 말하며 마중 나온 남자의 안색은 무척 초췌했다. 눈 밑으로 진득한 다크서클이 내려앉아 있었고 머리도 기름지고 헝클어져 있었다.

"반갑습니다. 베이올라프 드레스덴이라고 합니다."

"농담이겠죠. 당신이 그 베이올라프라고요?"

"하하, 이런 꼴로 응접을 하는 건 미안하지만 그쪽도 투구를 쓰고 있으니 피차일반이라고 합시다."

저택에는 베이올라프 외에는 다섯 명의 시종밖에 없었다. 특이한 점이 있다면 다섯 명의 시종 모두 수인이었다는 점.

응접실로 자리를 옮기자 그 수인 시종들이 차를 가져다 왔다.

유미르는 독을 확인하려는지 냄새를 맡고 먼저 시음했다. 이에 베이올라프가 너털웃음을 터뜨렸다.

"이거 참. 왕이나 다름없군요. 하하하!"

"미안합니다. 제 측근이 극성인지라."

"아뇨, 보기 좋군요. 그 수인 메이드. 굉장히 오랫동안 당신을 따랐다는 게 눈에 보여요."

"그야 그럴 수밖에요. 제가 갓난아이일 적부터 돌봐 줬거든요. 제게는 가족이나 다름없습니다."

"오오! 그거 대단하군요. 당신과는 의기투합할 수 있겠어요."

왜인지 유미르를 보는 시선에 애틋함이 보였다.

보통 대륙 사람들이 수인을 멸시하는 걸 생각하면 이례적이었다.

"그래서요? 용병 웨이드. 당신이 나를 보고 싶다고 한 이유는 뭡니까?"

"그 전에. 내가 가짜라고 생각하지는 않는 겁니까?"

"생각하지 않습니다. 굳이 가짜가 나를 만나러 올 이유도 없으니까요. 이런 말을 당신 앞에서 하긴 뭐하지만 많은 사람들이 웨이드의 정체가 나라고 말하더군요."

베이올라프는 알게 모르게 나와 연관되어 있었다.

돌연 칩거해 버린 에우로페의 천재. 그리고 비슷한 시기에 나타난 용병 웨이드.

호사가들은 웨이드의 정체가 베이올라프가 아니냐 강하게 추측하고 있었다.

이에 대해 베이올라프가 아무런 입장 표명도 하지 않자 그것이 무언의 긍정인 것처럼 받아들여지고 있었다.

케스퍼 녀석이 나를 사칭하는 건 캘리퍼 왕국 내에서만 먹히는 일이었던 반면 베이올라프는 아니었다. 만약 그가 자신이 웨이드라며 나서기라도 하면 그것이 정설로서 받아들여질 수도 있었다.

물론 일리야 스승이나 에오니아가 내 밑에 있기 때문에 금방 거짓말인 게 들통 나겠지만.

"그러니 가짜가 저를 찾아올 리는 없겠죠. 알아서 제 발을 저릴 테니까. 그러니 이런 내게도 관심을 가지고 접근해 오는 인물이라면 말할 것도 없이 진짜. 틀립니까?"

"틀리지 않습니다. 그렇다면 제 목적도 어느 정도는 짐작하고 있겠군요."

"사칭에 대해 뭐라 말하려는 것 같지는 않고. 흠, 휘하에 들어오라 제안하려는 겁니까."

"……."

"정답입니까. 홋, 재밌군요. 저로서도 흥미가 있습니다. 초신성처럼 나타난 용병 웨이드. 당신이 어떤 인물인지 말입니다."

"그러는 당신은 알기 쉽군요."

이놈, 쥬라스와 비슷한 능구렁이 기질이 보였다. 다행히 쥬라스만큼의 사악함은 없어 보였지만.

"맞습니다. 베이올라프 드레스덴. 전 당신의 실력을 높이 사고 있습니다. 에우로페의 미래라 불렸던 그 능력. 이런 곳에서 썩히지 말고 제 휘하에서 발휘해 보지 않겠습니까?"

"에우로페의 미래……입니까."

"그 표현에 거부감이라도?"

"당신이 그걸 말한 것이 아이러니했을 뿐입니다. 자신에게 충성을 바치라면서 에우로페의 미래였던 부분을 높이 산다니요."

그는 희미하게 웃고는 말한다.

"뭐, 좋습니다. 당신의 밑에서 일하도록 하죠."

"……!?"

설마 이런 식으로 곧바로 승낙을 할 줄은 나도 예상치 못했다. 그럼 대체 왜 게임에서의 알스는 삼고초려를 한 것이고, 에우로페 왕국은 이자를 칩거하게 놔둔 것인가?

그 이유는 곧장 밝혀졌다.

"그 대신 조건이 있습니다."

역시 그런가.

'돈인가? 그도 아니면 영지? 몇 년간 칩거하고 있던 것을 생각하면 꽤나 규모가 있는 조건이겠지.'

나는 상식선에서 그 조건을 생각했으나 그가 내민 조건은 내 상상을 가볍게 초월했다.

"제가 만족할 만한 관능 소설을 직접 집필해 와 주십시오."

"……뭐라고요?"

잘못 들은 줄 알았으나 그가 못을 박았다.

"관능 소설 말입니다. 관능 소설. 속되게 부르면 야설이라고도 하죠."

"유머 감각이 있으시군. 그보다도 진정한 조건을……."

"농담이 아닙니다. 이것이 제가 당신에게 충성을 바칠 조건입니다. 지금껏 제 능력을 탐하던 세력에게도 똑같이 전달했어요. 뭐, 이 조건을 달성한 집단은 이제껏 없었습니다만."

미친놈인가 싶었다.

'야설을 달라고? 그것도 내가 직접 집필한 걸?'

그러니 이 조건을 달성한 집단이 있을 수가.

"이, 일단 이유를 들어 볼 수 있습니까?"

"오호, 곧장 화를 내던 작자들과는 다르군요."

"저도 어이가 없긴 마찬가지입니다. 그저 조롱을 하기 위함이라면 이 이야기는 여기까지 해야겠죠."

"물론 제대로 된 이유가 있습니다."

그러면서 그는 자신의 첫 출전을 얘기했다.

"펜실론 아카데미를 졸업하고 2년이 지난 때였을까요. 저는 국왕의 명을 받아 3만의 병력을 이끌게 됐습니다. 툰카이와 대치하고 있던 서부 전선이었죠."

전쟁은 어렵지 않았다고 한다. 실제로 교전을 벌이는 것이 아니라 대치만 하면 됐으니까.

"무려 반년을 그러고 있었죠. 저는 전혀 어렵지 않은 일이라 생각했습니다. 실제로 어려운 일은 없었고요. 하지만 생각지도 못한 곳에서 문제가 발생했죠."

전쟁의 기간이 길어지면 발생하는 문제.

바로 병사들의 성욕에 관한 문제였다.

"척후를 나간 병사가 마을의 아녀자들을 겁탈하는가 하

면, 또 어떤 놈들은 말의 암컷에게 달려들어 뒷다리에 차여 죽기도 하고. 얼마 지나지 않아서는 몇몇 힘이 약한 동성의 병사들을 노리개 삼아 겁탈하고 죽이기까지 했죠. 그 과정에서 성병이 유행하기도 했고요."

"……."

"저는 어떻게 해야 할지를 몰랐습니다. 군법으로 다스린다고 엄포를 놓았음에도 병사들의 일탈 행위는 줄어들지 않았거든요. 그러던 때 함께 출전하고 있던 제 아버지가 대책을 내놓았죠. 여성 노예들을 이용해 병사들을 진정시킨 겁니다."

"그건……."

"예, 참혹했죠. 밤낮을 가리지 않고 남자들을 상대해야 했던 노예들은 대부분 죽고 말았습니다. 그리고 그 노예들은…… 전부 수인들이었죠."

"윽!"

"어쩔 수 없는 일입니다. 아무리 노예라도 같은 사람을 그런 식으로 다뤘다간 귀족의 이름에 먹칠을 하게 될 수도 있으니까요. 반면 멸시받는 수인들은 그렇지 않죠."

"거리낌 없이 쓰고 버릴 수 있다는 겁니까?"

"구역질이 나오지 않습니까? 저같이 어렸을 적에 수인 보모를 두고 있던 사람에게는 더더욱 그랬어요. 보아하니 당신도 이해를 할 것 같은데요."

"이해는 합니다……. 하지만 당신 아버지의 선택도 납득은 가요. 그대로 놔두었다간 군기가 박살 났을 테니까요."

"저도 납득을 했습니다. 군대의 특성상 어쩔 수 없는 일이었다고. 그렇기에 저는 대책을 생각한 겁니다. 병사들의 성욕을 풀 수 있는 다른 방법을 제공하는 건 어떨까? 하고요."

"그것이 야설이라는 겁니까?"

"그렇죠. 일단 군부에서 수단을 제공해 주기만 하면 나머지 엇나간 병사들에 한해선 더 엄격하게 군법으로 다스릴 수 있게 될 테니까요."

아무런 수단도 제공해 주지 않고 군법만 내세우면 병사들의 사기가 떨어지지만, 수단을 제공해 준 뒤에는 군법을 내세울 명분이 생긴다는 거다.

"병사들이 혼자 해결하게끔 만든다라……."

아주 엇나간 소리는 아니었다. 현대의 군대에서도 보통은 그렇게 처리를 하니까.

물론 현대에서는 그러기 위한 여러 가지 컨텐츠가 있기에 지금 이곳과는 상황이 다르지만.

"그러니 카리스마성 있는 작품이 필요한 겁니다! 병사들이 다른 생각을 하지 못하게 할 정도로, 군법을 어길 생각이 들지 않을 정도로 몰입감이 높고 야시시한 그런 작품을! 저는 안타깝게도 글재주가 없는지 그런 작품을 쓰지 못하겠더군요."

베이올라프의 의도는 그 컨텐츠를 만들어 보겠다는 것이었다. 위문 공연을 할 서커스단, 악단, 무희단 등등. 야설도 그중 하나였다.

　그것들을 통해 군대에서 만연하는 악습을 깨부수겠다고 하는 것이다.

　"그래서 그걸 다른 사람에게 부탁한 겁니까?"

　"그런 셈이죠. 다른 건 다 수월하게 준비가 됐지만 관능 소설만큼은 생각처럼 되질 않더군요. 아무리 밤을 새워 머리를 쥐어짜 내도 좋은 글이 써지지 않았어요."

　그래서 몰골이 이런 꼴이 된 건가.

　이상한 놈인 건 확실해 보였지만 경위는 납득이 갔다.

　그렇게 되면 한 가지의 사실이 판명된다.

　'알스의 삼고초려라는 건 설마…… . 세 번에 걸쳐 야설 검사를 받으러 간 거였나!'

　머리가 아파 왔다. 당장 돌아가고 싶어졌을 정도로.

　"대필은 안 됩니까? 좋은 작품이 필요한 거라면 굳이 내가 직접 쓰지 않아도 괜찮겠죠."

　"당장 걸작을 내놓으라는 뜻은 아닙니다. 지금 제가 원하는 건 제 생각을 진심으로 이해해 주는 사람입니다. 그러니 그 성의를 보여 줬으면 합니다. 그 이후라면 당신이 직접 쓸 필요는 없어요. 대필이건 뭐건 상관하지 않겠습니다."

　"이, 일단 생각해 보겠습니다. 오늘은 이만 물러가죠."

　"다음에 다시 올 땐 한 권쯤은 들고 오십시오. 기대하고 있겠습니다, 웨이드."

저택을 나온 나는 힘이 쭉 빠지는 느낌이 들었다.

'상상 이상의 강적이었어…….'

한편으론 명확했다. 야설만 가져다주면 영입 성공이라는 뜻이었으니까.

'그래서 알스가 그랬던 거구나!'

야설 집필을 위해 바람둥이 애쉬에게 상담을 요청했고, 애쉬는 그런 알스를 놀리려고 아무 여자들한테나 대시를 하게끔 바람을 넣은 것이다.

여기서 중요한 건 알스가 결국엔 성공해 베이올라프를 주인공의 진영에 끌어들였다는 점이다.

그 이후 알스가 배신자로 낙인찍히자 베이올라프는 주인공이 아니라 자신을 이해해 준 알스를 따라갔다.

다시 말해 베이올라프는 애초에 주인공이 아니라 알스의 가신이었던 셈.

지금도 마찬가지로 영입에 성공하기만 하면 큰 힘이 될 게 확실했다.

'해야겠지. 관능 소설 집필…….'

눈앞이 깜깜해졌다. 관능 소설이라니.

내가 야설 작가가 되어야 한다니!

다음 권으로 이어집니다

One for all
원포올

일라잇 스포츠 장편소설

**작렬하는 슛, 대지를 가르는 패스
한계를 모르는 도전이 시작된다!**

축구 선수의 꿈을 품은 이강연
냉혹한 현실에 부딪혀 방황하던 중
운명과도 같은 소리가 귓가에 들어오는데……

당신의 재능을 발굴하겠습니다!
세계로 뻗어 나갈 최고의 축구 선수를 키우는
'One For All' 프로젝트에, 지금 바로 참가하세요!

단 한 번의 기회를 잡기 위해
피지컬 만렙, 넘치는 재능을 가진 경쟁자들과
최고의 자리를 두고 한판 승부를 벌인다!

**실력만이 모든 것을 증명하는
거친 그라운드에서 당당히 살아남아라!**

기갑천마

거짓이슬 퓨전 판타지 장편소설

종말을 막지 못한 절대자
복수의 기회를 얻다!

무림을 침략한 마수와의 운명을 건 쟁투
그 마지막 싸움에서 눈감은 무림의 천하제일인, 천휘
종말을 앞둔 중원이 아닌 새로운 세상에서 눈을 뜨는데……

"천휘든 단테든, 본좌는 본좌이니라."

이제는 백월신교의 마지막 교주가 아닌 평민 훈련병, 단테
그럼에도 오로지 마수의 숨통을 끊기 위해
절대자의 일 보를 다시금 내딛다!

에이스 기갑 파일럿 단테
마도 공학의 결정체, 나이트 프레임에 올라
마수들을 처단하고 세상을 구원하라!